Vintage Mystery Series

放送中の死

ヴァル・ギールグッド＆ホルト・マーヴェル
横山啓明＊訳　森英俊＊解説

Death at Broadcasting House

Val Gielgud & Holt Marvell

原書房

放送中の死

目　次

Death at Broadcasting House by Val Gielgud & Holt Marvell, 1934

主要登場人物

サー・ハーバート・ファーカーソン将軍……運営管理責任者
ジュリアン・ケアード……ドラマ部門ディレクター
スチュワート・エヴァンズ……新番組研究課
デズモンド・ハンコック……調整室エンジニア
イアン・マクドナルド……スタジオ責任者
ガイ・バニスター……音声効果担当者
ジョセフ・ヒギンズ……スタジオのスタッフ

ロドニー・フレミング……脚本家。「極悪非道の追いはぎ」の著者
ジョージ・フレミング……ロドニーの弟
レオポルド・ドライデン……「極悪非道の追いはぎ」の出演者
イザベル・ドライデン……ドライデンの妻。旧姓イザベル・パーマー。「極悪非道の追いはぎ」の出演者
シドニー・パーソンズ……「極悪非道の追いはぎ」の出演者

トプシー・レヴィン……バニスターの友人
パトリシア・マースデン……バニスターの友人
サイモン・スピアーズ……スコットランド・ヤード警部補

序　文

編集者として本書の著者のために特にお断りしておきたいのだが、放送局の建物や技術上の描写が、たまたま現実のものと寸分違わず、いかにも事実らしいとしても、実在する人物を登場させたわけではなく、物語の舞台となっているＢＢＣに勤務している人たちとは一切関係がない。本書で描かれる事件や登場人物はすべて想像の産物である。もっとも、本書で用いられている役職などの呼称は、ＢＢＣの職員の正式の呼び方と重なる場合もある。

ドラマ　部署：キャスティング・シート

作品『極悪非道の追いはぎ』

日程　地方　6月29日　　　時間　9:15-10:20
　　　全国　6月30日　　　　　　8:00-9:05

プロデューサー　ミスター・ケアード

リハーサル

キャスト	コーラス	オーケストラ
6月21日		
22日		
23日		
24日		
25日		
26日		
28日		28日 10:30-1:30
29日		29日　2:00-5:00

配役	役者	備考
サー・アンソニー・クレア（極悪非道のおいはぎ）	レオポルド・ドライデン✔	"スター"扱い
カミラ・ペンズハースト	イザベル・ドライデン✔	《ラジオ・タイムズ》にて特集
ジョージ・ペンズハースト大佐	~~フランシス・ムーア~~　1 スティーヴン・ドレウィット　2✔	
シンシア・ハーディング	エミリー・デューハースト　1✔ ~~ベティ・キャメロン~~　2	
ジェイン・ブライトン	グラディーズ・パーソンズ　1✔ ~~レネ・ハーレ~~　2	
刑務官	シドニー・パーソンズ　1✔ ~~チャールズ・カンバーランド~~　2	
警官2人	グレゴリー・ハズリット✔ ハロルド・スプラッグ✔	
判事	~~ウィリアム・ハゼルタイン~~ ジョージ・サンドウィス✔	

1　ポートランド通り

放送局は数え切れないほどの名称を与えられ、譬えられてきた。こうした名称や譬えは、賛辞するものから小馬鹿にしたようなもの、気品あるものから下卑たものまで種々雑多だ。建物は船、要塞、そびえ立つ断崖などと比べられてきた。「堂々とした」、「壮麗な大建造物、その優れた内容にふさわしい建物」、「吐き気をもよおすような建造物」（放送局の建築の仕事を受注したいと思っていた建築関係者はこう呼ぶ）、「シンシン刑務所」（ベルリンを訪れ、マスーレンアレーにあるドイツ放送局の新しい建物にこのあだ名がつけられたことを知ったＢＢＣの不謹慎なスタッフが言いはじめた）、「世界の七不思議のひとつ」（愛国的な日刊紙による命名）。要するに放送局は、大げさに褒め称えられ、失笑を禁じ得ないほどこきおろされてきたのだ。賛否両論かまびすしい放送局だが、ひとつだけ確かなことがある。オックスフォード・サーカス（ロンドン中心街）から北へ五〇メートル少し歩けば、誰でも見つけられるということだ。このあたりで高くそびえる建築物といえばオール・ソウルズ教会だったが、今はもうちがう。足を止め、青銅の入り口の扉から視線をゆっくりと上げていく。プロスペロとエアリエル（ともにシェイクスピア『テンペスト』に登場する）の像のところで、どうしてこんなところに、という思いに目を留め、それからBBC会長の部屋の花で縁取られたバルコニー、横にずらりと並んだ窓。さらに上を見ると屋上には鉄塔、その上にポールがそびえて局の旗が空を背景に翻っている。脳裏に浮かぶのは、アナウンサー……ニュース速報……ダンスバンドの奏でる音楽。ロンドン市庁舎での首相の演説……ダービーの実況……ウィンブルドンでのテニスの試合……コメディアンのギリー・ポッター……ディスクジョッキーのクリストファー・ストーン……作曲家ウォルフォード・デイヴィス……女優マーベル・コンスタンデュロス。オーケストラの演奏……トークショー……ラジオドラマ……マイクロフォーン……放送機器……俳優……技術者……「とにかくだだっ広い建物なんだ」軽い気持ちで仲間にこうつぶやく。

それからランチの約束に遅れていると気づき、あわててその場をあとにする。おそらくその晩ふと思い出して、妻にこう言うのではないか。受信許可料を支払うのを忘れていたので、なんとかしないとラジオが聞けなくなってしまう……。

夏も本番になろうという頃だった。オール・ソウルズ教会がちょうど午後七時の鐘を打ち鳴らした。教会裏手向こう、岸に乗り上げた巨大な船を思わせる放送局が静かに横たわっている。陽が傾きかけた淀んだような一時、あわただしく過ぎ去った昼間と激情を秘めた夜とのあわい。ラッシュアワーも終わり、車があふれて混乱の極地にあった道路も空いてきた。広々としたポートランド通りは、よく晴れたロンドンの夏の暮れ方に芳醇な酒のような夕陽に染まっている。列をなして停まっているタクシーの運転手は、運転席に座ってのんびりと体を伸ばし、怠惰に過ごせる時間を満喫していた。客船ベレンガリア号に乗って着いたばかりと思しきアメリカ人がランガム・ホテルの前で一団となり、舗道に積み上げられたキャビントランク越しに鼻にかかった声で盛んに話をしている。スズメのさえずりも聞こえる。猫はわれ関せずという態度で眠り、脇を通りすぎる人たちや顔をしかめて犬と比べる人たちに、いかにも猫らしい姿を見せつけていた。クィーンズ・ホールの外では熱心な観客が列をなし、今夜催される現代フランス音楽のコンサートの開場を待っている……。

ハーフパイントのビールの酔いでわずかながら活気づいた若い男が、その列の向こうを歩いていた。糊の効いたシャツにディナージャケットを着こみ、帽子はかぶっていない。肩よりもわずかに頭を前に突き出している。縁無しの鼻眼鏡の奥の目は前方を見据えたままだ。列に並んだふたりの若い男は、〈フランス六人組〉（フランスで活躍した作曲家集団）の話題で活発に議論したためだろうか、どちらも疲れた様子で脇を向き、ディナージャケットの若者がオール・ソウルズ教会に沿って歩いていき、その向こうの道を渡って最後に放送局のなかへ消えていくのを眺めていた。

「あの男はアナウンサーだ」列の若者のひとりが、見下したように鼻で笑った。「どうして夜会服なんぞ着なくちゃいけないんだ。紳士を気取って馬鹿みたいじゃないか。放送局は大幅に刷新しなくちゃだめだ」

「おいおい、クロード、いかれちまったのか。ロボットどもを変えることなんかできないんだ。あそこにいる連中にはまともな血が一滴も流れていない。くだらない話を垂れ流すことにご執心なロボットども。それが放送というものだ」

「現状ではおそらく、そのとおりなんだろうな、フィリップ。だが、頭があって今後の見通しを持った者なら、今の状況を変えることができるだろ！　いいか、ロシアでは——」

内容がマルキシズム一色に染まっていくと、かなり退屈な話になっていった。

このふたりの若者は、近頃台頭してきた一風変わった階級の者たちの典型である。彼らはみずからをコミュニストと呼ぶ。コミュニストとは、面倒なことを極力省こうとする人たちのことだ。一日置きにしかひげを剃らない。歯を磨かない。埃っぽい黒い帽子をかぶり色あせた赤いタイを結んで、これみよがしにみすぼらしい恰好をし、労働者階級を持ち上げる。彼らの話たるやそれを聞く仲間を退屈させるだけだった。添乗員付きの特別ツアーで二週間ロシアを訪れたときのことを繰り返し、事細かに話すのだ。ロシア語はまったく理解できないが、旅行中、レーニン主義の勝利をその目ではっきりと見、第二の誕生へ至るまでの苦しみを体験してきたという。そのためには、女性ブルジョワジーよりもなによりも母親こそ必要不可欠なものだそうだ。彼らの目には、会社の管理下にある放送局は、圧政を支える資本主義と教会という二本の柱に与するものとして映っている。

「ところで」クロードがいきなり話題を変えた。「ジュリアン・ケアードを知っているだろ？放送局といえば、あいつのことが頭に浮かぶ」

「そうかもな」フィリップは気乗りのしない様子で答えた。「夢見がちな間抜け野郎だろ？　どうして？」

「今夜、オンエアーするラジオドラマは、みごとな出来栄えなのでぜひ聞くように言っていたからさ。こんなところに来るんじゃなくってね。ロドニー・フレミングが脚本を書いたらしい」

「それほど騒ぐことじゃないだろ。そりゃあ、フレミングとくれば興味はわくけどね。ノエルの才能が干上がってナイトの称号を得た今となっちゃあ、フレミングがその地位を引き継ぐだろうね」

「フレミングの最初の芝居はよかった」クロードは認めた。「しかしね、たまたま成功しただけだと思う。あの男が今やっていることは、ラジオ局と戯れているだけだろ？　なんでも十八世紀を舞台にした追いはぎと警官（ボーストリートランナー）のラジオドラマだというのだから、おぞましい」

「まったく」フィリップはきっぱりとした口調で応じた。「金をもらってもそんなくだらないドラマなど聞かない。現代風なものは嫌いなんだ——あんなものはまがい物だからな。それにしても、なんでラジオドラマなんて放送するんだろうね。誰も真剣に聞いてなんかいないだろうに。耳を傾けようものなら——」こう言ってフィリップは肩をすくめた。

「ラジオドラマなんてものは、終わってしまったらそれまで。敢えて思い出そうとする者なんてまずいないだろうね」クロードは言う。「ぼくに言わせるなら、ラジオドラマなんか書いて、フレミングは時間を無駄に使っている。今夜の作品だって、明日になれば誰も振り返らない」

　だが、クロードはまちがっていた。次の週からしばらく、フィリップとクロードは、ジュリアン・ケアードの言うことに耳を貸さなかったことをひどく後悔するようになる。地元局で放送されたラジオドラマを聞けなかったのは痛恨の極みだ。『極悪非道の追いはぎ』はロドニー・フレミングがラジオのために特に書き下ろした作品であり、ジュリアン・ケアードがプロデュースを行なった。

放送局の玄関ホール右手に受付デスクがある。制服を着た夜勤の守衛が、昼間の受付係と勤務を交代し、夜の番組のスタジオ使用状況や申し送り事項などを確認している。

「忙しい夜になるな」鼻眼鏡をかけた背の高い白髪の男が、歯切れがよく早口の軍人風な話し方で声をかけ、デスクの前を通り過ぎていく。「最近残業続きでね。今夜は『ヴァラエティー』を見学できそうだ。ヴォードヴィル用スタジオ、だったかな？」

「はい、そうです。全国向けの放送で九時二〇分から一〇時三〇分までです」

「よろしい。誰も訪ねて来ないだろうが、もし、来客があったらスタジオ――観客席にいると言ってくれ」

「わかりました」

「もうひとつの番組は？」

守衛は書類にをのぞき込んだ。

「地元向けの番組で九時一五分から一〇時二〇分までです。ミスター・フレミングとかいう人の『極悪非道の追いはぎ』という番組です」

「ああ、そうだった。ミスター・ケアードが関わっているやつだな？」

「はい」守衛はそう答えて大きく相好を崩した。「こんなにスタジオを独占する番組はありません。六階と七階のスタジオを全部使いやがっ――使うんですから」

「ほう。ミスター・ケアードはもう来ているのか？」

「いえ、まだです。ミスター・エヴァンズは――オフィスにいらっしゃいます」

「ミスター・エヴァンズ――ああ、そう、新番組研究課のミスター・エヴァンズだな。うん、そうだった」

サー・ハーバート・ファーカーソン将軍は、威勢よく頷いて歩き去った。

「あんな放送局にご執心なのはなぜなんだ？」先日、クラブで友人に言われた。「もうなにもしなくてもスムースに運営がなされているんだろ？　毎日の仕事の手順は決まりきっている。虎狩りやポロを生きがいにしているきみのような男にとっては、どぶの水みたいに淀んで退屈な毎日だろう。胸をときめかせるようなことはなにも起きないんじゃないか？」

「たしかにめった起きないな――優秀なアナウンサーが台本どおりにしゃべらないとき以外は」ファーカーソンは答えた。「わくわくするような経験はできない。そもそもメロドラマには手を出さないようにしている」

「いい仕事にも」ファーカーソンは心のなかでそう付け足し、広い玄関ホールをよぎった。

2　ドラマの放送

その日の夜、一〇時二〇分ちょうど、放送局八階のドラマ番組調整室の壁の――放送が進行していることを示す――赤いランプが消えた。調整卓――ボリュームコントロールのつまみが二列、セリフなどのきっかけを指示するためのライトのスイッチが一列並んだ興味深い機械——の前に座っている三人の男は、一斉に安堵の溜息を漏らした。

「ぴったり時間通りだ」音声バランスの調整を行なうエンジニアのデズモンド・ハンコックは、そう言って両手をこすりあわせてから指を曲げた。

一時間五分、そのあいだハンコックは調整卓の前に座り、『極悪非道の追いはぎ』のラジオドラマの放送中、いくつものスタジオからの音をミックスしていた。つまり、一時間五分のあいだ、オルガンを弾く奏者のように指で調整卓のつまみやスイッチを操作していたのだ。

ハンコックの右手に座っているのはジュリアン・ケアード。BBCドラマ創作部のディレクターであり、今夜の特別なドラマのプロデューサーでもあるこの男は、ハンカチで額を拭ってから立ち上がった。

「上出来だよ、ハンコック。よくやった。ああ、まったくなんという夜だ！　これはもうだめだと思ったときもあった。おかげさまで今回の経験でちょっと学ばせてもらったよ。大きなミスをひとつ犯すと次から次へと問題が出てくる。スタジオへ行ってキャストに声をかけてこなくっちゃな。ロドニー・フレミングを6Aリスニングルームから引っ張りだして、それから一杯やるってのはどうだ、ハンコック」

「申し分のない出来栄えでした、ミスター・ケアード」エンジニアとして忙しくしていた三人目の男が答えた。

「ああ、そうだな。お褒めの言葉、恐縮だ。ただ、スタジオからの合図のライトが消えなければもっとよかったんだが」

ここで壁の指示ライトを親指で示した。

「六階と七階のあいだのあの忌々しい螺旋階段を6Aリスニンググルームまで駆け下りて心臓が破裂しそうだった。わたしがいないあいだに、ハンコックがドラマを台無しにしてしまったにちがいないと思っていたよ」そう言ってハンコックに満面の笑みを向けた。百パーセント信頼できる男だとジュリアン・ケアードは思っている。

「実を言うとね、ジュリアン」ハンコックは答えた。「きみのいないときのあのシーンは、リハーサルの時よりはるかに上出来だったんだ。本番のパーソンズはみごとだった。実にうまく〝死んだ〟よ。きみが指示したような演技だった。今夜は白髪の一、二本は増えたかもしれないが、あのシーンにはきっと満足しただろう」

「お騒がせしてしまって申し訳ありません、ミスター・ケアード」もうひとりのエンジニアが口をはさんだ。「いつものようにテストはしていたんですが」

「わかっているよ」ジュリアン・ケアードは応じた。「今回はオーケストラの指揮者のミスだ。誰の責任であるにせよ、まったく冷や汗モノだった」

ジュリアン・ケアードとハンコックは部屋を出た。階段を下り、七階のスイングドアを抜けて別棟のタワーの中へと入っていった。スタジオはすべてここに集められている。ハンコックはジュリアン・ケアードの腕をとった。

「なあ、ジュリアン、一日休んだほうがいい。今まで見たことがないほど神経を高ぶらせているからね。今夜はずっとてんてこ舞いだったじゃないか」

ジュリアン・ケアードは立ち止まり、わずかのあいだながら、狭い廊下の壁に寄りかかった。照明は慎重に光を和らげられていたが、目の下の隈や顎の険しい線、頬骨を覆う皮膚がひどくやつれているさまを隠すことはできなかった。ケアードはマッチを取り出してタバコに火をつけた。両手が震えている。

「いや、大丈夫だ」ぶっきらぼうに応じた。「今回の忌々しいドラマのせいだよ。ここで働くようになって四年たつが、この一〇日ほどの修羅場はなかった。なんといってもドライデン夫婦の問題だ。わたしはあのふたりを外したかったんだが、ロドニー・フレミングは絶対に譲らなかった。まったくレオポルド・ドライデンときたら、例によって〝スター〟気取りだ。それにエヴァンズとのひと悶着だ。エヴァンズときたら、言われたことだけをしていればいいものを、余計なことに首を突っ込まずにいられない。それに、ドラマの構成だ。何本ほど一緒に仕事をしてきたかな、ハンコック、五〇本か？　これほどきつい仕事をしたことはないだろ？　六階と七階のスタジオ全部、おまけに8Aも使ったんだ。フレミングはあんな脚本を書かなきゃよかったんだ。わたしも企画を通してしまったのがいけなかった」

ハンコックは笑みを浮かべ、ふたたびジュリアン・ケアードの腕をとった。

「大成功だったと認めてもいいと思うよ。さあ、キャストを盛り上げてやろうじゃないか。みごとに演じたとねぎらおう。フレミングはどこにいると言ったっけな？」

「6Aリスニンググルームだ」

「そんなところで一体なにをしているんだ？」

「調整室にいてほしくなかったんでね」ジュリアン・ケアードは答えた。「俳優たちは災いのもと。だが、原作者は耐え難い存在なんでね。進行状況を見学したいということだったし、重要なシーンはほとんど6Aで行なわれるので、ガラス越しに見られるだろ。それに電話がかかってくるということだったんだ。かかってきた電話を調整室ではなくリスニングルームへまわすようにした。そうすれば周囲を気にせず話ができるからな。レオポルド・ドライデンは大丈夫かな？」

「ドライデン？　どうして？」ハンコックは尋ねた。

「ああ、そうか。言っていなかったな。合図のライトが故障したと思ってスタジオのイアン・マクドナルドに知らせようと部屋を飛び出しただろ」

「ああ」

「6Aスタジオでの大ダンスホールのシーンの直前だったよな？　戻ってくるときに、螺旋階段の上、ちょうどこのあたりでレオポルド・ドライデンと鉢合わせたんだ。当然、レオポルドは下の6Aにいて次のシーンの準備をしていなければならなかった。それなのに、わたしのほうへやってきたんだ。エレベーターに向かってね」

「そんなところでなにをやっていたんだ？」

「まさしく、そう尋ねたんだ。ひどい顔をしていた――真っ青だったよ。スタジオの空気があまりにも悪いのでタワーの外へ新鮮な空気を吸いに行くというようなことを言っていた。時間がなかったんで毒づいただけで調整室に駆け戻った。そういえば、今夜、局にやってきたとき、ドライデンは気分悪そうにしていたな」

「とにかく、ドライデンはうまく役をこなしてくれたよ」ハンコックは言った。「お先にどうぞ」

3　マイクの下で

ジュリアン・ケアードは螺旋階段を下りだし、いきなり振り返った。

「ああ、そうだ、ハンコック、7Bと7Cに誰か残っていないか、ちょっと見て来てくれないか。今回のキャストはラジオを経験したことのない者が多い。出番が終わってもそのままそこにじっとしているかもしれない」

ハンコックは頷き、戻りかけた。そのとき、螺旋階段のすぐそば、右手にあるドアが開き、黒い髪をぴったりと後ろに撫で付け、ダブルのディナージャケットを着た浅黒い肌の若い男が、6Aリスニングルームから出てきた。

「やあ、ジュリアン。ぼくのことは忘れてしまったのかい？　今夜は大成功だったんじゃないのか。あれ以上の出来は期待できなかったよ」

「おまえがこの脚本を書いてくれなかったら、わたしだってここまではできなかったよ、ロドニー」ケアードは応じた。「一緒に来るか？　ドライデン夫婦のところへ行くんだ。レオはすごく気分が悪そうにしていたんだが、イザベルともども夕食くらい食えるんじゃないかと思ってね。ハンコックが来るのを待っているところさ。ハンコックのこと、褒めてやってくれないか――みごとな仕事ぶりだったんだ」

「それはもう」ロドニー・フレミングは請け合った。「ところで、電話をまわすようにしてくれてありがとう」

「局の規定や指示に反することだったんだが、喜んで――」

ケアードは名前を呼ばれてさえぎられた。廊下の向こうのスタジオから、くぐもった大きな声が上がったのだ。

「ハンコックだな」ケアードは言った。「なんだろう――?」

7Cのドアがいきなり開いてハンコックが廊下に飛び出してきた。

「来てくれ、ジュリアン! 大至急。事故だ」

フレミングとケアードは一瞬顔を見合わせた。それからスタジオのドアの前に立っているハンコックのところへ駆け寄った。

スタジオの向こうの隅、マイクスタンドの脚元に男が不自然な格好で倒れていた。

ケアードは歩み出た。

「気を失っているんだろう。水差しを取ってくれ、ハンコック」

三人の背後で自然にドアが閉まった。

7Cは音響学上特別な処理がなされ、音が反響しないようになっている。ドアが閉まるとロドニー・フレミングは、ずしりとした威圧感を覚えた。邪悪な雰囲気を醸し出していると言ってもよいだろう。分厚いカーペットが敷かれ、クッションの効いた妙な壁に囲まれて薄暗いライトがひとつポツンと灯っているだけだ。換気は充分になされているが、フレミングは思い切り息を吸い込みたくなった。

「無駄だよ、ジュリアン」ハンコックが答えた。「触ったりしないほうがいい」

「どうしてだ?」ケアードは尋ねた。

「シドニー・パーソンズだよ。死んでいる。絞殺だ。あのシーンが真に迫っていたのも道理だよ」

4 将軍が仕切る

放送局では九階下にあるヴォードヴィル用の特別スタジオ——業界用語ではBA——では、夜のバラエティー番組がいつになく順調に進行していた。どの〝幕〟も二、三分押しているとディレクターから急かされることはなかった。コメディアンも推敲に推敲を重ねた台本を外れ、いかがわしい冗談をさしはさみ、郊外に住む何千人もの聴取者を驚かせるようなことはしていない。バラエティー番組の新任ディレクターは意気込んで実験的なことをやりたがるものだが、今回もご多分にもれず、小規模なコーラス隊を出演させ、華やかな陽気さで歌い踊らせた。さらにスタジオで見ている観客が、今夜はいつもよりも自然に反応していたという感想を抱いた聴取者が何人かいた……。

観客のなかでも目立っていたのが、人びとの真ん中に座っていたサー・ハーバート・ファーカーソン将軍、運営管理責任者だ。背は高く、ひときわ目立つ容貌の持ち主である。髪は白く、口ひげをきれいに整え、左目には片眼鏡がきっちりと収まっている。ショーを見学しながらも周囲の陽気さからわずかながら超然としているのは、その性格に由来するものだ。黒とグリーンの時計は、ファーカーソンのちょうど向かい側、小さなステージの背後の壁にかかっており、一〇時二八分を示していた。

最後の出演者——ロンドン訛りで掛け合いを行なうペアが、ふたりのあいだに吊るされた魚雷のような形をした灰色のマイクに向かって話のオチを口にするとバンドの指揮者は笑みを浮かべて観客に一礼し、ステージを降りた。観客席の各隅にあるスポットライトが消えた。スタジオ全体を照らすライトが灯り、バンドは最後の曲を演奏しはじめた。このとき、ファーカーソン将軍は肩に手を置かれたのを感じた。演奏されていたのが〝体を熱くする音量の大きな〟アメリカの曲だったのは幸いだ。ファーカーソン将軍はこの二五年間ほど肩を叩かれたことはなく、愛想がいいとはいえ、規律を重んじる短気な男だったからだ。

「おい、なんだって人の肩を——」ファーカーソンはいきなり振り向いた。「どうした、ケアード?」

ここでファーカーソンは、オンエアー中であることを示す赤いライトがまだ点灯中であり、両隣の観客が驚いた顔をしてこちらを見ていることに気づいた。声を小さくして質問を繰り返そうとすると、ケアードが早口でささやいた。

「内密に話ができませんか、外で。かなり、深刻なことでして」ケアードはそう言うと客席の後ろのドアへと戻っていった。

ファーカーソン将軍は顔をしかめて後を追おうとしたが、隣に座っている女性――コーラス隊で歌っている女の母親――の異様に太い脚につまずいてしまった。将軍は丁重に謝り、ケアードの後から廊下へと出た。

「ケアード、どうした？　気分が悪いのか？　真っ青な顔をしているぞ」

ジュリアン・ケアードはどのように返事をしていいのか戸惑っている様子だ。壁に寄りかかって立ち、喉を震わせ、両手を組み合わせている。

「お邪魔して申し訳ありません」つっかえながらもようやく言った。「すぐにお知らせした方がいいと思いましたので。７Ｃで――事故が起こりました」

「事故？」

「役者のひとりです」ケアードは続け、ようやく声が出るようになった。「バラエティーとは別の周波数でやっていたドラマ――『極悪非道の追いはぎ』をちょうど終えたところです。キャストのひとりにシドニー・パーソンズという男がいました。番組が終わってからハンコックが７Ｃでこの男を見つけたのです。死んでいました」

「死んでいた？」ファーカーソン将軍はおうむ返しに尋ねた。「おいおいケアード、馬鹿なことは言わないでくれ」

ふたりの背後にあるゴムで表面を覆った重々しいドアの向こうから、バンドが最後の音を鳴らし、観客が歓声を上げるのが聞こえてきた。

「もうすぐみんな出てきます。一緒に上に来ていただけませんか？　悪い冗談のように聞こえるのは承知していますが、パーソンズはたんに死んだのではなく、殺されたのだという動かしようのない証拠があるんです」

「殺された？　信じられん。なにか手を打ったのか？」

「7Cの入り口にスタジオのスタッフを立たせています。スタジオ責任者のマクドナルド、それとバニスターに知らせました」

「バニスターというと、きみのところの効果担当の男か？」

「はい。ガイ・バニスターです。六階と七階に人が立ち入らないようにさせています。保安責任者には警察に電話をかけるように頼みました。その時点で、将軍がヴォードヴィル・スタジオにいらっしゃると知り、飛んできました」

「手際よく動いたようだな、ケアード。上へ行こう」

「ありがとうございます」

将軍が先に立ち、入り口のメインホールに入って行くと、保安責任者がオフィスから出てきた。

「ご足労いただき、恐縮です」保安責任者が言った。「大変なことになりました。スコットランド・ヤードから刑事と警察医が駆けつけるそうです」

将軍は片眼鏡の奥から鋭い眼差しを投げた。

「本当に警察を呼ばなければならない事態なのか？　とてつもない不祥事として世間に広まってしまう」

「ほかにどうしたらいいのかわかりません」保安責任者は弁解するように言った。「死体を見ました。明らかに殺人事件です。なにも触りませんでした」

「殺人！　よりによって放送局で！　なんということだ！　放送が終わるまでどうして気づかなかったんだ？」ファーカーソン将軍は尋ねた。

「パーソンズは役の上で殺されることになっていたんです。ひとりで7Cにいました」ケアードが答えた。「ひどいことです。パーソンズが死ぬところをみんな聞いていたんですから。これまでの犯罪のなかでもまれに見る手口です」

「まだ犯罪だと決まったわけではないだろ」ファーカーソン将軍は語気鋭く言い返した。「軽率に結論に飛びつくものではない！」ここで保安責任者に向き直った。「刑事がやってきたらすぐにスタジオへ案内するように。このことが広がらないようにしてくれ。特に事件をかぎつけてやってきた記者どもには絶対になにもしゃべってはいかん。ケアード、一緒に来てくれ。上へ行く。いや、エレベーターを待ってなどいられん。七階まで階段で行くが、きみも大丈夫だろ。わたしより三〇歳も若いんだからな」

BAスタジオにいた観客がメインホールに出てきた。笑い声を上げ、おしゃべりをしている者もいるが、ほとんどの人たちは好奇心を隠そうともせずにきょろきょろし、ホールのこちら側、マホガニー製の受付デスクの脇に置かれた彫刻家エリック・ギルの作品〈種まく人〉や、反対側にある放送局が出版してきた本を並べた書棚を眺めていた。ジュリアン・ケアードは、目の前にある将軍の長い脚を見つめながら階段を上っていったが、なんとも信じられない思いにとらわれていた。観客は放送局を出て電車やバスに乗り、いつものように家へ帰っていく。彼らは、日々、いきなり死ぬことだけは免れたいと思っているのだが、同じ建物のなかでそれが現実のものとなったにもかかわらず、気づかず、全国放送のバラエティーに見入っていた……。

5　ヒギンズのおかしな行動

あふれんばかりの活力をたたえた将軍も、一段おきに七階まで一気に階段をのぼっていくことはできず、ジュリアン・ケアードはほっとした。五階まで来ると将軍は早歩き程度になり、六階の踊り場では一息つくために立ち止まりさえした。短い間だが、この足を止めたとき、驚くような出来事が起こった。七階から駆け下りてくる重々しい足音が響いてきたと思ったら、茶色のオーバーオールを着た年配の男が前が見えないほどうつむいて突進してきて将軍を跳ね飛ばし、危うくその体を壁に激突させるところだった。驚きと憤りで将軍は、一瞬、声が出てこなかった。ケアードは男がスタジオのスタッフであることにすぐに気づいた。悲劇が起こった後、7Cのドアの外に立たせていた男だ。

「一体ここでなにをしているんだ、ヒギンズ」ケアードは責めるような口調で言った。「スタジオのドアの前で見張っているように言っただろ」

男は申し訳なさそうになにごとかつぶやき、体重を片方の脚にのせかえた。ヒギンズはやせて背が高く、手入れのされていない金色の口ひげをたくわえ、不健康そうな青白い顔には深いしわが刻まれている。灰色の目は追い詰められた猫のように右から左へと絶え間なく動いていた。

「どういうことだ、ヒギンズ」ファーカーソン将軍も尋ね、息を整えた。「どうして言われたとおりにしない？」ヒギンズが答えなかったので、きつい声でさらにこう訊いた。「スタジオのなかに入ったのか？」

「いいえ。もちろん、入っていません」ヒギンズは口ごもりながら答えた。ここで初めて、ファーカーソンとケアードの顔に目を向けた。「申し訳ありません。大事なことだと思わなかったものですから。誤解してしまったんです、ミスター・ケアード。ドラマが終わったら勤務時間も終わりですし、大切な約束もあったんです。そういう次第でして」

「わかっていたはずだ」ケアードは咎めるように言った。「はっきりと言っただろ。戻ってくるまで動くな、と」

「ほんとうにすみません」

「埒(らち)があかない」ファーカーソン将軍は怒りを露わにした。「上へ行こう」

ケアードは思い出したことがあった。

「ちょっと待ってください。確認したいことがあるんです。なあ、ヒギンズ、ドラマをやっているあいだは仕事をしていたわけだな？」

ヒギンズは頷いた。

「どこでだ？」

ヒギンズは舌の先でそっと唇を湿らせた。

「七階のスタジオが並んでいる通路の北のはずれです。スタジオ・タワーへ入るドアの外にいました」

「どうしてそこにいた？」将軍が尋ねた。

「誰かそこに立たせておくようにとマクドナルドに指示したんです」ケアードが答えた。「あそこのドアを閉鎖しておかないと、本番中に近道としてタワーの廊下を通ろうとする者がいるからです。これまでにもそれで困ったことになりましたので。今夜のような複数のスタジオを使った入り組んだドラマの場合、廊下に人が立ち入らないようにしなくてはなりません。そのために立たせておいたんです。本番中、わたしは調整室から6A へ下りていかなければなりませんでした。スタジオからの合図のライトがつかなくなってしまったからです。七階のスタジオが並んだ通路を通って行ったんですが、ヒギンズは持ち場にいなかった。どこにいたんだ、ヒギンズ？」

「本番中はずっとドアのところに立っていました」ヒギンズはむっつりした顔で答えた。

「馬鹿なこと言うな、ヒギンズ。わたしにだって目はあるんだ」ケアードが怒声を上げはじめるとファーカーソン将軍がさえぎった。

「いいか、ヒギンズ」将軍は穏やかな声で言った。「嘘をついても、立場はますます悪くなるばかりだ。きみは、今夜、任された仕事をしなかったことは明らかなようだ。深刻な事態になっている。正直に話してくれないと、とてもまずい状況に陥るだろう。ドアの前に立っていなければならないとき、どこにいたんだ？」

ヒギンズはいたましいほどもじもじしていた。ふとケアードは哀れを催した。ヒギンズはやせこけ、気持ち悪そうにしており、あまりにも惨めな様子で、とてつもない権威を持つ将軍の前に立っている。落ち着きのない目に涙を浮かべているのは、見間違えようもない……

しばらくのあいだ、ヒギンズはじっと我慢していた。しかし、神経が耐えられなくなった。

「お話しします。わたしのことを馘首になさるでしょう。でも、そうなっても当然です。実は女がいまして。地下の食堂で働いている女です。わたしに女房がいることとやなんやかやで。昨日、手紙をもらったんですが、別れるって書いてきたんです。わたしはかんたんに地下に下りていくことはできません。地下に用事がないからです。保安責任者からも、用がないところへ行くなと釘を刺されていました。そこで、今夜、本番中に七階の人のいないオフィスで会おうと女にメモを送ったんです。今夜一〇時にと指定し、その時間に無人のオフィスへ行きました」

将軍は鼻息荒く、仕事で忙しくなったときに仮眠をとるお気に入りのオフィスをそのように使われたことに腹を立てた。ヒギンズはあわてて先をつづけた。

「ところが、来なかったんです。女は無関係です。彼女が来なかったことは本当です」

「女にたしなみがあったということだな」将軍が言った。「それで?」

「できるだけ待ちました。一〇時二〇分にドラマが終わるんですが、その一分前までです。それからドアの前に戻りました。ですからミスター・ケアードとミスター・ハンコックが調整室からやってきたときは、そこに立っていたわけです」

「確かに」ケアードは認めた。「通路に置かれたがらくたや空の灰皿といったものを片付けていました。それで、戻ってくるまで7Cの外で待機しているように言ったのです」

「ヒギンズ、きみはなにか知っているのか、その――」将軍は途中で言葉を切った。

「スタジオの中に入らないかぎり知りません」ケアードが代わりに答えた。

将軍は口ひげを歯でいじった。

「ヒギンズ、きみのけしからぬ行動については、あとで問題にすることにしよう」ようやくそう言った。「ケアード、ヒギンズを保安責任者のオフィスへ連れていってくれ。そこで待機させておくんだ。あとで話を聞くことになるので、そのときまでひとりにしておかないように。警察も事情を聞きたがるだろうからな」

ヒギンズは口を大きくあけた。

「警察、とおっしゃいましたか？　わたしはなにもしていません」

「きみがやったとは言っておらん。今はそんな話をしている暇はない。ケアード、連れていってくれ。7Cで待っている」

「わかりました」ケアードは答えた。「途中で六階の出演者控室に寄ってきたいんですが。ドライデン夫婦、ロドニー・フレミング、マクドナルド、バニスターがまだそこにいますので」

「よろしい。その部屋から出すな」

将軍は最後の階段を上がっていった。ふたたび一段おきに。

6　ドライデンはいつものように

ケアードは六階の待合室に戻り、改めて思ったのだが、確かに妙に興味をそそるような面々だった。淡い黄褐色の長椅子の端から落ちそうにしてロドニー・フレミングは腰掛け、退屈と憤りが交じり合ったような表情を浮かべていた。タバコを吹かしながら、わずかに細めた目でレオポルドとイザベルのトライデン夫妻を眺めている。レオポルド・トライデンは、長椅子と壁のあいだの狭いところをいらだちもあらわに行ったり来たりしていた。そのかなり長い金色の髪は乱れ、立派な体と整っている顔立ちは、あまりに際立っているので、作り物のように見える。今夜のドラマでもいつもの卓越した才能を発揮して彼にピッタリの役柄を演じていた——挫折した気むずかしいアーティストという役だ。妻のイザベルは、ロドニー・フレミングの隣に座り、夫をじっと見つめていた。可愛らしい女性でまだ二五歳ほど、ブロンドとこげ茶色の目の組み合わせが得も言われぬ魅力を放っている。

「レオを帰してくれたらいいんだけど」イザベルは心配そうにフレミングにささやいた。「今夜はずっと気分がよくないのよ。夕食のときも、いつものレオじゃなかったし」

妻の心配をよそにレオポルド・ドライデンは、力のこもった声で反応のないスタジオ責任者イアン・マクドナルドに言葉を投げつけていた。感情を動かすことのないこのスコットランド人マクドナルドは、チーク材から切り出した彫刻のような表情のない顔をしており、これまでもラジオドラマ放送中に危機的な問題が持ちあがったときでも、まったく動じず、これ以上ないというほどの興味をドラマに示し、感情移入しながら聞き入っている印象を周囲に与えたことで知られている。

「いいか、これはあまりにもひどい」ケアードがやってきたとき、レオポルド・トライデンはまくしたてていた。「とにかくひとこと言わせてもらう。わたしも妻も下っ端のコーラス隊の女の子みたいにひと晩中拘束されている。われわれの了解もなしにだ。きみの立場はわかる、ミスター・マクドナルド。上から命じられたことをしなければならないんだからな。そうは言っても、こっちだって困るんだ――立場と評判ってやつがあるからな。こんなことが記事になったら！評判ががた落ちだよ。さあ、もうわかっただろ――」

「ああ、来てくれてよかった、ジュリアン」イザベルはそう言って勢いよく立ち上がった。「レオのことは心配しないで。でも、もう帰してあげて。わたしは残っていてもかまわないから。このままじゃあ、ほんとうに病気になってしまう」

「病気とかそういう問題じゃない！」レオポルド・ドライデンは乱暴な口調で言った。しかし、痛みの発作に襲われたかのようにその顔がいきなり歪み、トライデンはソファーに腰を下ろした。

「もう話をしてもいいのか、ジュリアン」部屋の隅にいるロドニー・フレミングは静かな声で尋ねた。

「話ってなに？」イザベルが尋ねる。

「ちょっと待ってくれるかな。すぐに事情を説明するから」ケアードは答えた。

レオポルド・ドライデンはふたたび立ち上がり、ケアードに歩み寄った。これまでになく喧嘩腰だ。

「もう我慢できない」ほとんど叫ぶように言った。「謎めいたはったりにはな！　イザベルの手前、ラジオなんてものに出演した。わたしのために脚本を書いてくれたんだからな。それに、フレミング、きみへの気がねもあった。わたしのためにぜひにと言われたからだ。それに、フレミング、きみへの気がねもあった。イザベルにぜひにと言われたからだ。芝居をラジオでやるなんてことは信じられなかったが。ラジオなんかに関わらなけりゃあよかった。こういう扱いには慣れていないんだ、ケアード。この業界では、役者をこのように扱うのなら──」

ここで言葉を切った。ケアードの肩越しにふたりの男が通路をこちら側にやってくるのが見えたからだ。ひとりはファーカーソン将軍で険しい顔をしている。その後ろに、サージの紺色のスーツを着て山高帽を手に持ったやせた若い男が続いていた。

ふたりが立ち止まると、一瞬、室内が静まり返った。

「不便な思いをさせてしまって誠に申し訳ない」将軍は重々しい口調で言った。「だが、こちらがみえられるまで、残念ながら待ってもらうしかなかった。みなさん全員に二、三、質問があるそうだ」

「どなた様か知らないが──」レオポルド・ドライデンが言いかけた。

「あ、いえいえ、それほどお手をわずらわせるものではありません」若い男はそう言って山高帽を近くのテーブルに置き、ポケットから手帳を取り出した。「スピアーズです──スコットランド・ヤードのスピアーズ警部補」

ロドニー・フレミングは洗練された若者であり、将来を約束された作家、さらに人間の心理を探求する者という自覚があったので、いきなり登場したスピアーズ警部補に対する待合室の面々の反応を非常に興味深いものに思った。殺人事件が起こったことも警官がやってくることも知っていたフレミングでさえ、スコットランド・ヤードからきた男を目の当たりにして神経が張り詰めた。イザベルは片手を胸に当て顔面蒼白となった。フレミングはイザベルが気絶するのではないかと思った。イアン・マクドナルドはひとこと、こう言った。

「お会いできてなによりです」

いつも苦虫を嚙み潰したような顔をしているお偉方が、スタジオを視察しに来たときに挨拶をするときとまったく同じ調子だ。警部補がやってきたのを機に、レオポルド・ドライデンが卓越した演技力で次のシーンを派手に演じるのではないかと誰もが思ったが、肩透かしを食らった。ドライデンはしばらくなにもせずにたたずんでいたので、スピアーズが先に自己紹介をしてほかの人たちの心に印象を〝刻みこんで〟しまった。レオポルド・ドライデンはファーカーソン将軍へ歩み寄り、まっすぐに目をのぞき込みながら言った。

「スコットランド・ヤード」狼狽したように力のない声で切り出した。「そうでしょうとも。こんな面白いことはない。では、警官から尋問されるためにここで待機させられていたわけだ。どこかのご婦人がハンドバッグを置き忘れたとか、男性用トイレで一〇シリングがなくなったとか、そういう話なんだろう！　幸いなことに、この放送局の理事のひとりは、同じクラブのメンバーだ。ご存じないだろうから、言っておくが」

　刺々しい言葉を投げつけられても将軍はまばたきひとつしなかった。

「ミスター・ドライデン、長らくお待たせし、ご不便をかけて申し訳ない。理由を説明すれば、おそらく、納得していただけると思う。みなさんと一緒にドラマに出演していた男性が、今夜、スタジオで亡くなった」

　イザベルは嚙み殺したような小さな声を上げ、フレミングがさっと手をのばし、彼女の手首をつかんだ。

「落ち着いて、イザベル」フレミングは小声でなだめた。

　レオポルド・ドライデンは、ひるみもしなければ、行ったり来たりする脚を止めることもなかった。みずからの役柄とどのように演じるかを決めていたからだ。

「言うまでもないが、わたしだって出演者が死んだと聞いてとても悲しい」ここで頭を後ろにそらした。「だが、悲劇を茶番劇に変えようとしているとしか思えない。放送局のなかで不幸にも人が死んだからといって、わたしと妻が警察の尋問を受けなければならないと、本気で思っているのか？」ドライデンの憤っていた声は、これ以上ないというほどの皮肉を含んだものに変わっていた。「それとも、これが殺人事件だと判断し、わたしを容疑者として逮捕する気なのか？　どうなんだ？」

「殺人かもしれません」スピアーズが穏やかな声で応じた。

　レオポルド・ドライデンは一歩下がった。一瞬ながら、自信に満ちた横柄さがその顔から消え、疲れてやつれた表情がのぞいた。

そのとき、イザベルがソファーから立ち上がり、夫の腕を取った。妻の指が触れたことがまるでプロンプターの声のような効果をもたらしたようだ。レオポルドは妻の手を軽く叩き、挑むような調子で警部補に向き直った。

「では、殺人ということにして」レオポルド・ドライデンは続けた。「妻とわたしがそれに関わっていると考えているのか？　夜のこんな時間に尋問しようと？　本番が終わったばかりでくたびれ果てているというのに。どうやらスコットランド・ヤードお得意の厳しい尋問ってやつを披露しようとお出ましになったようだ。スピアーズ警部補、これだけは言っておくが、わたしたちを足止めする権利なんかあんたにはないんだ。逮捕することにしたんでない限り。そんなことをするほど軽率、いや、馬鹿じゃないだろ？　明日の朝なら、喜んでわがフラットに迎え入れる。常識的な時間に来てくれるならば――つまり一一時より早い時間は遠慮してくれということだ。住所は電話帳で調べればわかる」

レオポルド・ドライデンはイザベルとしっかり腕を組み、通路に立っている将軍とスピアーズ警部補の前を通り、振り返りもせずエレベーターへ向かった。

「止めましょうか？」イアン・マクドナルドが感情のこもらない声で言った。

スピアーズは首を振ってこれに答える。

「頭を冷やしてもらったほうがいいでしょう。ほかにも見ておきたいものがたくさんあります。ミスター・ケアード、どのようにラジオドラマが制作されるのか知りたいですし、建物にも馴染んでおきたい。みなさんから話をうかがうのは、明日の朝でもかまいません」

ロドニー・フレミングが立ち上がり、ディナージャケットの折り返しからタバコの灰を振り払った。

「では帰っていいんですね？」

「できましたら、あなたとミスター・ケアードにはお付き合い願えればありがたい」スピアーズは言った。「おふたりは今回のドラマ全体を見通せる立場にいるのですよね。さまざまな観点から今回のことがどのように見えるのか知りたいのです。とにかく、まず死体の発見されたスタジオに戻りましょう。もう写真を撮り終わっているでしょうから」

「好きなようにやってくれたまえ、警部補」将軍が言った。「ケアード、すべてきみに任せる。ヒギンズが帰る前に警部補はお会いしたいのではないかな？　明日の朝、わたしのオフィスに来てくれ。きみの報告を聞いてから会長に会いたい。まったくとんだことが起こってしまった！いまでも信じられんよ。では、諸君、お休み」

将軍はきびきびした足取りで廊下を去っていった。

7　検死

読書の時間がわずかしかとれない忙しい人たちがたいていそうであるように、ジュリアン・ケアードも探偵小説の愛読者だ。ラッフルズ、アルセーヌ・ルパン、シャーロック・ホームズなどのシリーズもの、『トレント最後の事件』などを読んで育ち、今では名作と呼ばれているものをむさぼり読み、フレンチ警部、ゴア大佐、ポアロ、ピーター・ウィムジイ卿などのそれぞれの真価についてとことん話をすることができる。しかし、小説のなかの犯罪に馴染んでいるとはいえ、まさに現実の警察の捜査を目の当たりにするとは思ってもいなかった。スピアーズ、部下の巡査部長、管区の警察医、ふたりのカメラマンがかつてシドニー・パーソンズだった男の死体をどのように扱うのか、どれも初めて目にすることだった。

詰め物をして防音設備が完備され、灰色一色で統一された不自然な環境の7Cスタジオは、死体が転がっていてもまったくおかしくない雰囲気だった。レオポルド・ドライデンは先に帰ったことに感謝するだろう、フレミングはそう思った。置かれているものといえば、ソファー、金属製の枠に粗布を張った小さな椅子が三、四脚、水差し（カラフ）とグラスが載った黒い丸テーブルだけだ。四本脚のスタンドの上にマイクがセットされていた。

スピアーズたちがスタジオに入っていくと、写真班が器具を片付けているところだった。マグネシウムが燃えた強いにおいが鼻を突き、天井のあたりではまだ煙が渦を巻いている。パーソンズの死体は、マイクのほぼ真下、発見された場所に横たわったままだったが、丁寧に布が掛けられていた。巡査部長は小さなテーブルの脇に立ち、パーソンズのポケットの中身を慎重に調べている。警察医は下あごが突き出し、鼻眼鏡をかけ、白髪がもじゃもじゃに乱れて驚くほどてかてか光るズボンをはいた男で、ソファーに腰掛けて封筒の後ろになにごとか鉛筆で走り書きしていた。

「やあ、スピアーズ」警察医はそう言って顔をあげた。「今夜は寝不足にならずにすみそうだ。

手続き上、解剖をする必要があるだろうが、死因は明らかだよ」

「ほう？」

警察医は走り書きしていたメモに目を向けた。

「背後から首を絞められている。犯人は手袋をはめていた。きみから説明を聞くまでもないよ、スピアーズ。いつ殺されたか、議論の余地はないと思う——」

「死ぬところを聞かされたんだ！」ケアードは興奮して言った。

「結論に飛びつかないでください、ミスター・ケアード」スピアーズはたしなめた。「ドラマのなかで死ぬのを聞いたと思っている、そういうことでしょ？　死ぬ場面は演技ではなかったと推測しているだけです」

「なるほど。そう考えればいいんだ」ロドニー・フレミングが口をはさんだ。

「まだなにもわかっていません」スピアーズが応じる。「今は事実を集めている段階にすぎないんです。アーバスノット、死後どれくらいたっている？」

「以前にも言ったけどな、スピアーズ、正確な時間を答えようとするのは、よほどの馬鹿だけだ。でも、死後二時間はたっていないことは確かだよ。哀れな被害者を殺すのにそれほどの手間はかからなかっただろう。かわいそうにあまり栄養をとっていなかった。つまり、体が貧弱だ。しかも最近では見たことのないほどひどい歯をしている」

「パーソンズが健康をひどく害していたことはわかっていましたよ」フレミングが話に割って入った。「彼のことは少し知っている程度だったけれど、ケアードに推薦したんです。金に困っていましたから」

「情報を感謝します」スピアーズは礼を述べた。「あとでもっと詳しくお聞きします。アーバスノット、ほかになにかあるか？」

「いや、必要なことはなにも」

「写真は撮り終わったんだな？」スピアーズは写真班のふたりの方を向いて尋ねた。

「はい」

「よし。では、もう帰っていい。玄関ホールで待機しているふたりに死体を運ぶように言ってくれ。さて、巡査部長、スタジオ内を調べたか？」

リング巡査部長はやせた抜け目のない顔つきをした男で、瞳は淡いブルー、手がほっそりとして警官というよりはまるでピアニストのようだ。

「ご覧のように、この部屋はほとんど空っぽです。カーペットはふかふかでなんの音も立てません。誰が犯人であるにせよ、後になにかを残していくようなヘマはしでかさないだけの分別はあったようです。これが被害者のポケットの中身です」

スピアーズはテーブルまで歩いていった。ケアードが見ていると警部補は冷静にひとつひとつ品物を検めていく。そうしていると、先ほど将軍とともに階段でスタジオ・スタッフのヒギンズを問い詰めたときのような妙な痛ましい感覚がふたたびケアードの胸にきざした。なにやら途方もなく惨めで見捨てられたような寂しさが、テーブルに並べられた物から漂ってきた。小銭の小さな山、一〇本入りタバコのプレイヤーズの紙箱は四分の三は空だった。一見して質札とわかる紙、汚れたハンカチ、編んだ紐についている古臭い鍵が三本、嚙み跡のある鉛筆、くたびれた豚革の札入れ――はるか昔に買った過去の遺物――なかには薄汚れた小切手数枚と一〇シリング紙幣一枚が入っていた。重要な人物でもなく病弱で、これといったものをなにも持っていない男を殺そうなどと、一体誰が思ったのだろう？　エンバンクメントあたりにある安宿に流れていくことが明らかだというのに、絞め殺す動機は一体なにか？　ケアードはそう思い、身震いしながらロドニー・フレミングに向き直った。

「ロドニー、おまえは興味津々で眺めているかもしれないが」ささやき声で言った。「スピアーズが被害者の遺品を手にとっているのを見ると、朝食にキドニーパイを食べようとしているみたいでぞっとするよ」

「巡査部長、ポケットの中身は記録したか？」スピアーズは尋ねた。

「はい」

「よし。ミスター・ケアード、これはなんです？」

左手の上部をピンクのテープで留めた印刷された紙の束をスピアーズは差し出した。五〇枚ほどあり、吸い取り紙のような紙質と感触だ。

ケアードは両眉をあげた。

「ドラマの台本です。出演者がセリフを読むんですよ。覚える必要はありません」

「死体のすぐ脇に落ちていました」リング巡査部長が横から口をはさんだ。

スピアーズは両手で台本を持ち、じっと見つめた。

「わたしが書いた脚本ですよ」ロドニー・フレミングは軽い調子で説明した。「表紙にタイトルなどが書かれています」

「ええ、そうですね。ミスター・ケアード、役者さんが台本を切り取ったりすることはよくあることですか？」

「切り取る？　メモを書き込むことはあります——余白に気づいたこととか、セリフを言うタイミングを記した記号とか。どうしてです？」

スピアーズは台本を差し出した。

「ミスター・パーソンズ本人かほかの誰かはわかりませんが」スピアーズはゆっくりとした口調で言った。「ほら、裏表紙が半分なくなっています。急いで破り取ったような跡です。なぜでしょうね？」

8　スチュワート・エヴァンズ登場

それから一時間少し後、ケアードとフレミングは、夜が明けるまで放送局の奥の奥までスピアーズを案内する覚悟を決め、帰ることを諦めかけたとき、スピアーズは手帳にゴムバンドをかけ、ポケットにしまってこう言った。

「ここまでにしましょう。すでに聞きたいことはうかがいましたので」

一行は調整室とスタジオを見てまわった。廊下を歩きまわり、調整室ではなにがどのように作用するのか試していったが、やがてロドニー・フレミングはひどくうんざりし、スコットランド・ヤードの徹底した捜査方法に小声で悪態をつくようになった。

今はふたたび7Cまで戻り、ドアの前に立っている。

「明日の朝、事件が起こったときになにをやっていたのか、関係者から話を聞くことにします」スピアーズは言った。「まず、ドライデン夫妻からはじめるつもりです。親切にも約束してくれましたからね。おふたりとも、明日は時間をとってもらえますね？」

「いつでも、そちらの都合に合わせます」ケアードが答えた。

「ありがとうございます、ミスター・ケアード。ミスター・フレミングは？」

ロドニー・フレミングは頷き、タバコケースに入っていた最後の一本に火をつけた。

「こんな時間に」スピアーズはそう切り出してから続けた。「食事ができるような場所はありませんよね？　今夜は遅くに帰ってきて、夕食を食べないうちにまた呼び出されたもので」

「それはお気の毒に、警部補」フレミングが答えた。「大規模な放送局で捜査することにも、ひとつだけ便利な点がありますよ。シャンパンを注文するのは無理でしょうが、ここの食堂はかなりいけます。請け合いますよ」

「そうだな」ケアードが応じた。「だが、食堂へいくのはどうかな。エンパイアサーヴィス（BBCの全世界向け放送）で放送する次のバラエティー番組に出演する者が大勢いて好奇の目にさらされるだけだ。リスニングルームにコーヒーとサンドイッチを運ばせるようにしましょう」

深夜に動いているエレベーターに乗って地下まで降り、ケアードは第一リスニングルームへと案内した。ロドニー・フレミングは、ふかふかのアームチェアに身を投げ出すように座り、満足気な表情を隠そうともしなかった。スピアーズは周囲を眺め、この一風変わった部屋にあからさまに当惑していた。現代的な家具と装飾、照明は人目をはばかると言わんばかりに落としてあり、正面の台の上には大きなスピーカーが置かれ、その背後の壁には二棟の高層ビルとそこを流れる川を描いたモダンな風景画が注意深く配されている。

「くつろいでください、警部補」ケアードが言った。「ここは聴取者の代表や報道関係者、著名人たちに、わたしたちの番組がほんとうはどれほどいい音なのか聞いてもらうための部屋です。ちょっと食堂まで行って食べる物を注文してきましょう」

ケアードは右手の通路を食堂へと向かっていった。と、いきなり立ち止まった。

「おいおい、エヴァンズじゃないか。こんな夜更けになにをしているんだ?」

「残業でね」スチュワート・エヴァンズは声に横柄さが表れるのを隠そうともしないで答えた。

ケアードとエヴァンズは、お互いに相手を心底嫌っており、しかも悪いことにエヴァンズはケアードと同じ部に所属し、地位は低かった。年齢はエヴァンズのほうが上なので、ケアードにほとんど敬意を払わないばかりか、その判断力をまったく買っておらず、それをあからさまにするのだった。背の低い太った男で、すでに髪が薄くなりはじめていた。たしかに頭は切れ、野心満々だったが、困ったことにこれまでにさまざまな問題を引き起こしていた。そのどれもが、仲間とうまくやっていくことができない気むずかしい性格が原因だ。エヴァンズはケアードの部の小さな専門部署に所属しており、そこではドラマ、音楽、トークショーなどといった通常の分野から外れた番組の構成と制作を行っている。新番組研究課と呼ばれており、仕事の時間や内容にはかなりの幅がある。番組制作部のきわめて有能なメンバーがこの課に配属されており、ケアードにとっては管理が難しい連中だ。ほとほと嫌になっているのだが、彼らの仕事の最終的な責任を負わなければならないのはケアードだ。

「今夜のドラマを聞いたぞ」エヴァンズはさらに続けた。「確かにうまくやってのけたと思うよ、ケアード。だが、あの内容とそれを放送することに対するあんたの良心とどうやって折り合いをつける？　おれにはさっぱりわからない。バロネス・オルツィの作品を水で薄めたような代物じゃないか。どうしてヘンリー・ウッド夫人の『イースト・リン』にしないで、あんなもので我慢できるんだ？　救世軍の信奉者たちを楽しませようと思っているのか？」

「おい、エヴァンズ。腹を立てたくはないんだが、ときには――くたくたになっているときってことだよ。今みたいにな――他人のことには干渉してほしくないって思うこともある。『極悪非道の追いはぎ』に決めたのは、多くの人たちに気に入ってもらえると判断したからだ。きみも少しでも満足したのなら、このことはもう問題にしたくないんだがね」

「良心が痛むのか？」

「冗談じゃない！」ケアードは怒鳴り声をあげた。「朝になればわかる。こんな時間までなんの仕事をしていたんだ？　真夜中まで残っているなんて、めずらしいな」

「夜、オフィスで仕事をするのが好きなんだよ。雰囲気が気に入っているんだ。電話はかかってこないし、間抜け野郎がやってきて、くだらない書類にどうしてサインをしないのか詰問されることもない。仕事がはかどるのさ。じゃあな、ケアード」エヴァンズは早足で歩み去った。

ケアードはサンドイッチとコーヒーを注文してリスニングルームへ戻った。ロドニー・フレミングは椅子に体を預けて眠っていた。スピアーズはスチールの椅子に背筋を伸ばして座り、手帳の内容を検討していた。

「すぐに食べ物が来ます」ケアードはそう言い、陽気さを装ったが、心のなかはそんな気持ちとはかけ離れていた。「やあ、ジェラルドじゃないか。どうした?」

いきなり開いたドアから入ってきたのは、ディナージャケットを着て取り乱した表情を顔に浮かべた若者だった。

「やあ、ジュリアン。まさかこんな時間まで残って今夜のドラマを聞くとはね」

「どういうことだい?」ケアードはそう応じてから、お互いを紹介した。「そうそう、ロドニー。こちらはミスター・レイランズ、BBCエンパイアサーヴィスのアナウンサーだ――こちらはミスター・フレミング、それと、こちらは、その、ミスター・スピアーズ」

「芸術的な気概が疲れを吹き飛ばすんだろう。『極悪非道の追いはぎ』を〝ブラットナーフォーン〟した。エンパイアサーヴィスで全世界に放送する」――ここで腕時計を見る――「あとちょうど七分だ。スピーカーの電源が入っているか確かめようと思って来ただけさ。調整室に電話しなければ」そう言ってリスニングルームの隅にある電話ボックスのなかに消えた。

スピアーズは困惑している様子だ。

「〝ブラットナーフォーン〟する？」

「ええ」ケアードはゆっくりとした口調で応じた。「金属のテープに番組を録音することです。録音しておけば、再放送することができるわけです。エンパイアサーヴィスのためによく録音をするんですよ」

「再放送？」スピアーズが繰り返した。「それは、つまり――」

ロドニー・フレミングが立ち上がった。

「そうか！」

「なるほど」ジュリアン・ケアードも気がついた。「思ってもみなかった。なんと間抜けなんだ！常軌を逸した犯罪だということしか頭になかった。証人は山ほどいるのに、誰も犯罪が犯されたと気づかないなら、まったく証拠がないのと同じだから。しかし、放送が――」

スピアーズは目の前のデスクを拳で叩いた。

「番組を録音したと言うんですね？」スピアーズの声は、興奮に震えていた。「つまり、問題のシーンをもう一度聞くことができると？」

「ええ、聞くことができます」ケアードが答えた。「もう一度どころか、何度も繰り返して。好きなだけです。犯人はそこまで考えたのでしょうか？」

9　イザベルの取り調べ

レオポルドとイザベルのドライデン夫妻は、アッパー・セント・マーティンズ・レーンにあるフラットに住んでいた。放送局で悲劇のあった翌日の午前中、ちょうど一一時にスピアーズは夫妻を訪ねた。今朝は六時までベッドに入ることはできず、しかも九時にはスコットランド・ヤードのオフィスにいた。ホワイトホールからセヴンダイアルズあたりに貼りだされた壁新聞は「放送局での殺人」という大見出しで事件を報じていたが、スピアーズはいつもと同じように快活で、てきぱきと仕事をこなした。

白いジャケットを着た召使いがドアを開け、カーペットを敷いていない階段を先に立って案内した。広々としたオフィスをふたつ通り過ぎ、さらに奥のドアを抜けるとそこだけ独立したようにドライデン夫妻のフラットだった。ダイニングルームへ入っていくとタバコを勧められ、しばらくお持ち下さいと言われた。スピアーズは腰を下ろし、あたりを見まわした。いつも思うのだが、劇場で仕事をする者たちというのは、どうして判で押したようにこのような豪華な暮らしをしているのだろう。

外はいつになく暑いというのに、ダイニングルームは骨の髄まで凍えそうだ。なにもかも白で統一されているからだろう。むき出しの白い壁、アメリカ製の布でしつらえた白いカーテン、マントルピースの上には大方を蠟(ろう)と白い羽根で作った造花が飾られている。スピアーズは陰鬱な死体置き場を連想したが、部屋の真ん中を占める大きなテーブルがますますその印象を深くした。

奇妙にカーブした白い脚がクジャク石の天板を支えている。食事を供するよりも、死体を横たえたほうがずっと似つかわしい。マントルピースの上の壁には、木炭によるスケッチ画が一枚飾られ、『オセロ』のイアーゴに扮したレオポルド・ドライデンが狡猾な目つきでスピアーズを見下ろしていた……。

ドアが開き、イザベル・ドライデンが入ってきた。

どうやら彼女も昨夜、ぐっすりと眠れなかったようである。泣いていたのではないか。目の下に隈ができ、心の動揺がその物腰からにじみ出ているのだが、敢えて隠そうとしておらず、それがまたイザベルの可憐さを強調していた。きれいに化粧をし、美しく着飾っていたが、髪の毛がやや乱れ、薄い色合いの爪にも光沢がなく、ストッキングは靴の色とまったく合っていなかった。警察官からの質問に備えて外見だけでも隙がないように身構えるために準備をはじめたが、途中で気力が挫けてしまったといった有り様だった。

「立たないでけっこうです」イザベルは入ってくるなりそう言った。「ミスター・スピアーズ、今回の事件でどれほど恐ろしい思いをしているか、口では言い表わせません」

「それはそうでしょう」なだめる口調でスピアーズは応じた。「たいへんなショックだったことと思います。実を言いますと、今朝はご主人に会いに来ました」

イザベルは唇を噛んだ。

「申し訳ありませんが、それは無理です」低い声でイザベルは答えた。

「ミセス・ドライデン、無理というのは、できない、ということですか？　それともその気がないということでしょうか？」

「昨夜の主人の態度のことをお考えですね。それはひとまず、置いておいていただけますか？ 主人は――自分の思いどおりにやってきた人ですから――」

「確かに」スピアーズはさえぎった。「激しい気性をそのまま外に出すタイプですね。芸術家というのは誰でもそんなものですが」

「まったく。それに今朝は具合が悪いのです。起きられるような状態ではありませんでした。お医者様に電話をかけたので、お昼までに来ていただけることになっています」

「当然、ご承知でしょうが、知っていることは話してもらわなければなりません。わたしでなくとも、検死官には。人はたいてい公になることを好まないものですが、レオポルド・ドライデンは新聞記事になることは慣れているのではないですか？」

イザベルは顔を赤らめた。

「お話しすることはなにもありません。どうして主人がなにか知っているというのです？ 本番のときはずっとスタジオにいました。それに申し上げたとおり、ひどく気分が悪かったんです。苦しんでいたのをご覧になったでしょ。ミスター・スピアーズ、信じていただきたいのですが、主人は放送が終わるまで、役を演じきれるかどうかということばかり心配していてほかのことは念頭にありませんでした」

「なんにせよ」スピアーズはそっけなく応じた。「検死陪審では証言しなければならないので、その前にわたしと話をしておいたほうが有利になるだろうとお伝え下さい。もし、ご主人が――

そう――今夜か明日にでも多少体調を回復して話ができるようになったら、スコットランド・ヤードのわたしのところまで電話してください。とりあえず、あなたにいくつか質問したいのですが、よろしいですか？」

「もちろん。ですが、話すことはないと思いますが。タバコを吸ってもいいかしら？」

「どうぞ」スピアーズは手帳を取り出した。「ミセス・ドライデン、では、うかがいます。亡くなられたシドニー・パーソンズのことはご存知でしたか？」

「俳優、ということなら、イエス、です」

「共演したことは？」

「ありません。俳優であることを知っているだけです。しばらく舞台に出ていたはずです。聞いたところによると、たしかセスピアン・クラブのメンバーだったと思いますが」

「好ましく思っていましたか？」

「なんと答えていいかわからない質問ですね、ミスター・スピアーズ。今回のラジオドラマで初めて会ったわけですから。お互いになんらかの感情を持つような次元ではなく――たんなる出演者のひとりでしたから」

「なるほど。リハーサルのとき、なにか起こりませんでしたか？　ほかのキャストがパーソンズに反感を持っていたと思わせるような出来事が？」

「いいえ。おとなしく、かなりみすぼらしいなりをした小男でした。誰かに話しかけるようなことはあまりなかったと思います。一シーンに登場するだけだったので、あの離れたスタジオでひとりで演じたんです。リハーサルのときは、ほとんど座って新聞を読んでいましたね」

　スピアーズは頷き、イザベルを注意深く見つめた。なにを隠すわけでもなく、ほとんど打ち解けたような調子で答えているが、唇や両手を見ると、通り一遍の質問に対しても本当のことを話していないのだということが明らかだ。

「ミセス・ドライデン、昨夜、どうしてご主人は取り乱して（アプセット）いたのでしょう?」

「胃の調子が悪かった（アプセット）? 　つまり、夕食になにを食べたのか、ということ?」

「ええ——気分が悪かったのは食べた物のせいだと思っているのなら。しかしながら、ミセス・ドライデン、ご主人はたしかに調子がよさそうではありませんでしたが、肉体的というよりも精神的なものが原因だったようにわたしの目には映りましたが」

　ここでスピアーズは言葉を切り、それからひと息に言った。

「ご主人との仲はうまくいっていますか?」

「そのようなことを質問する権利はないでしょう!」イザベルは怒気を含んだ声で答えた。「一緒になって四年、役者同士が結婚してうまくいかなければ、そんなに持ちませんよ。こうした悲劇は演劇界にはよくありますが、わたしたち夫婦には無縁です」

　スピアーズは無言でいた。ただ、両眉をあげ、イザベルの次の言葉を待っていただけだった。沈黙は思っていたとおりの効果を発揮してくれた。イザベルはさらに続けた。

「ミスター・スピアーズ、おっしゃるとおり、主人は偉大な芸術家の例にもれず、気性が激しい人です。ダンモウ脇腹肉ベーコン裁判（エセックス州グレート・ダンモウという町で復活祭後に行なわれるイベント。一年間円満であったと申告した夫婦を裁判にかけ、認められると脇腹肉のベーコンを与えるというもの）で名乗りを上げるつもりはありませんけど」

「いや、むしろ、ご主人は嫉妬深いのではないかと尋ねたほうがよかったかもしれません。そのような噂を聞いたような気がします」

「ええ、嫉妬深いですね。とはいえ、妻を愛する夫は嫉妬深くあるべきでしょ？　主人がシドニー・パーソンズに嫉妬していたということはありません。そうおっしゃりたいのならば、ですが」

イザベルは笑みを浮かべ、白い灰皿にタバコを押しつけて消した。

惑わせるような情報をばらまき、ほっとして浮かべた笑みのようには思えなかった……。

「ミセス・ドライデン、くどいようで申し訳ありませんが、昨夜のご主人のあの態度は、発作的に嫉妬の激情がこみ上げたからではないのでしょうか」

「いいえ。昨夜は夕食の前菜にチーズを食べたのですが、それが主人の体に合わなかったのだと思います」

「とにかく、食べ物のほかにはなにも原因がない、ということですね？　そのことをあなたの口からはっきりと聞いておきたいんですよ、ミセス・ドライデン。召使の証言ではなく」

やみくもにそう言ったのだが、夫婦喧嘩のときに召使の存在を忘れる、あるいは無視することが多く、スピアーズはこの不思議な習慣に当て込んだのだ。

イザベルは舌の先で唇を湿らせた。

「では、申し上げましょう。でも、おかしな結論を引き出さないようにしてください。理屈では割り切れないことですので。夕食のとき、主人と喧嘩をしました――深刻に考えないでください」

「〝口喧嘩〟というのは、他愛のないものだと相場が決まっていますからね」スピアーズは請け合うように言った。

イザベルは頷いた。

「わたしにくだらない手紙を書いてきた者がいたんです。主人にそれを見せてしまって。馬鹿なことをしました。レオったら怒りだして――暑いときはいつも怒りっぽくなるんですよ――こんな手紙を書かせるのは、わたしに隙があるからだというようなことを言いました。ふたりとも、夜の本番を控えてちょっと神経過敏になっていたことは確かです――ラジオドラマははじめての経験でしたので。お互いに子どもみたいに熱くなってしまいました」

「手紙というのは、ラブレターですか？」

「そう言ってもかまわないと思います」

「見せてくれませんか？」

「残念ながら破いてしまいました」

「ミセス・ドライデン、それはあなたの手紙に対する返事だったのですか？」

イザベルはいきなり立ち上がった。

「申し上げたでしょ、ミスター・スピアーズ――いえ、とにかく、ご存知だと思ったんですが――女優というのは、見ず知らずの人から馬鹿げた手紙をもらうことがあります。一体どうしてこんなことが、昨夜の恐ろしい出来事に関係するっていうんです？　あなたはぞっっとするような事件に鈍感になってしまっているんでしょう。でも、わたしのような者には、昨夜のショッキングな出来事は、耐えられません。ほとんど眠れませんでしたし、主人のことが本当に心配なのです」

スピアーズは片肘をクジャク石の天板について前屈みになった。

「ミセス・ドライデン。信じていただきたいのですが、あなたのことは気の毒に思っています。ですが、仕事上、尋ねなければならないのです。難しい事件の真相を突き止めなければなりません。捜査を妨害しようとすれば、犯罪に関係があると解釈されてもしかたがないのですよ」

イザベルは立ったままわずかに体を揺らした。

「どういうことでしょう」小声で言った。

「ご主人が会うことを拒んでいる、ということです」スピアーズは執拗に食い下がった。「たしかに病気なのかもしれません。一日ほどたてばわかるでしょう。いや、医者に尋ねればすぐにでもはっきりすることです。おそらくやむにやまれぬ事情からそうしているのでしょうが、あなたはわたしを欺こうと必死になっている。本番中、ご主人はずっとスタジオにいたということでしたね。五分ほど抜け出していた事実をつかんでいるんですよ。わたしから言われて、ようやく嫉妬深いことを認めましたが、そんなこと、ロンドンの演劇界では誰もが噂しているんで、とうに知っていたことです。また、昨日の夜、ディナーの席で喧嘩したこともわたしが指摘して圧力をかけたから話したわけでしょ。決定的なのは、見知らぬ人物からもらったという手紙です。嘘だと思っていますよ。あなたの手紙に対する返事ではないとまだ言い張りますか？」

イザベルは一歩前に歩み出た。

「我慢して聞いていましたが、ちょっと言いすぎでしょ、ミスター・スピアーズ。どのようなお考えからそのような結論に達したか知りませんが、面と向かってわたしを嘘つき呼ばわりしたのですよ。どなたであろうが、そのような暴言を吐くような人をわが家に迎え入れることはできません」イザベルはそう言ってベルのある方へ向いた。

「そいつを鳴らす前に、これを見てくれませんか？」

スピアーズは折りたたんだノートの切れ端に記された手紙をテーブルに置いた。

「まだ、この手紙に対する返事ではなかったと言い張るつもりですか？　まったく知らない人物から来た手紙をご主人に見せたと？」

イザベルは振り返った。スピアーズは立ち上がり、手紙を差し出した。

それをひと目見た途端、イザベルは恐怖に目を見開いた。嫌々ながら力のこもらない手でそれを受け取った。スピアーズが一歩下がると、イザベルはいきなり泣き出し、よろめきながら部屋から出ていった。

スピアーズはベルを鳴らした。

「ミスター・ドライデンの主治医の名前と住所を教えてくれないか？」召使がやってくるとスピアーズは尋ねた。

「ドクター・チェスニーです。ウィンポール通り二四三番地」

「ありがとう。ドクターの診察が終わったら、わたしの名刺を渡して電話をくれるように伝えてくれるかな？」

スピアーズは帽子を手に取り、カーペットを敷いていない階段を音を立てて下りていき、眩しい太陽が照りつける通りへ出ていった。

10　バニスターの考え

遺憾ながら事実なのだが、その朝、放送局ではほとんど仕事ができなかった。シドニー・パーソンズが死んだことを朝刊で読んだ局員たちは、コダラあるいはベーコンエッグの朝食をすませると早々にオフィスへ向かったが、ランガム・ホテルとオール・ソウルズ教会のまわりに大勢集まっている人たちから好奇の目を向けられた。警察の特別編成隊がポートランド通りへ歩いていく。臨時の理事会が開かれた。一一時にはコンサートホールで社内管理課長が、放送局の全局員に向けてスタジオの規律と報道関係者との対応の仕方について話をした。記者たちは局の玄関ホールに詰めかけ、取り乱してしまうほど受付係を困らせた。一方、新聞社の編集部長たちは、マスコミの窓口になっている放送局の責任者にひっきりなしに電話をかけたものだから、当の責任者は〝話はできない〟というコメントを秘書に押し付け、自分はさっさと海辺のリゾート、マーゲートへ出かけてしまった。放送局の外壁に据えられたプロスペロとアリエルの像は、下に集った観光客たちに無関心な眼差しを投げている。観光客は無言で二体の像を見上げながら、なにごとが起こったのか知ろうとその場を動かなかった。二体の像の上では、真っ青な空を背景にしてほとんど目立たない青い局の旗が太陽の光を浴びて陽気にはためいている……。

コンサートホールで社内管理課長の話が終わると、愛すべき部署に対してあまりに不当な指示だと思いながらジュリアン・ケアードは四階のオフィスに戻り、デスクに向かって腰を下ろし、ペン軸をむやみに嚙んだ。部下の速記者はその場の空気を読んで他に仕事を探し、ケアードを放っておいた。ポートランド通りの反対側に立つ市立病院の窓をケアードは見つめながら、寡黙な男でありたいと強く願った。というのも、今回の事件はとても厄介な事態になることは明らかだからだ。とりわけケアード自身、近しい人たち、そして局全体が汚名を着せられることになる。ケアードは昔気質の男で、評判を失うまいと気を配り、友人を大切にし、給料を払ってくれる局に誠実な態度で接したいと思っている。今年最後の三カ月に展開するドラマの制作スケジュールを完成させなければならないことは重々承知している。しかし、こうしたことに集中する気力もなければ、その気もなかった。

「まったくなんだってあんなとんでもないドラマの企画を通してしまったんだ?」ケアードはひとりつぶやいた。

実のところその理由はよくわかっている。三カ月前、オフィスでひとり座っているとき、ロドニー・フレミングがいきなりやってきたのだ。フレミングとは数年前に知り合った。ケアードもフレミングも売れない旅回りの役者をやっているころだ。あるツアーのときは、同じ部屋で暮らした仲でもあった。というのも、ケアードは妙にフレミングが気に入ったからだ。ニューカッスル、リーズ、ノッティンガム、ブラックプール、さらに南海岸の街々を巡っているとき、フレミングはほかの劇団員がやっていたようなことにはほとんど興味を示さず、脚本や短編小説を書いて過ごしていた。しばらくのあいだ、ふたりはよく会っていたが、やがてフレミングは作家として名前が知られるようになり、ケアードはBBCに入局し、顔を合わせることがほとんどなくなった。ところが、あの日、フレミングがケアードのオフィスへ現われ、ラジオドラマのリハーサルをひとつかふたつ見せてくれないかと頼んだのだ。六週間後、フレミングは『極悪非道のおいはぎ』の脚本を完成させた。

「信じてくれないだろうがね、ジュリアン」フレミングは脚本をケアードのデスクの真ん中にドサリと置いて言った。「ラジオには熱心に耳を傾けていたんだ。おまえがこの仕事について手がけてきたラジオドラマはすべて聞いている。はっきり言わせてもらうが、そのほとんどがひどい代物だ。この作品が傑作だと言うつもりはないが、思わず引き込まれる物語であることはまちがいない」

「なあ」ケアードは言葉をさえぎり、フレミングに鋭い眼差しを投げた。「どうしてわざわざドラマの脚本を書いて持ってきたんだ?」

「これで金をせびろうってわけじゃないよ、もちろん」フレミングは辛辣に答えた。「でも、物書きで名を成しているもんでね。レオポルド・ドライデンが、ぼくの脚本を認めてくれて、秋にプリンセス劇場で上演することになったんだ。このラジオドラマはドライデンのために書いたのさ。これを放送してもらえれば、ぼくとドライデンが組むことを宣伝することになり、絶大な効果を期待できるからね。それに、ぼくは脚本の分野には足を踏み入れたばかりだから、宣伝することができるのであればなんでもする。頭も下げるし、広告の場を借りたり、奪い取ることだってするだろう。おいおい、ジュリアン、そんな目で見るなよ。騙してくだらないものを売りつけようとしているんじゃないんだ。よく知った仲じゃないか。このドラマは、おまえが手がけている作品に比べると本物だといえるだろうね。好きに手を加えてくれてかまわないが、キャストを決定する権限がほしい。それにリハーサルに立ち会うことも許してもらいたい。じゃあ、よろしく」

フレミングはゆったりとした足取りでオフィスを出ていった。気品があり、人好きがするのだが、世をすねた利己的な印象を心に刻みつけられていただけに、脚本を読んでケアードは落ち着かない気持ちになった。ドラマとして——この手のジャンルとしては——出来がよかったからだ。それはもう疑いようもない。ストーリーは申し分なく、マイクや調整卓の使い方、複数のスタジオを利用するなど、かなり手の込んだテクニックを駆使する必要のある巧みな構成でもあった。ロドニー・フレミングが、ラジオドラマについて徹底的に研究したことはまちがいない。そこで採用することに決めた……。

オフィスのドアがノックされ、ドアが開いた。

「入ってもいいかい?」ガイ・バニスターが顔をのぞかせた。

バニスターはケアードのチームで効果音担当の責任者だ。眼鏡をかけたやせた若者で、髪は乱れ、憂鬱そうにしているが、この表情が人から誤解される一番の原因だ。学年は下だがケアードと同じパブリックスクールに通っていたので、局での地位に差があるにもかかわらず、かなり親密な言葉遣いをする。

「忙しいかな、ジュリアン」

ケアードは首を振った。

「やることはあるんだが」ケアードは厳しい口調で言った。「座ってくれ。タバコはどうだい？

それで用件は？」

ガイは差し出されたエジプシャンを断り、自分のタバコ、プレイヤーズを取り出した。

「実は昨夜の出来事のことをずっと考えているんだ」

「それはそれは」ケアードはつぶやくように応じた。

「大したことじゃない。でも、冗談ではなく、本当に考えたんだ。あの警部補の捜査の仕方についちゃおれは素人だ。もちろん、あの〝捜査方法〟やらなんやかやは、優れたものなんだろう

――警部補の心の奥底まで見通しているとは言わないが――それでも――」

「警部補の代わりに捜査するって言いたいのかい、ガイ」

「とんでもない。でも、ひとつ、ふたつ気になることがあるんだ。まずはヒギンズのこと」

「それが？　スピアーズはヒギンズに会ったのかい？」

「会ったのかい、だって？」バニスターはケアードの言葉を繰り返した。「それはもうまちがいないと思う。ヒギンズへの質問が終わるまで、待たされていたんだ。ようやく解放されて局を出るときは、もう三時になっていたよ。もちろん、警部補がヒギンズから話を聞いているときに同じ部屋にいたわけではないがね」

「それで？」

「実は」ガイは帽子のなかからウサギを出す魔術師のような態度で言った。「今朝、ヒギンズはまた六階と七階で仕事をすることになっていたんだ。エヴァンズが来週日曜日にやる『お気に召すまま』のリハーサルをやるとスタッフを招集したんだよ。おれは六階と七階で行なわれる仕事のことはなんでも把握している——それにコンサートホールでショーもあったんだ。ヒギンズは深夜まで拘束されていたんだから、今朝九時半に姿を現さなくても、不思議はない。今まで六階と七階で仕事をしていたんだが、ヒギンズはまだ姿を現していないんだよ」

「きっと寝過ごしたんだろう」ケアードは答えた。

「ああ、そうなんだろ。ところが、マクドナルドが話してくれたことなんだが、もうひとつあるんだ。『極悪非道の追いはぎ』のリハーサル中にヒギンズがパーソンズと口喧嘩をしたって知っていたかい?」

「続けてくれ」

短い間があった。外のポートランド通りを大型トラックが轟音を立てて通り過ぎていった。

「三回目か四回目のリハーサルの時だ。初日にきみはスタジオで様子を見ていたけれど、それを切り上げて調整室へ上がっていった。あの時、パーソンズは例のシーンを演じるために7Cにひとりでいたんだ。スタジオ内には帽子とコートを持ち込まないという規則があるね。どういう理由か知らないが、パーソンズはそれを無視することにしたらしいんだな。帽子とコートを着たままスタジオに入り、それからソファーに置いたんだ。ヒギンズが見とがめ、下のクロークに預けるように注意した」

「ほう？」

「で、パーソンズはかなり汚い言葉でヒギンズを罵倒したらしい。余計なお世話だと言って叩き出そうとまでしたようだ。ヒギンズは当然のことながら、６Ａにいるスタジオ責任者のイアン・マクドナルドのところへ下りていった」

「つまりヒギンズは、いつものように７Ｃへ行き、パーソンズの規則違反を見つけて注意し、なんのトラブルもなかったとわたしに報告したわけだ」

「そのとおり」バニスターはそう言って笑みを浮かべた。

ケアードは噛んでいたペン軸をトレーに戻した。

「なるほどな、ガイ、きみが懸念するのも無理はない。それで、ヒギンズが犯人だと言いたいわけか？」

「誰が犯人かだなんて決めつけるつもりはない。ただ、ちょっとおかしいだろ？　きみもその目で確かめたように、本番中に調整室から６Ａへ下りて行くときに、ヒギンズは持ち場のドアの前にいなかった。スタジオの外に立って誰も入れないように指示されていたのにそこにいなかったんだ。ヒギンズは死人のような顔をしていた――それに警部補から事情を聞かれ、今朝、姿を現わしていない」

「女と会うつもりだったと申し分のない説明をした」ケアードは言った。

「申し分ないだとか、うまい説明だとか、おれにはそうは思えない。ジュリアン、きみには良心がないのか？」

ケアードはいきなり立ち上がった。

「なあ、ガイ、理屈なんてものはいくらでもつけることができる。個人的には、警察に任せるべきだと思っているよ。これは警察の仕事だ。だが、哀れなヒギンズを追い詰めたいのなら、いつでもできるだろうさ」

「つまらないことを言っちまったな」バニスターはドアへ向かった。「ヒギンズから目を離さないようにするつもりだ。新しいことがわかったら、連絡するよ。それから、ジュリアン、もうひとつあるんだ。エンパイアサーヴィスのために『極悪非道の追いはぎ』を録音していたって知っていたかい?」

「ああ。スピアーズ警部補も知っているよ。今頃はほとんどのロンドンの新聞社に知れ渡っているんじゃないのかな」ケアードはぶっきらぼうに答えた。「それで?」

「ああ、それならいいんだ」バニスターは言ってドアを開けた。「役に立つと思っただけだよ。再生すれば手がかりがつかめるかもしれない」

「なあ、ガイ。きみは優れた人材だし、きみのことは大好きだが、わたしたちはそれほど愚か者ではないのだよ。イアン・マクドナルドに訊けばわかるだろうが、スピアーズ警部補の求めに応じて、すでにドラマの再生の手配をした。今日の夕方五時から第一リスニングルームで、だ。お行儀よくして、わたしをワトソン役にしないのなら、同席できるようにスピアーズに頼んでみよう」

しかし、ガイ・バニスターには皮肉が通じなかった。

「いいね、ジュリアン。行くことにするよ」

ガイはいつものように、廊下に出ると振り返りもせずにそのままドアを閉めた。

11　死者の声

スピアーズ警部補の要請によって『極悪非道の追いはぎ』を録音したテープを特別に再生することになっていたが、結局、その日の夕方五時には行なわれなかった。スタジオで俳優が死に、局の内部には噂と推測が飛び交っていようとも、BBCは聴取者に放送というサービスを質を落とすことなく提供しつづけなければならず、それが途絶えることは許されない。全国放送のドラマ第二弾が延期になり、その穴埋め番組を探すようなことは決していいことではなく、ドラマ制作部門のスタッフがショックを受けていようが、好奇心の虜になっていようが、通常業務が滞るようでは困るのだ。局の日常がこれ以上かき乱されることは問題外だ。ブラットナーフォーンの機材は、エンパイアサーヴィスが使うので、ケアードはスピアーズ警部補に電話をかけ、機材があく夜の遅い時間まで再生を延期してくれないかと頼んだ。スピアーズにとっては、この事件に関する捜査がほかにも山積みだったので願ってもないことだった。

そこでスピアーズが放送局にふたたびやってきたのは、一一時を少しまわったころだった。すぐに第一リスニングルームへ案内され、部屋へ入っていくと、ファーカーソン将軍、ケアード、デズモンド・ハンコック、ガイ・バニスター、ロドニー・フレミング、イアン・マクドナルドが待っていた。部屋は静まり返り、重苦しい雰囲気だった。ファーカーソン将軍の活力も、一日の疲れからしぼんでいた。理事たちは手ごわかったし、マスコミ関係者は頭痛の種だった。将軍は二晩目も明るい見通しを持っていなかった。ケアードと衝動に任せて好き勝手にする男バニスターは、何気ない話で盛り上げようとしたが、うまくいかず陰鬱な空気が流れるばかりだった。ロドニー・フレミングだけがくつろいでいるように見えた。ほかの者たちから離れて座っている。ダブルのディナージャケットを着てめかしこみ、黒髪も丁寧に後ろへなでつけ、タバコの煙の向こうで皮肉な笑みを浮かべていた。

「やあ、待っていたよ、警部補」将軍が声をかけた。「さあ、ケアード、調整室に電話をしてはじめようじゃないか。この――なんというか――実験からどんなことがわかるのか、まったくと言っていいほど予想できない」そう言って将軍は鼻眼鏡の向こうからバニスターに鋭い眼差しを向けた。

ケアードは電話ボックスのなかに消えた。

「あのシーン――殺人のシーンだけを聞きたいのですね」フレミングがゆっくりとした口調で尋ねた。

スピアーズは頷いた。

ケアードが電話ボックスから出てきて部屋の向こうにあるスピーカーまで歩いていき、スイッチを入れた。

「一分ほどで聞こえてきます」

「ここにいる全員が聞かねばならないのか？」将軍は尋ねた。

「誰に来てもらうかはミスター・ケアードに決めてもらいました」スピアーズは答えた。

「それで、ケアード？」

「はい、ご存知のように悲劇が起きたとき、わたしは調整室にいませんでした。スタジオからの合図のライトが故障していることをマクドナルドに伝えようと下の６Ａへ行っていたんです。ですから、実際にあの場面がどのように放送されたか聞いていたハンコックには来てもらいたいと思った次第です。バニスターとマクドナルドは、誰よりもブラットナーフォーンの音に馴染んでいます。ふだん仕事で聞いていますから。他の者が気づかないようなことを指摘してくれるかもしれません。ミスター・フレミングはドラマの原作者なので声をかけました。昨夜、本番のときも立ち会っていましたし」

「立ち会ったというのは、調整室で、ということか？」将軍は尋ねた。

「いいえ。６Ａリスニングルームです」

「どうして、あそこなんだ、ケアード？　スタッフの仕事以外、あの部屋を誰にも使わせないのではなかったのか？」

「それはそうですが、調整室は原作者が自作の放送を聞くには最悪の場所です。つまみをまわしたりスイッチを入れたりするので、落ち着いて耳を傾けていられません」

「それにプロデューサーが悪態をつくし」部屋の隅からフレミングが口をはさんだ。

将軍が笑みを浮かべたので、ケアードは勢いづいて先を続けた。

「ロドニー・フレミングをこの第一リスニングルームに通すのがふつうですが、急ぎの電話が入る予定になっていました。6Aリスニングルームのほうが電話をつなぎやすいんです。ということで6Aを使ってもらうことにしました。もうひとつ理由があります。スタジオでどのように役者が演じるのか、フレミングが見たがっていたからです。あのリスニングルームはドラマを聞けるだけではなく、6Aスタジオで演じている俳優の姿をガラス越しに見ることができる唯一の部屋ですから」

「わかった」将軍はうなるように返事をした。「どうやら例外として仕方がないことだったようだが、今後は規則どおりにやってもらいたい。それで録音テープの方はどうなったんだ?」

これに答えるようにスピーカーから音が流れてきた。低いシューという妙な音。レコードが通常の回転にまで速度を上げていくときの音にそっくりだ。それからがやがやという話し声を背景にしてメヌエットが聞こえてきてリスニングルーム全体に響いた。

「これは?」スピアーズが尋ねた。

「前のシーンの終わりです」ケアードが答えた。「ダンスホールの場面で役者は6Aで演じ、オーケストラは8Aで演奏しています。8Aの指揮者からの合図のライトがつかなかったので、6Aのライトもうまく作動していないんじゃないかと心配になったわけです。それで調整室を出て階段を駆け下り、マクドナルドのところへ行きました」

「スタジオの複雑な構造について、後ほど、うかがわなければなりませんね、ミスター・ケアード。まだ、理解していないところがありまして――」

「静かに！」ガイ・バニスターがいきなりさえぎった。「いよいよはじまる。聞きましょう」

がやがやした話し声とメヌエットが消えていき、少し間があった。

「ここで6Aと8Aの音声をフェードアウトして7Cに切り替えました」ハンコックが小声で言った。「パーソンズがいたスタジオです」

数秒間、テープの雑音だけが流れていた。それから哀れな声で訴えるロンドン訛りが聞こえてきた。感情に翻弄されて震える声が、薄暗い部屋に不気味に響いた。ケアードは盗み見るように周りの人たちの顔を見まわした。誰かおれと同じように恐怖――さらにほとんど信じられないという思い――を抱いている者がいるだろうか。なんといっても、死んでしまった男の声を聞いているのだ。ここにいるほとんどの人間がその姿を見ていたかつて生きていた男、二四時間ほど前まではピンピンしていた男、その男の声を。死体は今、警官に見張られながら死体置き場の台の上に横たわっているのだろうか？　ケアードは心霊主義者の主義主張には嫌悪感、ほとんど異常とも言えるほど常軌を逸したものを感じている。死後の世界の神秘のヴェールを切り裂き、死者の声をよみがえらせるなどと称してウィジャボードや似たような馬鹿げた行為で郊外での休日を台無しにされてたまるか。またケアードは、偉大なアーティストの死後に繰り返しレコードを聞いて楽しむ気にはなれない。パーソンズが殺された瞬間を記録したこの録音を再生することを提案し、実際にこうしてそれを聞いているのだが、恐怖と嫌悪、さらにこんなことは不吉なだけであり、なにかもっと悪いことが起こるにちがいないという思いがどうしようもないほどケアードの胸に迫り……。

将軍はしっかりと背筋を伸ばして腰掛け、口ひげをいじっている。ロドニー・フレミングはタバコを灰皿に押しつけて消しただけで、なんの感情も表に出していなかった。ガイ・バニスターは椅子に座ったまま前かがみになり、眼鏡を鼻の半ばまでずり下げ、両手を組み合わせて興奮を隠せない様子である。マクドナルドとハンコックは、劇場やコンサートホールの観客のように期待に満ちた喜びと緊張が交じり合った表情をしている。哀れな声で訴えるロンドン訛りは、最後のセリフへ向けて甲高くなっていった。

「……いつか復讐してやるって言わなかったか？　あの日、おまえはおれを泥のなかで小突きまわした。そのうちお返しをしてやると言ったよな？」ここで間があり、それからふたたび声が聞こえてきた。「なんて（グッド）――ことだ（エヴンズ）――おまえ――」あえぎ声。息をつまらせて喉の奥がゴボゴボと鳴るぞっとするような音。それから数秒はテープの雑音だった。徐々に音が消えていき、ケアードは部屋の奥にあるスピーカーへ歩み寄ってスイッチを切った。

「これだけ聞けば充分でしょう。このあとは、またダンスホールのシーンに戻ります」

しばらくのあいだ誰も口を開かなかった。

「そうだな」ロドニー・フレミングが沈黙を破り、シガレットケースを取り出した。「ゾッとするシーンだが、取り立てて妙なところはないんじゃないのかな」

「さて、警部補、ほかになにかお役に立てることはあるかな？」将軍は尋ねた。

「いいえ。ご協力ありがとうございました」スピアーズは礼を述べた。「このテープを厳重に保管して、必要なときにまた聞けるようにしてほしいのですが、よろしいですか？」

将軍は眉を上げた。

「もちろん。必要になったときには、わたしがブラットナーフォーンの技師に直接命じよう。テープを聞いてなにをつかんだか、この場で尋ねるつもりはないが、明日の朝にでも電話をいただけるとありがたい。では諸君、お休み」

将軍は立ち上がり、リスニングルームから出ていった。

「やれやれ、サンドハースト王立士官学校だかなんだか知らないけれど、大したマナーだ」ドアが閉まるとケアードは吐き出すように言った。「なにかわかりました？　わたしとしては、知りたくてたまらない。あの哀れな小男のためにも！」

「はっきりしたことはなにも」スピアーズは答えた。「一二点ほどおうかがいしたいことがありますが、その答え次第ですね。まず、シドニー・パーソンズが小柄なことはわかりますが、彼に同情するようなことを言ったのは、今日、あなたでふたり目です。どうして『哀れ』なんです？」

「さあ、どうしてかな。運に見放された役者はたいてい金に困っているが、パーソンズも明らかにそうでした。死んだ人間のことを悪く言うつもりはないが、いいやつだったとは言えない。役者同士の間柄についてはご存知でしょ？　リハーサルの最初のころは、いつもひとりぽつんと座っていて、みすぼらしいというだけでなく、無礼な感じでしたよ」

「なるほど。では、今回の録音ですが、みなさんがひとつ、ふたつ質問に答えてくれたら、なにかつかめるかもしれません。では、まず、なにか驚いたようなことがありましたか？　どうです、ミスター・ケアード」

ケアードは顎をさすった。

「そういうことはなにもなかったと思う。とはいえ、ドラマの制作に携わっていると、なにもかも頭に入ってしまうので、最後には、あまり気持ちを集中しなくとも聞こえてしまうんです。驚いたことといえば、このシーンをはじめて聞いて、やはり真に迫っていたということくらいですかね。以前、パーソンズにはこれほどの演技はできなかった。ところが今回、あの晩、ハンコックが言ったように、期待通り、だったわけです」

「ほんとうに死んでしまったのですから、それほど驚くことではないですね」スピアーズは陰鬱な声で言った。「あなたはどうですか、ミスター・フレミング」

フレミングは優雅な仕草で肩をすくめた。

「作者というのは誰も同じでしてね、警部補。ひとつのことしか気づかないのですよ。役者と制作者たちが、作品をどのように切り刻んでしまうのか」

「どういうことです？」

「大して重要なことではないんでしょうが、あのシーンはこう書いたんです。『『そのうちお返しをしてやると言ったよな？』という台詞のあと、しばらく間があって、『この極悪非道の――』それからあの刑務官が首を絞められて、喉の奥からうめき声を出す」

「こんなこともあろうかと思って」マクドナルドが穏やかな声で割って入った。「脚本を持ってきたよ」

「脚本なんてそんなもんだ」ケアードが言った。「ロドニーの言うとおりですよ。作者とはどういうものか、わかっているつもりだ。『この極悪非道の――』をカットしたのはわたしだよ。最後のセリフの効果を弱めてしまうと判断したんだ」

「つまり、『なんて（グッド）――ことだ（エヴンズ）――』というセリフにすれば、効果を弱めず、みっともない終わり方でもないってわけだな？」

「そのセリフを加えたのはわたしではない。ああ、そうだ。パーソンズは『おまえ』と言う前に大きな声をあげさせてくれと言ってきた。そのことで言い合いになったんだ」

「言い合い？」スピアーズが繰り返した。「それでどうなったんです？」

「最後のリハーサルで試させてくれと言うので、やらせてみたんです。案の定、『なんてこった（グッド・ゴッド）！』と言ったので、やめさせたんですよ」

「どうして？」

「あの場面にはふさわしくないし、必要もなかったからですよ。それだけのことです。昨夜、パーソンズは『なんてこった（グッド・ゴッド）』と言いかけて、わたしからやめておけって言われたのを思い出し、『なんて（グッド）』のあとに『こった（ゴッド）』ではなく『ことだ（エヴンズ）』にしてごまかしたんでしょう」

「それで」フレミングが口をはさんだ。「その場で罰金を払うことになったんですよ。原作者の意図を誤解し、プロデューサーの言葉にも従わなかったということで、命という罰金をね」

「黙っていろ、ロドニー」ケアードはたしなめた。

スピアーズはマクドナルドから手渡されていた脚本の余白になにごとかを記した。

「ほかになにか？」スピアーズは促した。

「ええ、あります！」ガイ・バニスターが大声をあげた。「みんな、聞こえなかったかい？」

「なにを、だ？　ガイ」

「首を絞められてすぐのところだ」

「なにも聞こえなかったが」

「音がしていた。聞こえたんだ。きみは聞いたんじゃないか、マクドナルド？」

マクドナルドは首を振った。

「注意深く耳を傾けていたんだが」

「なにかの音がした」バニスターはそう言って立ち上がった。「なんの音かわからないが」

「どんな音だったか言ってみたらどうだ？」ロドニー・フレミングはそう言ってあくびをした。

「どう表現したらいいかわからない。なにかなんだ。頼りなくて申し訳ない、警部補。とはいえ、効果音を担当しているんで、本物の音とマイクを通した音がちがうってことはわかるんだ」

「続けてください。あせらずに」

「昔、音響効果ってことをはじめたとき、マイクの前で本当の音を立てようとして苦労したんです。ＢＢＣでは廊下で空砲を撃ったり、飛行機の部品を精一杯集めてきてスタジオの天井から落として飛行機の墜落の効果音を作っていたと言われていますが、これはほんとうのことでしょう。今ではもっとましなやり方をしてますがね。マッチ箱を潰して船の座礁する音にしたり、ドラム缶と二、三個のジャガイモで雪崩の音を作ったりします」

「面白いですね」スピアーズは応じた。「ですが――」

「だから耳にした音がなんであるのか、はっきりと言えないんです。この音だと断定してしまえば、誤った考えを与えてしまうことになるかもしれませんが、その音がなんだと思ったか、それは申し上げておきましょう。時計の音のように聞こえました」

少しのあいだ、部屋は静まり返った。

「シドニー・パーソンズは時計を持っていなかった」イアン・マクドナルドが言った。

「そのとおり。おわかりですか？」バニスターが言う。「あれは犯人の時計の音だったんですよ」

「ありがとう、ミスター・バニスター」スピアーズが礼を述べた。「有意義な指摘でした。ですが、率直に申し上げて、今の時点では捜査が大きく進展するとも思えません。マイクを通してそれぞれの時計の音のちがいを聞き分けることができますか？」

「きみならできるだろう」ケアードが言った。

「そうとも」ロドニー・フレミングが先を続けた。「犯人のものを含めて時計という時計を集めてマイクの前に置いてその音を聞き比べることができるなら、だ。だが、スコットランド・ヤードはそこまでやろうとは思わないだろう」

「残念だ」バニスターは言った。

「そんなふうに思う必要はありませんよ、ミスター・バニスター。今すぐに役に立たないことでも、そのうち予想以上の成果を出してくれることはよくありますから。ほかになにか？」

ケアードが声を上げて笑った。

「ガイ、言ったらどうだ」

「いや」バニスターは退けた。「考えはありますが、できたら、今のところはまだ自分の胸のなかにしまっておきますよ。一緒に行くかい、マクドナルド？　お休み、ジュリアン」

「スコットランド・ヤードに戻るんですか、警部補？」フレミングが尋ねた。「戻るのなら、車に乗せていきますが。おまえはどうだい、ジュリアン」

「ありがたいが、歩いて帰るよ。まだちょっと仕事をしたいので、すぐには帰れないんだ。調整室に終わったことを知らせてこよう」

12　衝動的なケアード

ふたたびひとりになってケアードは、疲れた足取りでタワーの階段を四階へと上がっていき、ドアを抜けて廊下に出るとオフィスに戻った。椅子に腰をおろし、パイプに火をつけた。局内でブランディー・ソーダを飲むことができればどんなにいいだろうと思ったことは一度ではない――だが、それは無理なことだ。くたびれ、憂鬱な気分だった。当惑してもいた。というのも、先ほどのことを考えれば考えるほど、ブラットナーフォーンを再生し、おそらく他の捜査にも着手しているのだろうが、スピアーズはわれわれ関係者の証言や録音されたテープの内容を真剣に受け取っていないのではないかという思いをますます強くするからだ。ケアードはかなり神経過敏で想像力が豊かであり、芝居に対する感性を念入りに磨いてきたので、スピアーズがすでに考えを固めているにちがいないと思っている。そうであるなら、容疑者をふたりのうちのどちらかに絞っているはずだ。ふたりとは、スタジオのスタッフであるヒギンズ、それとレオポルド・ドライデン……。

ぼんやりと考えもなく青い鉛筆を手に取り、吸い取り紙に思いつくままの図形を描いていった。一五分ほどしてふとわれに返り、六階と七階のスタジオの平面図を描いているのだと気づいた。ヒギンズに関しては、冷たく聞こえるかもしれないが、容疑者になろうがなるまいがどちらでもかまわない。もちろん、かわいそうだとは思う。ファーカーソン将軍の前で狼狽して卑屈なまでに縮こまっている姿を見るのは痛々しかった。とはいえ、食堂の女の話は、ティッシュペーパーのように薄っぺらい。さらにリハーサルのときにパーソンズと口喧嘩していたというバニスターの証言、今日、局に姿を現わしていないという事実もある。スピアーズはすでに私服の部下に命じてヒギンズを尾行させているのかもしれない。みすぼらしいなりをして頬のこけたヒギンズが大きな不安を胸に抱えながら、隠れるようにしてウエストエンドのなかでもひときわ落ちぶれた地域をさまよい、その十数メートル後ろから山高帽をかぶった厳しい顔の男が尾行している、そんな様子を想像してケアードはわずかに体を震わせた。しかし、ヒギンズが犯人なら、捕まって刑務所へ入れられ、吊るされるのが早ければ早いほどいい。今回の事件が解決するまで、放送局に犯罪者が野放しになっているわけで、そんなことは冗談ではすませられないからだ。すでに今日、局員が妙な目でお互いを見るようになっていた。こうした視線にさらされてはじめて気づいたのだが、あの肝心な五分のあいだケアードは調整室におらず、犯罪が行なわれているスタジオのドアの前を通っていた事実があり、容疑者リストの下の方だろうが、そこに名前があがっているにちがいないのだ。これから何週間も他の人から視線を向けられるたびに、人殺しと疑われているのではないかという思いにとらわれるなんて耐えられない……。

それからもうひとりの容疑者、レオポルド・ドライデンだ。あの男はどうしてあのような愚かな真似をしているのか？　威厳を取り繕おうとしたり、警察に無礼な態度をとったりしているのはなぜか？　ケアードはドライデンが犯人だなどとは一瞬たりとも思ったことはない。演劇という架空の世界に命をかけているのだから、殺人を犯して厳しい現実のなかに入っていくことなどできないだろう。しかし、あの五分のあいだ、気分が悪いと言ってスタジオを離れたのはなぜか。レオポルド・ドライデンのことは個人的にはなんとも思っていないが、演劇に注ぐ愛情は純粋なものがあるので、脂の乗り切った最高にロマンチックなこの役者が吊るされるのを冷静に眺めることなどできない。目の前にいるとどれほどうんざりする男であってもだ。だが、イザベルのことを考えると、また事情はちがってくる。ケアードは昔からイザベル・ドライデンには目をかけてきたし、センチメンタルな愛情を抱いてきた――センチメンタル、そもそもの出会いが平凡きわまりないものであり、そう言い表わすしかない。ケアードが最初にイザベルを目にしたのは大学生の頃で、彼女はゲイエティ劇場の有名なコーラス隊の〝かわいこちゃん〟だった。舞台のイザベルを何度も見にいったものだ。半分恥ずかしいような妙な愛情を抱いていたのだが、この感情をなんと説明していいのかまったくわからない。知り合ったのはそれから三年後であり、そのときにはもうレオポルド・ドライデンと婚約していたので、イザベルのことを特によく知っているわけではない。しかし、好きになってしまった弱みが心にわだかまっており、イザベルのことを考えると、ほとんど子どものようになってしまい、ただただ可愛らしく、泣きたくなるほどいじらしいという思いを抑えることができなかった。『極悪非道の追いはぎ』のキャストにイザベルを抜擢するつもりはなかった。というのも、ドライデン夫妻をよく知っていたロドニー・フレミングからふたりの夫婦生活には波風が立っており、レオポルドは妻と共演、あるいは立ち会っていると騒ぎを起こすという弱さを露呈し、それに甘んじているようなところがあると忠告されたからだ。しかし、レオポルドは妻と一緒でなければ、出演しないというので、結局、夫婦で出ることになったのだ。イザベルが夫を愛しているのは、誰の目にも、どれほど鈍感な者の目にも明らかだ。イザベルは夫が殺人容疑で裁判にかけられるという現実に直面することになるかもしれず、そんなことはケアードにとってグロテスクで身の毛のよだつ思い以外のなにものでもなく……。

時計に目を向けた。午前二時になろうとしている。仕事をするつもりでいたが、いろいろなことを想像して考えこんでしまった。それに真夜中のこんな時間に仕事しようにも頭が働くわけがない。このとき、いきなり脳裏にあることが浮かんだ。警察医が言っていた言葉だ――パーソンズを殺した犯人は手袋をはめていた。手袋はどうなったのだろう？　ポケットに突っ込んでおくような危険な橋を渡ったのだろうか？　すぐに事件が発覚し、捜査がはじまったかもしれないのだ。それともどこかに捨てた――あるいは隠したのか？　そうであるのなら、どこへ？　スピアーズ警部補は手袋の重要性がわかっているのだろうか？　こんなことを思うこと自体、馬鹿げてい考えているうちにケアードは断固たる思いにとらわれていった。7Cかそのすぐ近くのどこかに手袋が隠されていないか確かめないうちは、家に帰って寝ることなどできない。すぐにスタジオへ上がっていき、確認しよう。

ケアードはオフィスを出た。建物は静まり返っていた。広々とした廊下は薄暗い照明に照らされている。放送局は秘密を蔵して陰鬱で重々しい雰囲気を漂わせているようだった。スタジオのあるタワーへ向かっていると、猫の形をした影がさっと動いて――物の影のあいだで別の影が動いて――消え、ケアードはぎくりとし、小声で悪態をついた。廊下のはずれで、見まわりをしている警備員と出くわした。

「遅くまでご苦労様です」陽気とも言える声で話しかけてきた。「あの猫に驚かれたようですね。まったくずる賢いヤツでして。まだ捕まえていないのが二匹いるんです。ここを建築中に住みついたんですよ」

「タワーのなかに誰か残っているかい?」ケアードは尋ねた。

「エンパイアサーヴィスのアナウンサーが3Aにいるだけです。スタジオへ行かれるんですか? 三階より上の階の照明は消えています」

「ああ、心配いらない。昼間に7Cに忘れ物をしてきただけだ。照明は消えていてもかまわないよ。マッチを持っているからね」

警備員は大きなポケットを手探りした。

「懐中電灯のほうがいいですよ。いつも予備を持っているんです」

「それは助かる。ありがとう。夜遅くなるとずいぶん陰気になるんだな」

警備員は声をあげて笑った。

「陰気、ですか？　静かで居心地がいいってわたしは言ってますが。いろいろと考えられるんです。わたしはセント・パンクラスに住んでいまして。あそこは、静かな環境とはいえませんからね。別に神経質ってわけではありませんが」

「そうだろう」ケアードは小声で応じた。「懐中電灯をありがとう。朝、受付に返しておくよ。おやすみ」

「おやすみなさい」

敬礼をすると警備員は両開きの扉を押し、階段室へ消えた。そこの階段は三階へ通じている。

ケアードは懐中電灯が点灯するか確かめるためにスイッチを入れ、切った。それからスタジオのあるタワーへ向かった。この時間、エレベーターは動いていない。なにもかも闇と静寂の底に沈んでいる様子は——朝九時半から夜一〇時半までスタジオ・タワーにはたえず人がおり、熱気であふれ返っているのを見ているケアードには——不安をかきたてるほど不自然だった。ケアードはある衝動を感じはじめ、7Cへと向かう足を急がせるのだったが、それは下卑た野次馬根性、あるいは神経症のようにせっつくような気持ちだった。しかし、なにも見つからないかもしれないと思うと、わずかながら怖くもあった。唇を固く引き結び、自分の推理が正しいという思いを新たにし、懐中電灯の白い光で前方を照らしながら、スタジオ・タワーの階段を四階から七階へと上っていく。このときは意識しなかったのだが、ケアードは妙なことをした。つま先で歩いて音を立てないようにしたのだ。まるでスタジオで待ち構えているものが、手袋よりもはるかに刺激的なものであることをなかば無意識のうちに知っているかのように……。

階段を上りきるとひと息ついた。左へ三歩いくと両開きの扉でその向こうがタワーを真っ直ぐに貫く廊下だ。昨日の夜、調整室から６Ａへ行くときに通った廊下、向こうの行き止まりでヒギンズが見張りに立つはずだった廊下である。両端にあるドアのほか、途中に重々しい両開きの扉が二箇所ある。それが閉まっているときは、タワーの中央部分は三角形をしたリスニングルームとなり、そこの三面のガラス窓からスタジオ責任者は６Ａ、７Ｂ、７Ｃで進行していることに同時に目を光らせるのだ。この両開きの扉の上部には丸いガラスの窓が穿たれているので、廊下の端から端まで見通すことができる。警備員の言葉から、手前の両開きの扉の窓ガラスの向こうには真っ暗でなにも見えないと思っていたが、光が見えた。チラチラしているのではなく、三角形のリスニングルームのなかを行ったり来たりと一定の早さで動いていた。ケアードは懐中電灯を消し、その場に立ち止まって目を凝らし、耳をすました。なにも聞こえない。ケアードと動く光のあいだは、ふたつの扉によってさえぎられ、しかも防音がほどこされているのだ。光のほかはなにも見えない。もっとよく見えるように近づかなければ。７Ｃに手がかりが残っているかもしれないと思いたち、真夜中のこんな時間に探しに来た者が、もうひとりいるとは考えられない。あそこにいる者が共犯者、いや犯人であるかもしれず、ここで引き下がるわけにはいかない。

ケアードは懐中電灯をポケットにしまうと、通り抜けられるくらいに両開きの扉を開け、左側の壁に張り付いてほとんど息もせずに猫のような歩みで廊下を進んだ。ふたつ目の扉の向こうの光は動かなくなった。探していたものを見つけ、懐中電灯をおろしてもっとよく見ようとしているのだろうか。犯人の手がかりをつかんだという思いにケアードは体が火照り、鼻孔に死のにおいを嗅いだ。じっと動かないでいたが、興奮に全身が震え、左手にある――今は闇が広がるだけで静まり返っている――7Cスタジオのドアに体を押しつけて支えた。右手後方は6Aリスニングルームだ。一メートルほど前方にふたつ目の扉があり、その向こうに謎の人物が照らす光がある。

考えることもなく、次にどうしたらよいのかはっきりわかった――腕力に訴えるような場面になったらどうなるのか、はなはだ疑問ではあったが――扉をあけ、踏み込んだ。7Bと7Cの境に置かれたテーブルの上の懐中電灯の光のなか、6A側の壁に嵌めこまれたロッカーを背景に屈みこんでいた男が立ち上がった。ケアードが扉を押し開いたとき、驚きの声、それから怒声があがった。男は一歩後ろへ飛びすさった。ロッカーのドアは開いている。スチュワート・エヴァンズだった。荒い息を吐き、片手にのみ、片手に鍵の束を持っていた。

13　状況は変わらず

「こんな時間にここでなにをやっているんだ、エヴァンズ」

驚いてしばらく声も出なかったが、落ち着きを取り戻すとケアードは尋ねた。いろいろな可能性を考えていたが、アマチュアの金庫破りのような道具を持ったスチュワート・エヴァンズに出会うとは思っていなかった。

エヴァンズはケアードよりもはるかに冷静だった。鍵の束をポケットに突っ込み、すぐ脇にあるテーブルの上の懐中電灯の隣にそっとのみを置くとめんどくさそうに答えた。その声は、いつものように気取って傲慢に響いた。

「同じ質問を返してもいいか、ケアード」

冷静さを保つのは難しかったが、ケアードはぐっとこらえた。

「ののしり合うのはやめておこう。役職上、この建物のなかではきみの行動に責任がある。新番組研究課の活動範囲が広いのは知っているが、真夜中にロッカーのドアをこじあけることが、なんの研究なのか教えてもらえるとありがたい」

「ああ、そうだな、あんたが官僚的な形式主義を持ち出すなら――」

「なにも持ち出す気はない」ケアードはさえぎった。「だが、理由を知りたい。それとも朝になってファーカーソン将軍の前で説明するほうがいいのか？」

エヴァンズは顔をしかめた。

「将軍はあんたにだって説明を求めるだろうよ。とはいえ、別にここで説明したくないってわけじゃない。犯罪学が趣味なもんでね」

「なるほど。何度かそう聞かされていたな。それで？」

「自分が働いている建物で殺人が起こったと知れば、じっとしてはいられないだろ。またとない機会だ。この国の警察は過大評価されすぎだといつも思っていた。フランスの警察のように現場主義でもなければ、オーストリアの警察のように最新の心理学を援用するでもない。経験を頼りにしているにすぎない。これまでにもそのことは何度も目の当たりにしてきた。だから、ここはひとつ、おれが解決してやろうと思ったわけさ」

「この事件についてどれほど知っていると言うんだ？　きみの出る幕じゃないだろ」

「それについちゃあ、あんたと同じでね」エヴァンズは言い返した。「大事なスタジオでまた役者が死んでいるかもしれないと思って来た、なんて言うつもりかい？　それともネズミどもが夜中にスタジオに押し寄せていないか確かめるためだとでも言うのか？　素人捜査をするために上がってきたと認めろよ」

「ここに来たのは、仕事上のことでしかない。誠に残念な事件が起こってしまったが、捜査したいというのなら喜んでお任せするよ。わたしはこのぞっとする事件の渦中に巻き込まれてしまっただけでね。みんなと同じように真相を知りたいとは思う。それにしても、きみは『極悪非道の追いはぎ』には関わっていなかったじゃないか」

「ああ。あのくだらない話の制作におれを参加させなかったセンスだけはあったってわけだ。とにかく、おれは犯罪に興味がある。昨夜、局を出たあと、警察の写真班のひとりと話をしたんだ。そいつが有能な男なのかどうかはさておき、鼻薬を利かすとすぐに話しだしたよ。わずか一〇シリングで、警察医の検死報告書を手に入れた」

「それはひとまず置くとして、ロッカーをこじあけてなにをしていた？」

「こいつはヒギンズが使っていたロッカーだ。スタジオの清掃用具やらなにやらをしまっていた」

ジュリアン・ケアードはぎくりとした。

「ヒギンズのロッカー？　ヒギンズがこの事件とどう関わっているんだ？」

「警察がヒギンズを厳しく尋問したことはわかっているんだ」エヴァンズはうんざりしたように言った。「それに、今日、仕事を休んだ」

心のなかで陽気なバニスターの口の軽さをののしった。

「見ておいたほうがいいと思ったんだ――ヒギンズのロッカーを、だよ。いつもドアが少しだけあいているのは気づいていたが、今日はしっかりとしまっていた――鍵がかかっていたんだよ。閉めると施錠されるようになっているんだ。どうして知っているかなんて訊かないでくれ。観察眼が鋭いってだけのことさ」

ケアードは唇を噛んだ。

「なにが見つかると思った？」

「知りたいなら言うが――手袋だよ」

「手袋だって？」ケアードは口ごもった。「おい、エヴァンズ。ヒギンズが犯人だと思っているのか？」

「ヒギンズが？　馬鹿馬鹿しい」エヴァンズは軽蔑するような口調で言った。「スタジオを掃除するだけの力もない男だ。人を絞め殺すなんて無理だろう。それにヒギンズが犯人なら、彼のロッカーなんか探しはしない。よっぽど頭がいかれていないかぎり、心理的に考えて手袋をロッカーに隠すなんてことはありえない。ああ、そう、殺人犯は誰でもひとつくらいミスを犯すものだなんてわざわざ言うなよ」

「ちょっとでいいから、お行儀よくしてくれないか、エヴァンズ。塀の上で鉢合わせた猫みたいに敵意むき出しにいがみ合っていてもしかたがないだろ。要するにふたりとも、事件を解決したいと思っているんだ。警察に関するきみの見解には賛成しかねるが、放送局内の事情に関しては彼らよりも詳しいことは確かだ。そもそもこのロッカーに注目したのはどうしてなんだ？　誰の手袋が見つかると思った？　ヒギンズのものではないとしたら？」

「申し訳ないがね」エヴァンズはまったく礼を欠いた調子で言った。「おれは人付き合いもよくなければ、愛想も悪くってね」それに嘲笑の的になっている、と強調したので、ケアードは思わず笑みを浮かべた。「ロッカーが気になったのは、さっきも言ったとおり、ドアがいつもわずかにあいていたからだ。おそらくヒギンズがだらしなく、鍵を持ってくるのを忘れることが多かったからだろう。賄賂を渡すという汚い手を使ったが、そのおかげで犯人が手袋をはめていたことを知った。今回の事件を計画して実行した男は、かなり力が強く、機敏で頭が切れるやつだ。手袋を自分の持ち物と一緒にしておくような馬鹿なまねは一瞬たりともしなかっただろう。スタジオに残しておくようなことも論外だ。隅から隅まで調べられるからな。ふたつのドアで7Cから出ることができる。7Bへ通じるドアか、ふつうみんなが利用する廊下へ出るドアだ。廊下へ出たんじゃないかと思う。7Bに通じるドアには窓がない。もうひとつには丸窓がついているので、あたりに人がいないことを確認できるだろ。犯人は現場付近をあらかじめ注意深く調べていたにちがいない。そうであるなら、廊下へのドアから7Cを出てリスニングルームへつづく両開きの扉を左手であければ、手の届くところにわずかにドアが開いたロッカーがあると知っていたはずだ。なかに手袋を捨ててドアを閉めるまでかかる時間は五秒ほどでそれ以上ではなかっただろう。充分にありえることだと思う」

ケアードは頷いた。個人的にはエヴァンズに悪感情を持っているが、筋の通った推理には説得力があり、一点の曇りもなく考え抜かれたものだった。

「犯人は当然」エヴァンズは続けた。「ロッカーのドアを最初にあけるのはヒギンズであってもらいたいと思うはずだ。手袋を探すためにドアをあけるわけではないだろ？　ロッカーのなかに高価な手袋を見つけたら、おそらく当然のことをすると思う。質屋へ持っていく。質屋のほかの商品に紛れて忘れ去られてしまうか、あるいは――警察が自分たちで言っているように優秀なら――スコットランド・ヤードは質屋に売りつけたことを嗅ぎつけるかもしれない。そうなればヒギンズは厳しく処罰されるだろうね。どちらにしろ、犯人は高みの見物さ」

「なるほど。ほぼ納得した。それで問題は、手袋はあったのか？」

ケアードがロッカーに向き直り、なかをのぞこうとすると、エヴァンズはテーブルの懐中電灯をつかみ、ケアードを押しのけて前に出てロッカーのなかを照らした。なかは埃がたまっていた。いくつかのブラシ、新聞紙の束、雑巾。束の間、推理が外れてエヴァンズの顔がゆがむのを期待し、それを楽しんでいる自分にケアードは気づいた。しかし、なかを確認するとエヴァンズは満足気に小さな声をあげ、新聞紙の束の奥をあさり、茶色の革手袋を引っ張りだした。

「見つけた」

「よくやった」ケアードは心底そう思っていることが声に表われるようになんとか繕った。「それで、その手袋は誰のものなんだ？」

そう尋ねながらもケアードの気持ちは落ち込んでいった。この高そうなダークブラウンの革の手袋が誰のものなのかわかっているからだ。男のものにしては、あまりに小さい。手首には波形の装飾、手の甲の側には異国趣味の黒いみごとな刺繡が施されている。残念なことに、ロンドンでこのような手袋をはめることができる男といえば、ひとりしかいない。だが、エヴァンズにはわからない可能性もあるが……

「わけもないことだ」エヴァンズはせせら笑った。「あんたならわかると思っていたが。なんといっても、演劇界にお友だちが大勢いるんだからな。レオポルド・ドライデンの手袋だよ。見栄っ張りな贅沢野郎だ！　こんなものを作らせるなんて！」そう言って指で手袋を弾いた。

「見栄っ張りで贅沢でも、人を殺すとは限らない。レオポルド・ドライデンを本気で疑っているのか？」

「疑っているだって？　どこからどう見たって事実以外のなにものでもないだろ。あいつは知性に欠けていて、しかも虚栄心の塊だ。派手好きの殺人犯というのはみんなそうだ。浮気相手を殺害してバラバラにしたパトリック・マーンがいい例だ。ドライデンが吊るされたからって涙なんか流さない。みだらで傲慢な人でなしだ。自宅に招いた客にも礼儀正しく振る舞えなかったんだ」

「馬鹿馬鹿しい！」ケアードは怒りの声を上げた。「レオにはいくつか欠点があるが、役者なんてたいていそんなもんだ。たしかに虚栄心が強いし、怒りっぽくて付き合いづらい男だ。しかし、扱い方さえまちがえなければ、いいやつだ」

「残念ながら、おれたちは価値観がちがうんだな、ケアード。女房の友人たちの前で彼女を怒鳴り散らすような男をおれは〝いいやつ〟だなんて言わない。妻の自尊心を傷つけ、友人たちに嫌な思いをさせる、そんな振る舞いをするのは、礼儀を知らないゲス野郎だ。どれほどいい役者だろうが、おれにはどうでもいい」

「とにかく、その手袋をもてあそんで妄想をたくましくしないことだ」ケアードは鋭い声でさえぎった。「明日、スピアーズに会うんで、手袋を渡しておこう。それにしても、知らなかったな――きみがイザベルの友だちだったとは」

「ケアード、あんたはすべてを知っているってわけじゃないのさ。ずっと前からイザベルとは知り合いだ。イザベルのことは、あんたよりもずっとよく知っていると言ってもいいだろう」

「そのことで議論するつもりはないよ。イザベルの友だちだというなら、いたずらに彼女を傷つけるようなことはしたくないだろうからな。いいか、手袋は、当然、警察に渡さなければならないが、これがレオポルド・ドライデンのものだということを話す必要はないと思う」

エヴァンズは片手を手袋の上に置いた。やや前かがみになり、唇を歪めたので歯がわずかにのぞき、今にも噛みつこうと身構えている動物のようだった。

「なにもかも抱え込もうとするなよ、ケアード」エヴァンズは敵意むき出しで言った。「自分がなにをしているかくらいわかっている。あんたの部で扱う問題じゃないよな。この手袋はおれが警察へ持って行くし、おれは好きなように報告する。イザベルに苦痛を与えるってことだが、レオポルド・ドライデンが高々と吊るされたら、イザベルにとって人生最高の出来事ってことになるだろうさ！」

エヴァンズは手袋をポケットに突っ込んで懐中電灯をつかむと、三角形のリスニングルームのもうひとつの両開きの扉を乱暴に押しあけて出ていった。ケアードは暗闇にひとり残され、エヴァンズの足音が彼方へ消えていくのを聞いていた。

14　スピアーズ対ケアード

刑事のことや警察の捜査方法などは小説を読んで馴染んでいたとはいえ、ジュリアン・ケアードはスコットランド・ヤードが評判の悪い存在だという印象をぬぐい去ることはできなかった。真夜中にスチュワート・エヴァンズと出会った次の朝、ケアードはスコットランド・ヤードの入り口からなかに入っていった。ベルトに取り付けた鍵束をジャラジャラ鳴らす難しい顔をした刑務官や、石造りの廊下に響く足音、太い鉄格子がはめられた窓のある地下牢というイメージに圧倒されるのではないかと思った。だから、スピアーズのオフィスに通され、気の利いた家具や分厚いカーペット、エンバンクメント（テームズ川北岸に沿う道路）とテームズ川を見下ろす大きな窓、スピアーズのまったく飾らない愛想のよさ、こうしたものが醸し出す雰囲気に触れたとき、とても驚いた。しかし、スピアーズはケアードと心のこもった握手を交わし、タバコを勧め、一見豪華なアームチェアに座るように言うと、すぐに表情を引き締めて一秒とも無駄にしないようにと単刀直入に本題に入った。スピアーズは削ったばかりの鉛筆を持ち、淡いグリーンのメモ用紙の束を置いたデスクに向かって座り、まっすぐにケアードの目を見つめて二度咳をすると質問を切り出した。

「ミスター・ケアード、できるだけ率直にいきたいと思います。今度のことは、これまで扱ってきたなかでも、複雑な難事件のひとつに数えられるでしょう。はっきり言って個人的には大きな意味を持った事件だと思っていますよ。BBCのような組織が関わっているのですから、国中が事件に注目しています。報道機関も執拗にこの事件を追いかけていますし、すでに警視総監にも一度呼び出されているんです。警視総監は内閣から情報を求められているようでしてね。おわかりだと思うんですが、捜査を難しくしている主な原因は、放送局の技術的なことに精通していないことでしてね。それでご足労願ったわけですよ——ほかにも事件の関係者に何人か来てもらうことになっています——技術面での情報はあなた方に頼るしかありませんからね。欺こうなどというお気持ちがないのは百も承知ですが、念の為に特に申し上げておきたいのは、質問にはできるだけ慎重に答えていただきたいということです。まちがった情報を得てしまうと、手がかりを失ってしまうこともありますので」

「ええ、わかります」ケアードは落ち着かなげに答えた。「がんばってみます」

「感謝します。信頼していますよ。それでは、まず、わたしのようなものでも理解できるように手短に、どのようにラジオドラマを作っていくのか教えてください。特に今回のドラマに関してです――ドラマ番組調整室やスタジオの説明をお願いします。プロデューサーはどうして出演者が演じているスタジオの二階上にいるのでしょう？　出演者が全員同じスタジオにいないのはなぜです？」

ケアードは椅子から立ち上がって灰皿にタバコを押しつけて消した。

「よろしければ、歩きまわりながら話したいのですが。そのほうが考えがまとまるので」

「どうぞ」スピアーズは笑いながら答えた。

「複数のスタジオを使う主な理由はふたつあります。第一の理由は、別々のスタジオを使うことによってちがった音響効果を得ることができるということ。つまり、7Cのような小さなスタジオは、反響が起きないように作られており、窓もドアもしまった部屋や地下牢の場面を演出できます。つまり、パーソンズが殺されるような場面ですね。一方、6Aのようなかなり大きなスタジオでは、広々とした空間をイメージさせる効果を生み出すことができます。『極悪非道の追いはぎ』では殺人が起きる前のダンスホールの場面に使いました。ふたつ目の理由は、最近のラジオドラマは〝連続性〟――映画のようにと言えば理解できるでしょうか――つまり、ある場面の最後を〝フェードアウト〟して次の場面へつなげることができるか、ということにかかっているんです。おわかりだと思うのですが、〝フェードアウト〟を行なうには少なくともふたつのスタジオが必要になります。ですから、手の込んだドラマでは、場面がちがえばそれに応じた音響効果が要求されるように役者たちにもそれぞれ別々のスタジオに入ってもらわなければならないわけです。そうすれば、音楽や必要のない効果音に役者が混乱してしまうことも避けられます。効果音用にスタジオがひとつ、蓄音機の再生用にひとつ、その都度必要になる音楽を演奏するオーケストラのためにまた別のスタジオを用意しなければなりません」

ここで言葉を切った。スピアーズは素早くメモをとっている。

「なるほど。そこまではわかりました。ミスター・マクドナルドから『極悪非道の追いはぎ』のためのスタジオ使用申込書をもらいました。〝エコー8A〟というスタジオはなんです？」

「エコールームです。エコーがかかるように音を調整するためのスタジオですよ。通常の背景音を思い切って変えたいとプロデューサーが思えば、どのスタジオからの音にもエコーをかけることができます。どんなジャンルの音楽番組でも、多かれ少なかれ、たいていは使っていますし、ドラマでも特別な効果を得るのに利用するんです。通常のスタジオからの音をエコールームへ送り、エコーをかける操作をし、その音をマイクで拾って放送してその効果を出すわけです。わかっていただけましたか？」

「大体のところは。ケアード、あなたたちが中世に生きていたら、魔法を使ったということで火あぶりになっていたでしょうね」

「ありがたい。ようやく〝ミスター〟を取ってくれましたね」

「そう」スピアーズはふと思いついたように言った。「これからお互いに頻繁に顔を合わせることになりそうですからね。ドラマ番組調整室の話を続けてもらえます？」

「複雑に思うかもしれませんが、実際にはそれほどでもないんですよ。すでに説明したように、ラジオドラマは、さまざまな要素――役者、効果音、音楽――をミックスさせて作り上げます。

プロデューサーが作品全体をしっかり見通すつもりなら、こうした個々のスタジオから離れていたいと思うんです。だからプロデューサーはドラマ番組調整室にこもっているんです。イアン・マクドナルドのような男を使って役者に目を配ってもらい、彼らを落ち着かせ、スタジオの秩序を保つようにしています」

「なるほど。続けて」

「わかりました。調整室には調整卓という制御盤があるだけです。これにはエボナイトのつまみが並んでいて、各スタジオからの音の強さをコントロールでき、ミックスするわけです。強さをコントロールする理由は、おわかりだと思います。ここでコントロールすることで先ほど説明した〝フェードアウト〟を行ない、あるスタジオから別のスタジオへと動作をつないでいくことができるのです。ミックスという手法を使うことによって、効果音と背景の音楽は適度な音量を保つことができ、ほかのスタジオにいる役者の音声と同時に使うことができます」

「だんだんはっきりとしてきましたよ。つまりプロデューサーは、各スタジオで作られるドラマのそれぞれの要素をひとまとめにし、ドラマ番組調整室にある調整卓のつまみを操作することでコントロールしているわけですね」

「そのとおりです。ただし、わたしはどうも機械が苦手でしてね。実は満足に車の運転もできず、人もひきかねない。だから、わたしがプロデューサーを務めるときは、特別に技術を身につけた音量バランスとコントロールのエンジニア——今回は、デズモンド・ハンコック——に仕事をしてもらい、わたしの指示どおり、つまみを操作させます。自分でつまみを操作するかどうか

ドラマ　制作局

ドラマ番組調整室　第1グループ

2	4	11	7	9
	エコー 8A		6D	6E

1	3	5		6	8	10
	7C	8A		6A	6B	6C

担当者……ミスター・ハンコック（ドラマ番組、ミックス及び調整）

舞台主任から

各位
編集責任者（調整室）
ミックス及び調整担当者
アナウンサー担当役員
保安責任者
番組編成担当者

放送日
全国　193X年6月30日　時間 8:00-9:05
地方　193X年6月29日　時間 9:15-10:20

タイトル『極悪非道の追いはぎ』
プロデューサー　ミスター・ケアード

6月21日　2:30-5:00（すべてのスタジオ）
22日　〃
23日　8A以外のスタジオすべて
10:30-1:30
24日　〃
25日　〃
26日　〃
28日　10:30-1:30
29日　2:00-5:00

スタジオ配置
8A　劇場オーケストラ
6D　効果
6E　蓄音機再生用スタジオ
6A　メイン・キャスト用スタジオ
6B　代役用スタジオ
6C　〃
7C　〃

は、プロデューサーがそれぞれ判断することです。そうそう」ケアードはここでひと息ついてから続けた。「各スタジオにはグリーンのライトがあるんですが、それをつけたり消したりするスイッチも調整卓にはあるんです。プロデューサーやアシスタントはこのスイッチを入れたり切ったりして、役者や効果担当者などに各場面のはじまりと終わりの合図を出すわけです。調整卓の向かい側にはスピーカーが据えられ――リスニングルームでご覧になったようなやつです――プロデューサーの指示により調整卓でミックスされたドラマの音が聞こえるようになっています」

「〝スタジオからの合図のライト〟と言っていましたね？　ライトがつかなくなったので、スタジオへ下りていった――6Aでしたっけ？」

「ああ、そうでした。申し訳ない。忘れていました。サヴォイ・ヒルから移転したあとに新たに取り付けたものなんです。役に立つ装置でしてね。特にプロデューサーが楽譜を読めない場合には便利です。指揮者あるいはスタジオの責任者がスタジオからプロデューサーにこのランプで合図を送ることができますんで。調整室の壁にライトがズラリと並んでいるんですよ。それぞれにどのスタジオから送られてきた合図かわかるように番号が付されています」

「それで、故障したというのは？」

「8Aのオーケストラの指揮者から、ダンスホールの場面が終わる前に合図が来ることになっていました。殺人の場面につながっていくところです。実は、ライトは念のための措置にすぎません。あの場面の進行状況を完璧に把握していましたんで。しかし、ドラマがはじまってまもなく、マクドナルドが6Aからわたしに緊急に合図を送らなければならない事態が持ちあがりました。

そのあと、8Aからのライトがつかなかった。ライト系統の故障はこれまでにもよくありましてね」

「驚くことではありませんよ」スピアーズはつぶやくように言った。「放送局のなかに張り巡らせた電線は、全部で何キロくらいになるんでしょうね？」

「想像もつきませんよ！」ケアードは相好を崩した。「数千キロにもなるんじゃないですか？おわかりだと思いますが、本番中はすべが完璧に進行しています。いつも神経をピリピリさせているんです」

「今回のドラマで特に神経質になったということはありますか？」スピアーズは相手の言葉をさえぎるようにして尋ねた。

部屋を行ったり来たりしていたケアードは立ち止まり、驚いたように警部補を見つめた。この質問が弾丸のように体を貫いたといわんばかりだ。

「いえ、それはないかと」なんとか返事をした。「技術的な面から見て、これ以上ないというほど複雑なドラマだったことは確かでしたが。ロドニー・フレミングは力作を書いてわたしを発奮させてくれました。思いつく限りのトリックと目新しい仕掛けを作品のなかに投入したんです。実は調整卓と各種スタジオを駆使してなんでもできると豪語していたんですが、その言葉が嘘でないことを証明してほしいとフレミングは言ったんですよ。もちろん、リハーサルは生易しいものではありませんでしたが、スターを使うときは大抵そんなもんです——レオポルド・ドライデンのような気難しい変人がいるときは特にたいへんなんですよ。そうそう」ケアードはあわてて付け加えた。「レオはこの一〇日ほど気分がよくなかったんです。ちょっとあの男らしくなくって」ここでいきなり言葉を切り、失言を取り繕うことができたか相手の反応を確かめた。

「わかりました。故障したライトのことに戻りましょう。こうしたドラマの本番中は神経質になるということでしたが」

「ええ。どうしてか説明するつもりだったんですよ。８Ａからの合図のライトが点灯しなかったので、下りていったんですが、あなたの目には無謀なことのように映るでしょう。でも、合図のライトの回線がすべてだめになってしまったかもしれないと恐ろしかったんです。なにはともあれマクドナルドに知らせなければと思ったんです。さもないとあとでたいへんな事態になりかねませんから」

「どうして自分で下へ？」

「わたしがやらざるをえなかったからです。ハンコックは調整卓から動けなかったし、エンジニアは機械のトラブルに備え、持ち場を離れられません。局のメインコントロール・ルームにいる担当エンジニアに連絡する必要がありますからね――エンジニアはドラマのことはよく知らないので、マクドナルドに説明もできませんし。わたししか行く者がいなかったんですよ。それに次のシーンはパーソンズの独白と殺される場面だとわかっていたので、安心してハンコックに任せることができたんです。殺人の場面が終わるまでには戻れると思いましたし」

「わかりました。どうやって下へいったんです？　何分くらいかかりました？」

「そうですね、行って帰ってくるまで、五分とかからなかったと思います。ドラマ番組調整室から階段で七階に降り、それから廊下をタワーへと行き、右手に７Ｂと７Ｃ、左手に６Ａの二階部分を見ながら中央の通路を進みました。６Ａというのは二階分の高さがあるんですが、覚えていますか？」

「ええ。続けて」

「まず、七階のタワーに通じるドアの外で見張りをしているはずのヒギンズがいないことに気づきました。とはいえ、ぼんやりと意識しただけだったと思います。それほど強く心に残りませんでした」

「７Ｃのなかをのぞかなかったんですか？」

「はい。急いでましたし、パーソンズの邪魔をしたくなかったんです。七階から六階まで小さな螺旋階段を駆け下りました」

「なるほど。ここに六階と七階、八階の見取り図があります。この北から南への通路を通ったんですね。それから６Ａリスニングルームのすぐ先の左手にある螺旋階段を下った」

「ええ」

「６Ａに下りて行ってどうなりました？」

「スタジオに入りました。そうしたら白いライトが点灯したんです。つまり、調整室からスタジオに電話がかかってきたという合図です。急いでスタジオの外へ出て電話に答えました。電話は調整室のエンジニアからで、合図のライトの回線に故障はなく、８Ａにいるオーケストラの指揮者のミスにすぎないと言ってきたのです」

「ＢＢＣでもミスが起こるんですか！」

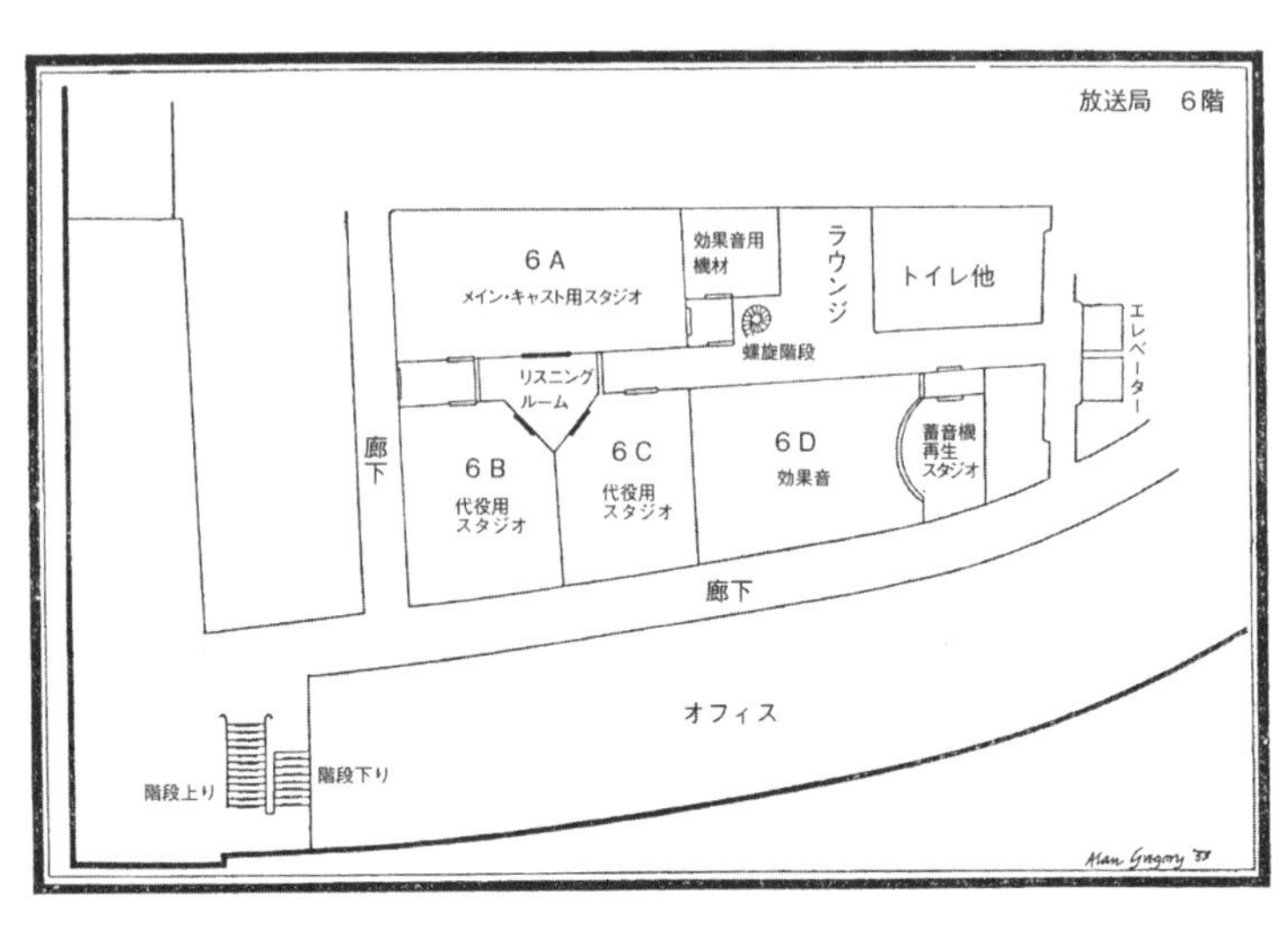

「時々」ケアードは明るい調子で応じた。「結局は人間のやることですから」

「それで気が楽になって調整室へ戻った？」

「まだ動揺していたし、力が抜けたような感じもありました。大汗をかいていましたよ」

「同じ所を通って戻ったんですか？」

「ええ」

「なにかいつもとちがうところはありませんでしたか？」

「それが――そう」

スピアーズはきっとなって顔をあげた。

「どういうことです？」

「その」ケアードはなんとか答えた。「こんなことを言って誤解されると――」

「それはわたしが考えることですよ、ケアード。なにが起こったんです？」

「いえ、その、螺旋階段を上ったところで、レオ・ドライデンが七階の通路をこちらへやってきたん

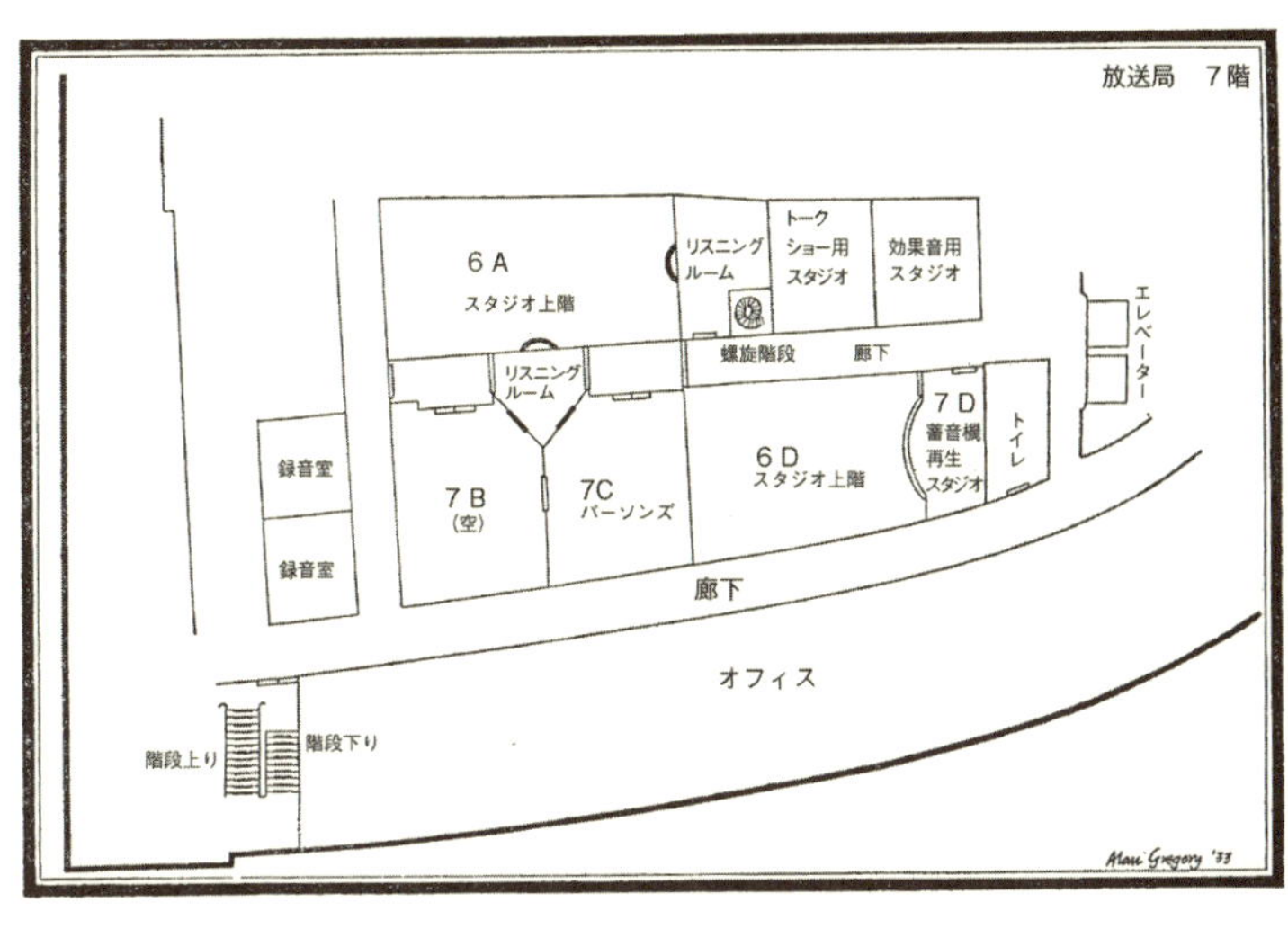

です。エレベーターの方からタワーの中央へ向かう通路です」

「そんなところにいるはずではないのに？」

「6Aのスタジオで他の役者と一緒にいると思ってました」気重げに認めた。

「話しかけましたか？」

「ええ。スタジオの外でなにをしているんだ、と。気分が悪いので、タワーの外へ新鮮な空気を吸いに出たということでした。ご存知のようにスタジオタワーの空気は、最新式の換気システムで浄化されています。とはいえ、ラジオドラマにはじめて出演する者にとっては、あの環境を息苦しく思うこともあります」

「かばう必要はありません。ドライデンは病気だったんですか？」

「死人のように真っ青な顔をしていました。あの晩、事件の後に引きあわせましたよね。あの時みたいな顔色でした。一、二分、ドライデンがスタ

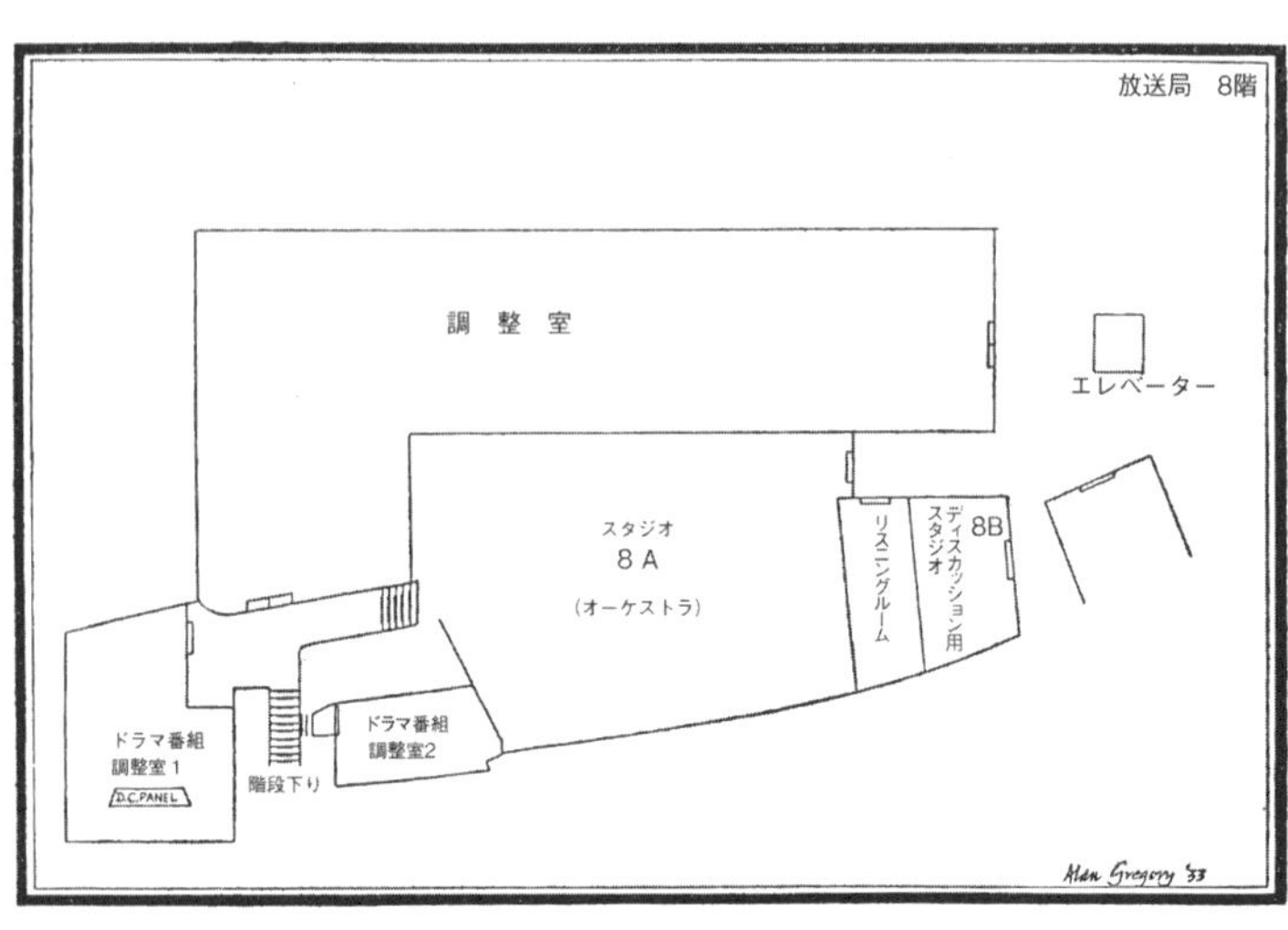

ジオの外に出ていたとマクドナルドも認めていま す」

　スピアーズはデスクに広げた各階の見取り図をじっくり見つめた。

「よくわかりました。ですが、新鮮な空気を吸うのに六階ではだめだったんですかね？　どうして上の階、七階へ上がっていったんでしょう？」

　ケアードは肩をすくめた。

「わかりません」

「そうでしょうね。ミスター・ドライデンに答えてもらうしかないでしょう。ほかになにか、いつもとちがうことはありましたか？」

「ひとつ。ロドニー・フレミングが6Aリスニングルームにいたことはご存知ですね？　階段を駆け下りてきたわたしに気づき、なにか問題が持ちあがったのではないかと心配するといけないので——思い入れの深い自作のドラマですからね——ドライデンを促して螺旋階段を下へ行かせてからリスニングルームをのぞき込んだのです。安心させてやろうと思いましてね」

「安心したのですか？」

ケアードは笑った。

「まったくロドニーらしいのですが、その必要はなかったんですよ。わたしに気づいていなかったんです。電話をしていました。わたしが階段を駆け下りていくちょっと前にかかってきたんでしょう。顔をのぞかせたとき、まだ話をしていましたから。それでそのまま放っておいて調整室に戻りました」

しばらく間があった。スピアーズが鉛筆を走らせる音だけが聞こえた。

「なるほど、よくわかりました。調整室に戻ると殺人の場面は終わっていたんですか？」

「ええ。デズモンド・ハンコックがチェシャ猫みたいに笑っていましたよ。うまくいったからです。これですべてお話したと思います。ドラマは時間どおり終わり、スタジオを見まわっているときにハンコックが７Ｃで死体を発見したんです」

「感謝します、ケアード。どれも貴重なお話でした。調整室に戻るまで、ドライデンとフレミングのほかには誰にも会わなかったんですね――誰か、たとえば、ドラマとはまったく関係のない人物ですが。通路には誰もいなかった？」

「ヒギンズがいるはずだったんです。持ち場を離れていただけですが。どうしてです？」

「いえ、別に」スピアーズは答えた。「ちょっと思っただけです。それでは、このへんで」

スピアーズはメモを読みはじめた。

帰っていいのだと気づいてケアードは部屋を出た。建物からホワイトホールへと足を踏み出したとき、警部補の最後の質問の重要性に気づいた――6Aリスニングルームでフレミングと顔を合わせたあと調整室にまっすぐに戻ったという話を裏付けてくれる証人がいるか確認したのだ。つまり、容疑者のリストに載っているということ……。

日向は暑かったが、背筋に冷たいものが降りていった。というのも、疑われて当然だからだ。認めざるをえないのだが、6Aリスニングルームを出てから7Cのドアをあけてパーソンズのセリフが終わったところで襲うことは可能だ。このことに気づくと、ケアードはカラーが喉をきつく絞めているような息苦しさを感じた。

ちょうどそのとき、ロドニー・フレミングがスピアーズのオフィスに入っていき、淡いグリーンのメモ用紙に質問に対する答えが書き記されようとしていた。ロドニー・フレミングも呼び出されたことを知っていたら、ケアードはおそらく安心したのではないだろうか。

15　スピアーズ対フレミング

スピアーズ警部補のオフィスに入ってくる者はたいてい気後れしてはにかむものだが、ロドニー・フレミングにはまったくそのような様子は見られなかった。フレミングはその年令のわりには洗練された男で、ケアードのようにどっしりと構えたスコットランド・ヤードの建物に対して妄想を抱いてはいなかった。

「すてきな部屋じゃないですか、警部補」入ってくるなりフレミングは言った。「窓からの見晴らしがいい。とはいえ、イギリスのファシストに賄賂を渡してあのカウンティ・ホールに火をつけてもらえませんか。ナチが国会（ライヒスターク）を炎上させたみたいにね。おっと、真剣に受け取らないでくださいよ。朝はいつも舞いあがる質（たち）なもんで。タバコを吸ってもかまいませんか？」

「ご自由に。残念ながらエジプトのタバコは置いていませんが。座ってください」

フレミングは椅子に腰かけた。

「安タバコは吸わないとお見通しですね、ホームズ。これでまた警察を信頼するようになりましたよ。では、もう総仕上げといきましょう。手錠を出して」

「どういうことです？　ミスター・フレミング」

ロドニー・フレミングは笑みを浮かべた。笑顔は掛け値なしに魅力的だ。

「手錠を掛けられずにスコットランド・ヤードから出ていけるとは思っていませんよ。いいですか、わたしは——将来有望な若き脚本家、新聞によるとね。それでなんとなく付き合うようになった仲間がいるんですが、そういう連中と付き合っているだけで、絞首刑にするに充分でしょう。第二のノエル・カワードと言われているんですからね——これといった生活手段がないんです。あえていうと一本芝居が当たったけれど、今はもう、劇場にはかかっていない。ラジオドラマが一本、その本番中に出演者のひとりが殺された。二本目の脚本はレオポルド・ドライデンが制作するということで売れた。雑誌にさまざまな記事を書き、たくさんの短篇も発表している。それ以外にわたしのなにを知っているんです？　ご存知なのは、犯罪現場、それも困ったことに殺人が犯された現場のすぐ近くにいた、ということくらいでしょう？　警部補、わたしを逮捕しないのなら、放送局に再考を促し、警察に対する認識を新たにしてもらうよう真剣に考えなければなりませんよ。放送局が警察をどう思っているか、ご承知でしょう？」

「なかなかおもしろい冗談です、ミスター・フレミング」スピアーズは腕時計に目を向けた。「気にしないでいただきたいのですが、第一作の芝居はとてもおもしろかったですが、あなたのことはあまり知らない。だから、今朝ここにご足労願ったわけです。いくつか質問に答えてくれますね？」

「喜んで、警部補。拷問をはじめてください。どんな手でくるんです？　ゴム製のこん棒、火責め、それともひとり監禁して眠らせない？」

「答えるのを拒んだら、その手を使いましょう」

「さて、では、これまでの経歴からはじめればいいのかな。母親の二番目の子ども。ちなみにお袋は未亡人。父親は平凡な公務員で数年前に他界。家族は父親の年金で生活。子どものころは頭の回転が早く、奨学金を得て通ったのはオウンドル校とクレアカレッジ——ご存知でしょうがケンブリッジ大学ですよ」

「知ってますとも」スピアーズは答えた。「わたしはオックスフォードです。大学のカレッジの方です。マグダレン・カレッジ」

「なんですって、警部補。それは失礼しました。公認会計士をめざしてました。ところが、勉強しているうちに嫌気がさし、演劇の世界へと入っていったわけです。どこからどう見ても堕落へ向かってまっしぐら。何年間か田舎まわりの劇団でなんとか暮らし、時々ふと代役の仕事が舞い込み、ロンドンの劇場で端役を演じてました。劇団で地方をまわっているとき、しばらくジュリアン・ケアードと住んでました。友だちになって——あいつとはこうして知り合ったんですよ」

「なるほど」スピアーズは頷いた。

「そんな生活を送っているうちに、ご覧になったという戯曲を書き上げたんです。運がよかった。ふつう上流社会では使わない表現をあえて多用し、検閲を通ったんですから。そのことの効果に関しては、意見が分かれると思いますが、わたしのこの慎ましさ、どうぞご寛恕のほどを」

「なんとでもおっしゃってください、ミスター・フレミング。それで、ラジオドラマ——『極悪非道の追いはぎ』でしたか？——を書いたいきさつは？」

フレミングは立ち上がり、真面目な態度になった。

「いくつか理由があります。まずは、営業。作家というのはたいていこのことには疎いんですが、作品を放送してもらうほど効果的な宣伝はないんです。申し上げたとおり、レオポルド・ドライデンは次の作品を気に入ってくれました。この秋に上演するつもりだと——もっとも、ドライデンが絞首刑に処されなければ、ですが。おっと失礼。悪い冗談でした。とにかく、秋の作品を売り込もうと思ったわけです。ラジオドラマでドライデンを念頭に魅力的な役柄を設定し、その役を彼に演じさせることをジュリアン・ケアードに納得させることができれば、言うなれば、秋の作品のための申し分のない〝予告編〟になるわけです」

「なるほど」

「それから、休みが欲しかったという理由もあります。『極悪非道の追いはぎ』のギャラは、豪華な休日を送るに充分な額でしたから。もうひとつ、最後の理由があります。いくつかのラジオドラマに注意深く耳を傾け、ジュリアン・ケアードがさまざまなテクニックを駆使しているのはわかったんですが、わたしだったらはじめての挑戦でも完璧な脚本を書けるということを知ってもらいたかった。三カ月ほど集中してドラマを聞き込みました。わたしだったらもっとうまい脚本をかけると思い、自分で書くことにしたんです。そこで放送局でのリハーサルをいくつか見せてもらった。そのあと、二週間かけて『極悪非道の追いはぎ』を書き上げたわけです」

「続けてください、ミスター・フレミング」

「ジュリアンは脚本を採用してくれました。受け入れざるをえなかったんでしょう。付き合い上やむを得ずとか、これまでのドラマの定式どおりとか、そういうことではなく、作品として悪くなかったからです。ジュリアンのプロデューサーとしての創造性にあからさまに挑戦するつもりで書きました。ジュリアンは面目にかけて受け入れないわけにはいかなかった。さもないとわたしが嘲笑することになるからです。お気づきだと思いますが、ジュリアンは笑われることが嫌いです」

「完璧な共同作業ってやつですね」スピアーズはそう言ってメモ用紙をめくった。

「完璧だなんて、よしてください。恐ろしいまでに疑心暗鬼だった、と言ったほうがいいでしょう。あんなことをしでかしたのが誰であれ、わたしたちが一緒になってやったわけではありませんよ。ジュリアン・ケアードと仲良く吊るされるなんてごめんですからね。ジュリアンと共同生活を送るのは大変でしたから」

スピアーズは少しもどかしそうに鉛筆で机を叩いた。

「犯行の夜に話を移しましょう。ドラマをラジオではなく、放送局のなかで聞いたのは、あなたが希望したからですか？　それともミスター・ケアードの提案でしょうか？」

「わたしのほうから言ったことですよ。放送を聞くより、できたら6Aスタジオで役者が演じているところを見たいと思っていましたんでね」

「それを見るために6Aリスニングルームにいたわけですか。ドラマ番組調整室ではなく」

ロドニー・フレミングは少し驚いたような顔をした。

「もちろんです」

「理由はそれだけですか？」

「実はちがいます。ジュリアン・ケアードから聞いていると思いますが、誰にも邪魔されずに電話ができる場所にしてくれと頼んだんですよ」

「そういえばそのようなことを聞きました。なんの電話か詳しく話していただけますか？」

「ええ、もちろん。弟からの電話です」

「弟さんからの？」

「ええ。弟はわたしの最初の芝居の実務方面を取り仕切っているんです。今、地方公演の二週目に入っています。リーズのインペリアル劇場。義理の父親の役――覚えていますか？――で問題が山積みしていましてね。このツアーで演じている俳優が、役のタイプとはまったくちがうんです。一週目の終わりにジョージ――つまり弟――が手紙をよこし、役者に合わせて脚本を手直ししてくれないかと言ってきたんです。どうでもいいと思っていました。あの芝居にはうんざりしていますんで。わたしからすれば、あれはもう遺骨みたいなもんです。かまわないから、好きに変えてくれとジョージに答えました。ただし、上演前に書き換えた箇所について話し合いたいと言ったんです。一昨日、夜、仕事が終わったあとに劇場から電話をかけると弟が言うもんですから、わたしがBBCにいる時間帯を教えたんです」

「そこで電話がかかってきた――いつでしょう？」

「残念ですが、はっきりした時間がわからないんです。BBCの電話交換手に聞いたほうがわかるんじゃないですか」

「ああ、そうですね」スピアーズはそう答えてメモした。

「でも、これだけは言えます」フレミングは先を続けた。「電話がかかってきたのは、殺人のシーンの前、つまりダンスホールでのエピソードが終わろうとしているときでした。イアン・マクドナルドが、いかれた指揮者のように腕を上下に振って6Aでの出演者のおしゃべりを終わらせる合図をしたのを面白いと思って見ていましたから。ラジオを聞いている人たちが、このダンスホールの様子を見たら大笑いするんじゃないかと思ったんです。わたしの脚本では〝嗅ぎ煙草入れや〟があちら短剣を持ち、化粧をしてかつらをつけ、錦あるいはサテンの衣装を身につけた人たち〟があちらこちら動きまわっているのですが、天井からワイヤーで吊るされたマイクが拾っているのは、ごくふつうの背広やサマードレスを着た人たちのおしゃべりなんですから。もちろんドライデンは、夜会服に宝石で飾ったカフスボタンといった格好でしたが――」

「ええ、わかりますよ」スピアーズはフレミングの言葉をさえぎった。「どれくらい電話していたんです？」

「これもまた、はっきりわかりません。覚えているのは、ジュリアン・ケアードがドアから顔をのぞかせたことです。合図の電球が故障したが、心配はいらないというようなことを言ってましたっけ。実は、問題が起きたことには気づいていなかったので、それほど注意を払わなかったんです。まだジョージと話していましたから、どうして調整室にいないんだろうって漠然と思っただけです。それから二分くらいしてから電話を切ったんじゃなかったかな」

「それは二分に満たないということでしょうか。それとも三分に近い？」

フレミングはタバコを持った手を曖昧に振り、鼻孔から煙を吐いた。

「重要な点ですね。殺人事件では時間が鍵を握っていると言いますから。とはいえ、まちがった手がかりを与えたくありませんので、やはり交換手に問い合わせてください」

「ミスター・ケアードがリスニングルームのドアから顔を出したほか、誰か見ませんでしたか？」

「見ていません。でも、それでなにか証明できるわけではありませんよ。ジュリアンが来てそちらを振り返るまで、ドアの方には目を向けなかったはずですから」

「本番中にミスター・ドライデンの姿を見ましたか？」

「ドライデン？　ガラス越しに見ましたよ。マクドナルドに話しかけてスタジオから出ていきました。でも、わたしのいたリスニングルームの方へは来ませんでしたよ。なにか特別な理由があって出ていったんだと思いました」

「ミスター・フレミング、教えてください。レオポルド・ドライデンはあの晩、ふつうでしたか？」

「警部補、わたしの思っていることが証拠になるんですか？」フレミングは笑みを浮かべた。「そんな困った顔しないでください。ふざけただけですよ。ドライデンは病気じゃないかと思いました。局に来たときから青白い顔をしていましたね。とはいえ、あのうんざりする気むずかしさはいつもどおりでしたよ。病気であったかどうかはともかく、演技は超一流でしたね。それだけは、どこの法廷でも証言しますよ」

「マクドナルドは、次のシーンのはじめには6Aに戻っていたと証言しています」スピアーズは独り言のようにつぶやいた。「どう思います？」

フレミングは肩をすくめた。

「電話を切ったときには、その場面はもうはじまっていましたからね。ガラス越しに見たときには、ドライデンはもう戻っていました」

「ありがとうございました。ミスター・フレミング、もうひとつだけうかがいます。ミスター・ケアードによると、シドニー・パーソンズを今度のドラマの配役に抜擢したのは、あなたの推薦があったからだということですね。パーソンズは友だちだったんですか？　どうやって知り合ったんでしょう？」

ふたたびフレミングは肩をすくめた。

「警部補、知り合いを配役に選ぶいきさつについてはご存知だと思います。実はパーソンズはわたしの一作目の芝居で代役を務めたんです。それで知り合ったんですよ。そのあと手紙をよこし、生活に困っているのでなんとか仕事をまわしてくれないかと言ってきたんです。ドライデンが買ってくれた新しい作品にはぴったりする役がなかったのですが、『極悪非道の追いはぎ』の刑務官の役ならいけると思ったので何気なくケアードに話した、それだけのことですよ」

「ほかに事件の参考になるようなことはなにかありませんか？」

「申し訳ないが」フレミングはそう言って立ち上がった。「お役に立ちたいのはやまやまです。素人ながら捜査に協力する余地があるのなら、喜んで参加しますよ。ほかの人の利益や幸福を願う純粋な気持ちってわけではないですが。将来有望な作家の一冊でも多く売ろうって魂胆です」

「覚えておきましょう」スピアーズは重々しい口調で答えた。

「感謝しますよ。ほかになにかお尋ねになりたいことは？　ドライデンが殺したなんて本気で思ってやしませんよね？　彼はやっていませんよ。信じてください」

「はっきりとした根拠があるんですか？」

「生まれながらの心理学者の勘ですよ」フレミングは快活に言う。「誰を逮捕するつもりか教えてくれませんよね。わたしでなければいいんですが。おっとまたしゃべりすぎてしまった。必要なときはいつでも呼んでください。では、このへんで、警部補。いや、この部屋、ほんとうに気に入りましたよ」フレミングはそう言うと部屋全体を見まわして魅力的な笑みを浮かべ、タバコを一本取り出して火をつけると部屋を出ていった。あとには高価なエジプト産のタバコの香りとさらに枚数を増したスピアーズのメモが残った。

16 素人探偵ガイ・バニスター

スコットランド・ヤードでスピアーズ警部補が証人――ケアード、フレミング、さらにそのすぐあとにやってきたスチュワート・エヴァンズ――から話を聞いたその午前中、ガイ・バニスターの一週間の休暇がはじまった。効果担当責任者のバニスターは、特殊な仕事をしているので、不規則で一風変わった生活を送っていた。なによりも休暇がとりづらく、ドラマの制作で余裕があるときだけに限られた。つまり、めったにないことだが、ジュリアン・ケアードのスケジュール帳に効果音スタジオのスタッフに大活躍してもらうドラマの予定が書き込まれていない週、バニスターはその機会を利用して一週間の休暇をとるのだ。ケアードが苦労することのひとつに数え上げられるのが、バニスターに一日休むように説得することだ。というのもバニスターは愛用の機材から引き離されるのを喜ばず、自由に楽しんでもいい非番の日も実験のために効果音スタジオにやってくるのだった。ハムステッドのワンルームのフラットにひとりで暮らし、仕事以外に趣味はなく、どうやらロンドン以外のところには友人はいないようだ。バニスターはいつものように休暇をどう過ごしていいのかわからず、事実、まったくなんの計画もなかったのだが、シドニー・パーソンズが死んだことでこれまでにない考えがひらめいた。

スピアーズとケアードに言っていたように、バニスターは今回の悲劇について彼なりの考えを持っていた。スチュワート・エヴァンズ同様バニスターも警察を信用していなかったが、その理由はふたりで異なっていた。エヴァンズにとって権威ある組織は、それ自体が疑わしい存在なのだ。バニスターはスコットランド・ヤードの刑事が放送局の仕事に短時間で精通できるはずはなく、殺人事件の解決などおぼつかないと思っている。今回の事件の特徴とその関連した場所は、ラジオドラマの制作方法やそれを支える細々とした仕事と分かちがたく結びついているからだ。バニスターがそう思うのも無理はない。というのも番組制作部のなかでも、ガイ・バニスターほど素人にはなぞめいて見える放送のこの専門分野に通じたスタッフはいないのだ。バニスターは興味をもった訪問客に何時間も効果音スタジオの説明をする。風の音を発する機器——圧縮空気を入れたシリンダーを使うもの、表面を特別に加工した板を使うもの、電子的に合成するもの——や雷の音を作り出す金属板を繰り返し実践してみせるのだ。しかし、こうしたものを見せても訪問客の大半はまったく理解してくれず、バニスターは惨めな思いをするのだった。つまり、スピアーズも事件が起こった舞台裏を知りもしなければ、こうした知識の重要性もわかっていないとバニスターは思っているのだ。さらに、ケアードやわが国の閣僚たちのように、バニスターも探偵小説を愛読している。シドニー・パーソンズの死は、扇情的な作家が書く小説の多くに共通しているキワモノ的な要素があり、バニスターはなくてはならない役柄、こうした事件を解決するのに絶対に必要なアマチュアの名探偵の役柄を演じたいと思わずにはいられないのだ。ケアードはまったく探偵にふさわしくない。事件のことでひどく神経質になり、気をもみすぎている。ロドニー・フレミングは事件にはさほど興味を持っていないようで、作品が版を重ねることだけにご執心のようだ。ドライデンは役者であるとともに重要な容疑者だ。この考えは他言しておらず、心の奥底にしまっていたが、なにもしないでいることがいいのかどうかガイ・バニスターは疑問に思うようになっていた。なんといっても事件が起こった舞台裏を知っているのであり、まんざら馬鹿でもない。そのとき、ふと気づいた。一週間の休暇をとることになっている。この事件に関してはなにかつかめるかもしれない……

ガイ・バニスターはなにをするつもりか誰にも話さなかった。まずはヒギンズのことを調べることにした。この事件の関係者からまったく無視されているように思ったからだ。それにヒギンズのことはよく知っている。仕事上バニスターはさまざまなスタジオ・スタッフと顔を合わせており、おそらくヒギンズのことはケアードよりもよく知っているだろう――ヒギンズのことを人づてに聞いている者たちや直接の知り合いから情報を集めたスピアーズ警部補よりも当然詳しい。ヒギンズはバニスターの注意を引いた。発作的に怒りを爆発させ、ときに不平を並べはじめて止まらなくなるおかしな性格が気になる。と同時に、哀れみを覚える。頬は灰色で落ち窪み、健康を害しているのはひと目でわかる。哀願するような目で盗み見、スタジオ・スタッフが着るオーバーオールを脱いで普段着になるとなんともみすぼらしく直視に耐えない。イアン・マクドナルドはヒギンズとパーソンズが『極悪非道の追いはぎ』のリハーサル中に口喧嘩をしていたと証言し、バニスターもそれを認めたが、実はかなり気にかかっている。滅多なことでは心を動かすことがなく口数の少ないスコットランド人マクドナルドに強い印象を与えたほど、ヒギンズはこれみよがしに横柄な振る舞いをするパーソンズに激怒したからだ。それに、事件当夜、スピアーズ警部補の事情聴取を受けてから、ヒギンズは放送局に現われていないし、連絡もない。

そこでバニスターはヒギンズの住所を手に入れた。局長の秘書である若い女は、ダンスの伴奏をする三つのオーケストラ、五重奏曲、BBCのナショナル合唱団、クリストファー・ストーンが特別に司会をするオーケストラのコンサートなど、さまざまな問い合わせに汲々としていて、どうしてヒギンズの住所が必要なのかバニスターに尋ねることができなかったのだ。バニスターが局長の秘書の元を訪れたのは、ジュリアン・ケアードがスコットランド・ヤードのスピアーズのオフィスを訪れたのと同じ頃だった。手に入れた住所は、ソーホーのジェンタイル通り一七番地。訪れてみると、みすぼらしい狭い建物の最上階のひと部屋だった。建物の他の部分は八百屋とその一家が住む部屋だ。

ジェンタイル通りは、ソーホー・スクエアへと続くウォーダー通りから東へのびている。ソーホーにあるほかの通りと同じように下卑て汚らしい環境であり、ヨーロッパの似たような通りにある好ましくない面を数多く抱えている。ヨーロッパのこのような通りには魅力的な側面もあるのだが、ジェンタイル通りにはそうしたものがまったくなかった。高くそびえた建物は古くて荒れ果て、通りの両側でお互いに支え合うようにして立ち並んでいる。オレンジの皮、猫、フィッシュ・アンド・チップスのにおいがあたりに充満していた。そして夏には人の汗のにおいも。舗道はいつもゴミ箱、牛乳瓶、オレンジの皮、古新聞の切れ端が散乱し、そのなかを瘦せた猫がこそこそと歩きまわり、青白い肌に垢がこびりついた汚らしい子どもたちが遊びまわって騒々しい。

ヒギンズが住む建物にある八百屋のほか、その界隈の店は主にカフェバーで、夜になると黒人や娼婦たちで賑わっている。そこを少し進むと通りの同じ側に、もう少しましな店があってイタリアの食品のほかに怪しげな絵葉書を売っており、さらに建物の他の部屋を貸していた。だから、素人探偵、それもガイ・バニスターのように人目を引くような男が、ジェンタイル通りにやってくれば、噂の種になるのは当然のことだ。いきなりジェンタイル通り一七番地を訪れてヒギンズのことを尋ねるのはまともなやり方でないことは、バニスターにもわかっていた。はっきりいって、ヒギンズとばったり出くわしたら、どうしていいのかさっぱりわからない……。

とりあえずイタリアの食品を扱っている店に入り、サラミソーセージを買い――これがその晩、女家主と激しく口論する原因となった。こんなににおいの強いものが食べられるわけがない、いや、食べるべきではないというのだ――店主とマカロニ、スパゲティ、バーミセリについて話をはじめ、最終的にはヒギンズの話題へと持っていった。しかし、細い口ひげをワックスで固めて先を尖らせ、黒いシャツの上にくたびれた上着を着たシニョール・バルボは、ヒギンズの外見さえ知らないようだし、そんなことを話題にする忍耐も持ち合わせていないようだ。実際、憤慨した態度を示しはじめた。

「なんでうちの部屋を借りに来なかったんだ?」シニョール・バルボは言い、興奮のあまり天井から吊るした数珠つなぎの玉ねぎに向けて右腕を振った。「なんで一七番地の部屋を借りた?あそこはひどい家だ。汚いし。家主のカーターって男は、社会主義者――共産主義者だよ。腐ったような野菜を売っている。わたしのことを嫌っていてね。ムッソリーニを支持しているからだ。

あいつのところの部屋は暗い。うちは明るくてきれいな部屋ばかりだ。なんであんたの友だちは、わたしのところに来なかったんだ？」

シニョール・バルボはドンと胸を打ち、バニスターをにらんだ。バニスターはみずからの失敗をさとったが遅すぎた。政治的にも商売の上でもカーターと最も敵対している相手のところに運悪く飛び込んでしまったのだ。混乱した気持ちを隠すために、ワインの特大ボトルを買い、気詰まりな思いに逃げ出すようにして店を出た。

バーを訪れても結果は同じだった。いや、もっとひどいとさえ言えるかもしれない。サラミだとかワインを売っていないからだ。まだ午前中なので店には客が誰もおらず、前歯が突き出て汚れたオーバーオールを着た無気力な若い女が掃除しているだけだった。女はカウンターを覆う変色した防水テーブルクロスの上に汚い水をまき散らしていたが、まったく気持ちがこもっておらず、結果がどうなろうとかまわないという仕事ぶりだった。バニスターが話しかけても顔も上げなかった。

「まだ開店前だよ」ぶっきらぼうに言った。「早すぎる。みんな寝てる。あたしも寝たいよ」

バニスターは一七番地に住んでいるヒギンズのことを知っているか尋ねた。

「聞いたことないね。知りたくもないや。ここに来たことがあるんなら、そいつは飲んだくれか、悪党だね。そんなやつしか来ないよ、ここには」

女はカウンターの上にさらに水をはね散らかし、汚れた雑巾でこれまた汚らしい湯沸し器を叩くように拭った。

「夜になったらまたおいで。ミスター・バターに訊くといい。でも、言っとくけど、荒っぽい連中ばかりだよ。金の時計やら、五ポンド札なんかは家に置いてくることだね」そう言って背を向けてしまった。

カフェバーから一七番地の建物の入り口だけではなく上の階の窓も見えたので、女の助言に従うことにし、ここを監視ポイントにすることに決めた。もっとも、夜までに調査が終わらなかった場合だが。

それから足早に通りを渡り、J・カーターの店、八百屋に入っていった。入ってすぐ、バニスターはシニョール・バルボの言っていたことを心から納得した。扱っている野菜類が新鮮であるのかどうか、わからなかったが、たしかに店は汚かった。店内は埃っぽくて暗く、窓ガラスは汚れ、すすけていた。種々雑多なにおいが入り混じっている。天井からはハエ取り紙が三本ぶら下がり、表面のネバネバには吐き気をもよおすほどたくさんのハエの死骸がへばりついており、なかにはまだ動いているものもあった――それにもかかわらず、店内のいたるところにハエが飛んでいる。ドアを入ってすぐのところに疥癬（かいせん）にかかったフォックステリアが寝そべり、尾の付け根を噛んでいた。店の様子がこのような有り様では、上の部屋にはどれほど恐ろしい邪悪さと腐敗が潜んでいるのかわかったものではない。そこまで想像力のない者でも、このような汚物の山、悪臭漂う店の上に住んで、どうすれば平気な顔をしていられるのだろう？　用がなければそそくさと逃げ出してしまうところだったが、耳の後ろにペンをはさみ、片手にカリフラワーを持った太った女が、店の奥の暗がりから姿を現わし、いらっしゃい、と声をかけてきた。バニスターは勇気を振り絞って調査を進めることにした。

「ちょっとうかがいたいことがあるんですが」バニスターはこう切り出した。「ヒギンズという男が上に間借りしていますよね？」

「間借り人はいるよ」女は慎重に応じた。

「名前はヒギンズ」バニスターは繰り返した。「BBCに勤めてるんですよ」

「そう言っていたね、カーターに。カーターってのは亭主だよ。でも、あたしゃ、信じてなんかいない。ラジオであの人の声が聞こえてきたことがないからね。〝ラジオ・タイムズ〟はかかさず聞いてるんだ。手紙にそう書いてを出したこともある」

「ほんとうですか？」バニスターは丁重に応じた。

「そうだとも」ミセス・カーターは刺のある声で答えた。「どうしてだい？　放送料金を払ってないとでも言うのかい？　あたしの金は他の人より価値がないってか？」

バニスターはあわててそんなことはないと請け合った。

「あたりまえさ」ミセス・カーターは力を込めて答えた。「こんなところで無駄話している暇はないんだ。仕事の話なら別だけどね」

食べられるのか怪しいジャガイモを一ポンドほどと、しぼんだキャベツを買おうなどという狂気じみた考えが、一瞬、バニスターの脳裏をよぎった。すでにシニョール・バルボの店で買物をしているにもかかわらず、だ。しかし、下層階級の者たちは誰も彼も、病気や体の不調のことを話題にする妙な弱点があることを思い出した。そこで餌をしかけた。

「ヒギンズの噂話をするために来ただなんて思わないでください。そんなことではありません。つまり、その、あえて言えば、健康調査みたいなものなんです。実はわたしもＢＢＣの者なんですよ」

「あら、そうだったのかい？」ミセス・カーターはバニスターの言葉をさえぎった。「どうして最初からそう言わないんだ？　馬鹿みたいなこと言っちまったじゃないか」

「ヒギンズが二日ほど仕事に来てないんで、病気じゃないかと心配してるんですよ。どうして休んでいるのか、使いの者すらよこさないんです」

「病気だって！」ミセス・カーターは鼻先で笑った。「へっ！　あたしゃそう思わないね」

「どうしてでしょう？」

「病気なら、なんだって夜、出歩くんだい？　この二日間、昼間は部屋にいたけど、夜になってから、そうだね、だいたい一〇時ころかね、出かけるんだ。病人は夜に街をほっつき歩きはしない。いかれてるんじゃなければ、ね」

「じゃあ、この二日のあいだに、顔を合わせたんですね、ミセス・カーター」

「うーん、顔を合わせたってほどじゃないけど」八百屋の女将は正直に答えた。「でも、こっそり出て行く姿は見てるよ。どうしても目に入るのさ。だって夜は一階の窓辺に座ってるもんでね。ジェンタイル通りで起こることは、たいてい見えるんだ。便利な窓だよ」

「じゃあ、ヒギンズは今いるんですか？」

「いるよ。ドアの外に朝食をおいてきたんだけど、今はなくなっているからね。あんたが来たことを知らせようか？」

バニスターはしばしためらっていた。

「いえ。わたしがいることは黙っていてください」ようやく答える。「ヒギンズは個人的な問題を抱えているようです。関わりたくないですから」

「好きにすればいいよ。ヒギンズは問題を抱えているかもしれない。でも、それが個人的な問題かってことになると――あたしゃ、《デイリー・ヘラルド》を毎日読んでるんだけど、ヒギンズの問題って今朝の新聞に書いてあった〝人々の興味を引くこと〟じゃないのかね。つまり、BBCで起こった殺人事件」ミセス・カーターは身を乗り出し、鼻息を荒くしてずんぐりした親指をバニスターの胸に向けた。「人殺しを家に置いときたくないんだ。あんたがミスター・ヒギンズに会いたくないっていってんなら、あたしが話をつけてやろう。はっきり言ってやるよ。遅くっても明日の朝までにはここから追い出してやる」

バニスターは大慌てで後ずさり小声で言った。

「では、このへんで」

ミセス・カーターに背を向けたとき、ハンチングをかぶった背の低い男にぶつかりそうになった。

「おい、気をつけろ」ハンチングは言った。「トマトを半ポンドくれるかい、奥さん。イギリス産のものをね」

バニスターはミセス・カーターのことが心から嫌いになっていたが、最後に言ってやりたくなった。

「失礼します」バニスターは帽子をとった。「お会いできてよかったですよ、ミセス・カーター。

なんといっても《デイリー・ヘラルド》を愛読し、国産品を売って帝国の理想を後押しする心の広い方ですから」

返ってきたのは憤慨して鼻息を荒くした音だけだった。

バニスターはジェンタイル通りを歩いていった。独自の捜査の出だしに不満はなかった。電話ボックスが目に入ったのでなかに入り、テンプル・バー二二六一につないでくれ、と交換手に言った。ジュリアン・ケアードの番号だ。

17　エヴァンズ対スピアーズ

「証言するためにお出ましいただいたとのこと、感謝します」スピアーズ警部補はスチュワート・エヴァンズに挨拶した。エヴァンズはロドニー・フレミングが部屋を出て行って数分後にやってきた。

「感謝だって？　警部補。どうしてかな？」

「ここまでご足労をお願いする手間が省けたってだけです。さまざまな人たちから補強証拠を得たんですが、あの晩、放送局内でとった行動をそれだけでは裏付けられない人たち全員から話を聞いているところです」

「なるほど。それが名高いスコットランド・ヤードのやり方なんだな。細かいことまで徹底的に取り調べる。どのような質問にでも喜んで答えるつもりだけど、まず、なんでおれがあんたに会いたいと思ったのか、説明させてくれるよな」

「その時がきたらうかがいましょう、ミスター・エヴァンズ。座ってください。まずうかがっておきますが、年齢は？」

「四四歳」

「BBCにお勤めですが——どれくらいになります？」

「四年」

「ミスター・ケアードの部署？」

「そう」

「ミスター・エヴァンズ、教えてください。悲劇のあった晩、ずいぶん遅くまでオフィスにおられたとのこと、どうしてです？」

エヴァンズは座ったまま前かがみになり、かなりずんぐりした手を膝のあいだで握りしめた。禿げた頭、べっ甲フレームの眼鏡、薄い唇、先の尖った耳、こうしたもののせいでエヴァンズは邪悪な小鬼という印象を与えている。

「警部補」エヴァンズは見下すように言った。「放送のプログラム編成は、毎日の決まりきった仕事のようなものだとよく言われているが、残念ながらあんたもそう思っているようだ。妙な話だよ。まったくそんなんじゃない。芸術、戯曲、ジャーナリズムに対する才能を併せ持っていなければならない。おれが配属されているのは新番組研究課だが、この部署が作られたとき、お偉方はそのあたりの事情をわかっていた。営業時間が終わってもおれは働いているんだよ、警部補。営業時間内よりも時間外のほうが仕事がはかどることが多くってね。日中はしょっちゅう邪魔が入るんで、創造的な仕事をするときには、夕食を食べたあとにBBCに戻り、オフィスにこもって誰にも邪魔をされずに静かに仕事をすることがよくあるんだよ」

「あの晩、遅くまで仕事をしていることをミスター・ケアードは知っていたんでしょうかね？」

「いや」

「報告しておくべきじゃなかったんですか？」

「ミスター・ケアードの配下にあると言っても、新番組研究課をたんに管理しているだけでね。ありがたいことに、仕事のやり方についちゃ、まったくこっちに任せられているんだ」

「遅くまで働くことはこれまでにもあったってことですね？」

「何十回も。補強証拠がほしいなら、受付にいる守衛に聞いてみるといい。出社するところも退社するところも見ているよ」

「新番組研究課のほかのスタッフも、そんな働き方をしているんでしょうかね？」

「そうだと思うよ」エヴァンズはどうでもいいというように答えた。「みんなそれぞれ仕事のやり方ってのがあるからな」

「なるほど。ミスター・エヴァンズ、シドニー・パーソンズのことはご存知でしたか？」

「いや。会ったこともないね」

「ミスター・ドライデンは？」

「ミセス・ドライデンの友人であることを誇りに思っているよ」エヴァンズはあらたまって言った。「そのことであんたに会いたかったんだよ」

「なるほど。今はちょっとそれは置いておきましょう。ミスター・フレミングのことは？」

「ケアードのオフィスで会ったことがある。うぬぼれの強いガキだ」

「好きではない？」

「特別な理由はないが、嫌いだよ。あえて言うなら、将来を約束された若者とやらはたいていいそうなんだが、くだらないひどい作品を書いておきながら批難もされず、成功したからだ。おれに言わせりゃあ、あんな馬鹿馬鹿しい作品を認めるなんてケアードも焼きがまわったってことだ。だが、こんなことは重要じゃないよな」

「『極悪非道の追いはぎ』の放送は聞いていないんですね、ミスター・エヴァンズ」

「もちろん、聞いてない。おれの精神ってやつに多分の敬意を評しているんでね。あんなものは突飛な戯言をつづっただけの作品だ。ケアードはそういうのが好きなんだよ、警部補。ケアードは先の大戦で戦死すべきだったんだ。軍服、十字軍、冒険とロマンの王国が大好きだからな――どいつもこいつも時代遅れだ。ちょいとした皮肉だろ。考えてもみてくれ、夢見がちな中世趣味者が、放送という最先端の仕事をしているんだ」

「それはさておき」スピアーズは穏やかに言った。「今度の悲劇のことを最初に耳にしたのはいつです？」

「警部補、おれのオフィスは四階にあるんだ。一〇時三〇分ころ、仕事が終わってなにか食べようと食堂へ下りていったんだ。ときに仕事というのは、シェイクスピアの『お気に召すまま』を放送用に特別に脚色することでね。まもなく、おれがプロデュースすることになっている。ケアードに聞けば、裏が取れるよ」エヴァンズは冷笑を浮かべてつづけた。「食堂から戻るときケアードと出くわした。話をしているときに、本番中になにかよからぬことが起きたのだとわかった。様子がおかしかったんだ――ピリピリしていて、いつになく突っかかってきてあいつらしくなかった」

「似た者同士だ」スピアーズは心のなかでそう思った。

「興味をもったことは認めよう。受付へいって探りを入れ、スコットランド・ヤードから捜査員が来ることを知った。ケアードから聞いていると思うが、おれは犯罪学に興味がある。あんたたちが写真を撮ったり調べたりするのが終わるまで現場付近をうろちょろしていたんだよ。白状するけど、警察関係者のひとりに一〇シリングの賄賂を渡して知りたいことを教えてもらった。そいつを罰するなんてことはしないでくれよな」

「誰かを罰するとしたら、あなたですよ、ミスター・エヴァンズ。分別ある歳になって、そんな馬鹿な真似をすべきじゃなかったですね。ほかになにか話しておくことは?」

「ひとつだけ。警察は安易に結論に飛びつかないってことは承知しているが、おれは警官じゃない。だから、近道を教えてあんたたちの苦労を軽くすることができるかもしれない。レオポルド・ドライデンが犯人だよ」

スピアーズは顔をあげた。

「いいですか、ミスター・エヴァンズ。その訴えは深刻な意味を持っているんですよ」

「どれくらい深刻だなんてことは関係がない。レオポルド・ドライデンはみずからを一流の芸術家と称する役者のひとりだ。とんでもないうぬぼれ、自分勝手にもほどがある――顔立ちが整って流れるような髪の持ち主ってだけだ。オルガンのように耳に心地よくセリフをしゃべることができるが、その内容はこれっぽっちも理解してはいない。さっきも言ったように、おれはやつの妻と友だちだ。彼女から二回ほどフラットに招待されたことがある。この事件が起こる前にあんたがミセス・ドライデンに会ったことがあるかどうか、おれは知らないが、チャーミングな女であることはまちがいないね。優しくて育ちもよく、実に感じのいい人だ」

「よくわからないんですが、これは一体どういう――」スピアーズは言いかけた。

「そう焦らずに。ドライデンは妻をゴミのように扱ってるんだ。思いやりがない。嫉妬深い。他人の前で妻に忌まわしいほど無礼な振る舞いをする。彼女の友だちにもぶしつけな態度をとるんだ。おれが勝手に彼女のことを思い、その気持ちが報われないからこんなことを言うと思うかもしれないな、警部補。だが、それ以上のことなんだよ。ドライデンのような男と付き合いたくはない――おれはああいう人種じゃないんだ――だが、ミセス・ドライデンからディナーに誘われたら、ちょいとは常識を働かせて礼儀正しく振る舞わなくっちゃならない」

「それは――誘われたのはいつ頃のことです？」

「一〇日くらい前だよ。だが、ドライデンが彼女やおれに失礼な態度をとるから犯人だなんて言ってるんじゃない。どうしてドライデンがパーソンズを殺したのか、その動機もわからないよ。今のところは、まだ。だが、おれの考えでは――良識ある心理学者としての考えでは、ドライデンは人を殺すようなタイプの男だ。それで犯人ではないかと仮定してその可能性を調べた」

「続けて」

「パーソンズは手袋をはめた犯人によって絞殺されたことを知った。例の警察関係者が話してくれたんだよ。手袋はどうなったんだ？」

「まだ容疑者を捜査する段階ではないので、わかりませんね。まだ持っているんじゃないですかね。いや、もっと可能性があるのは、燃やしてしまったか、テームズ川に捨ててしまったか」

「とにかく探すべきだったよ、警部補」エヴァンズはそう言って立ち上がり、デスクへ近づいていった。「こいつは誰のものだろうね？」エヴァンズは手袋を叩きつけるようにデスクの吸い取り紙の上に置いた。

スピアーズは手袋を手に取り、顔を近づけて眺めた。

「それで？」

「この手袋は」エヴァンズは落ち着いた口調で言った。「スタジオ・スタッフのヒギンズが使っているロッカーで見つけたんだ。７Ｃの外、三角形のリスニングルームのなかだよ。警察は調べなかったようだ。ロッカーのドアが閉まっていると壁と見分けがつきづらいからだろうがな。ロッカーのなかを探しているときに、ケアードがやってきたと言っておいたほうがいいだろう。昨夜のことだ――またしても勤務時間外だよ。警部補、お願いだから昨日のケアードのように、ヒギンズを疑っているのか、なんて馬鹿な質問をしないでくれよ」

「その手袋はレオポルド・ドライデンのものだと言うんですね？」

「ああ。ロンドンにいる役者なら、誰でもそう証言するはずだよ。見てくれ」エヴァンズは手袋を持ち上げてぶらぶらさせた。「刺繍。手首の波形の装飾。ドライデンのようなとんだ道化者しかこんなものをはめやしないだろうさ」

「男物としてはかなり小さい」スピアーズは独りごとのように言った。

「そのとおり。手が小さいことを自慢に思っているような男は、かんたんに母親を殺すだろうさ！怠け者の好色漢ヒギンズは、いつもロッカーのドアをあけっぱなしにしていたんだ。閉まると鍵がかかってしまうんでね。ドライデンはそこに気づいていて、7Cを出ると三角形のリスニングルームに踏み込み、ロッカーのなかに手袋を放り込んでドアを閉めて立ち去ったんだろう。二〇秒余分にかかるだけだ」

「昨夜、あなたがロッカーを調べているところに出くわすなんて、ミスター・ケアードはどうして歩きまわっていたんでしょうね？」

「さあ」エヴァンズは肩をすくめた。「ケアードも手袋のことに思い当たったんじゃないのか？」

しばらく間があった。スピアーズはメモ用紙を手にとり、その順序を入れ替えてから束にまとめ、デスクの引き出しにしまうと鍵をかけた。手袋はポケットにしまう。

「これは重要な証拠です。届けていただいたことに感謝します。可能性だけを指摘して警察に手袋を見つけさせてくれたら、もっとありがたかったんですがね。それに、わたしがあなたなら、レオポルド・ドライデンが犯人だなんて気楽に口にしないでしょう。犯人が手袋を使ったというのは事実ですが、だからといってドライデンが犯人だということにはなりません。心理学的な才能の価値を否定しませんがね、ミスター・エヴァンズ、もっと重要なことがあります。論駁の余地がない証拠です。わたしが探しているのはそれですよ」

エヴァンズは帽子をかぶった。

「そんなことだろうと思っていたよ、警部補。別にへこみはしない。あんたとしては、そう言わざるをえないからな」エヴァンズはドアまで歩いていき、振り返った。「もうひとつ。今度会うときは、その論駁の余地がない証拠を持ってくることになるだろう。そいつがなければ、レオポルド・ドライデンを吊るせないというのなら、そうするしかないからな」

エヴァンズが出ていってドアが閉まると、スピアーズは受話器を持ち上げた。

「副総監に会いたいんだが。スピアーズ警部補だ。二〇分後？　けっこうだ。ありがとう。電話をくれるね？」

18　フラットでのエピソード

バニスターはミスター・カーターの店を出てからジュリアン・ケアードと電話で話そうと思ったのだが、ケアードはまだスコットランド・ヤードから戻っていなかった。ひとりで手がかりを追跡することにおもしろさがあるとしてもそれは少なく、バニスターは一緒に追い求めてくれる人をほかに探すことにした。すでに午前一一時過ぎ、女性宅を訪れても失礼には当たらないだろう。バニスターはその女のところに行くことにした。

パトリシア・マースデンは、メクレンバーグ広場の先にある小さなフラットで女友だちと暮らしている。年齢は一九歳、ダークブラウンの髪をしたかなり魅力的な女だ。二年前、家出してミュージカル・コメディーのコーラス隊に入った。このコメディーは成功を収め一年のロングランだったが、コーラス隊での生活は思っていたほどロマンあふれるものでも楽しいものでもなかった。ミス・マースデンは地方のかなり退屈な家庭で受け継がれていた古きよき生活習慣を捨て去っていたものの、ロンドンでの週三ポンドの生活もまた〝辛いことだらけ〟だった。幸運なことに最初に友だちになったのが、粗野な感じではあるが心根の優しいプラチナブロンドの女だった。楽屋でのこと、彼女はトプシー・レヴィンと名乗ったが、本名でないのは明らかだ。ふたり目の友人がガイ・バニスターだった。ブルームスベリーのある場所で開かれたパーティーで出会い、マースデンはバニスターの気配りにすっかり魅せられてしまった。飲み過ぎて家まで送ってもらったのだが、こうした経験もはじめてのことだった。マースデンはまだ若く、心意気も盛んで新しい経験に餓えていた。バニスターにとってマースデンはいつも喜んで耳を傾けてくれる聞き手だ。ソーホーでのこの冒険にきっと興味を示してくれるだろう。当然、ケアードと一緒のほうがなにかと都合がいいのだが、一日探し続けるわけにもいかない。それにバニスターが探偵の真似ごとをするとケアードは少し冷笑的な態度をとるのだ……

ガイ・バニスターがフラットを訪れると、ミス・マースデンとミス・レヴィンは歓迎してくれた。因習を重んじる者ならこれほど喜びはしなかっただろうし、身につけているものを気にしたはずだ。ふたりの若い女は三〇分ほど前に起きたばかりだったし、四日前まで週八回の公演があり、必要最低限のものを身にまとっただけで観客である疲れきった勤め人の前に出ることに慣れていたので、下着の上に部屋着をはおった格好で朝食を食べていてもほとんど気にせず、ガイ・バニスターが来てもそのまま食事を続けた。

バニスターは考えていることを話し、一緒に来ないかとパトリシア・マースデンを誘った。

「来ないか、ですって？　喜んで行くに決まってるでしょ。でも、ケチなこと言わないでよ、ガイ。トプシーも誘いましょう。さもないと」マースデンは上品ぶった口調で言った。「あなた、ケチなゲス野郎に成り下がるわよ」

バニスターは眼鏡をはずし、きれいでもないハンカチで何気なくレンズを拭った。

「ふたりはどうかな。ひとりなら守ってやれる。危険な目に遭うかもしれないんだ」

「馬鹿なこと言わないで！」トプシーは大きな声で言うと勢いよく立ち上がり、部屋のなかをくるくるとまわりだした。部屋着の裾が舞い上がり、バニスターは目のやりどころに困った。

「わたしのミドルネームは〝アブナイ〟だよね、パトリシア。危ない、愉快、ウィスキー、それがわたし――うってつけじゃない？」そういって椅子に倒れこむように座り、声を上げて笑った。

「そう言われては、ほかにどうしようもない。よし、いいか。七時にベルトラムで会って夕食を――」

「おお、娘たちよ、妖精の王子様の登場だよ！」

「黙っててよ、トプシー。続けて、ガイ」

「そこで夕食を一緒に食べよう。嬉しいことに、奢りだよ――トプシーにはかえって失礼かもしれないがね――その店から五分ほど歩いてジェンタイル通りの角へ曲がり込んだところへ行く」

「なにを着ていってほしい？」パトリシア・マースデンは尋ねた。「おとなしい服がいいんでしょうね。てことは、トプシーになにか貸してやらなくちゃ」

「よく言うよ！」トプシーが声を上げる。

「その方がいいな。おっと、ちょっと待て。忘れていた。おとなしい服は駄目だ。見張る場所というのはカフェバーなんだが、そこがどんなところか説明しよう。静けさだとか上品なんてものは、常連客には薬にしたくともない。好きな格好でかまわないよ。コーラス隊の一員らしくね。この前まで出ていたミュージカル『ヴェニスの騎兵隊』で残ったメイク用化粧品を残らずそのかわいい顔に塗りたくるんだ」

「つまり、ふたり連れのあばずれになれってこと？」

「トプシー、恥ずかしいこと言わないでよ。ガイの言いたいことはわかるくせに。それなりの服を着て時間どおりに行くよ。じゃあね、ガイ。そろそろ服を着なくちゃ」

「そうだね」ミス・レヴィンも応じた。「チャーリー・コクランから電話がこないし、いつものエージェント巡りに出かけなくっちゃね。じゃあ、あとでね、ミスター・バニスター」品よく挨拶をするとトプシー・レヴィンは寝室に消えた。

「トプシーはお行儀よく振る舞えるかな？」

パトリシアは微笑んだ。

「ライシャム劇場でメロドラマを演じるんじゃないってことを納得させれば、お行儀よく振る舞うでしょうね。必要なときには黙らせるから、わたしに任せておいて。また夜にね、ガイ」

「じゃあ、またな、パトリシア」

ガイ・バニスターはふたりのフラットをあとにするとパブに寄って朝食をとった。ハムロールを黒ビールで流しこみながら、今夜のことをいろいろと想像した。

19 ソーホーの夜

その夜、八時を少しまわった頃、バニスターとふたりの連れはジェンタイル通りへと曲がり込み、カフェバーに入っていくとテーブルについた。店に入る、と言っても実際にはドアがなく、外の舗道に面して柱が二本立っているだけだ。ガイ・バニスターは一七番地の方を向いて座り、まずはヒギンズが家にいるか確かめるつもりだった。腰を下ろしてすぐに窓から光が漏れていることを確認する。しばらくして飲み物を注文したとき、背の高い痩せた男が窓を横切るのがはっきりと見えた。

この時間、カフェは満員だった。店の奥には自動ピアノが置かれ、時代遅れの曲を奏でていた。三人の黒人と哀れを誘うほど老いぼれた売春婦がふたり、バーに寄りかかって立ち、すぐそばのテーブルにはパブの主人、ノミ屋、あるいはボクサーとも見える男が座ってビールを飲み、この店の経営者であるミスター・バター、それから今朝、八百屋で鉢合わせた背の低い男と話をしている。ミスター・バター、まさに名は体を表わすだ。ぞっとするほど太っている。タップリして垂れ下がった頰の上の目は単なる切れ込みだ。丸い肉の塊である顔の真ん中にさらに小さな丸い塊があり、それが鼻だった。店は小さく、客もまばらだったが、バニスターとふたりの女が注意を引いたり、疑われるような心配はほとんどなかった。バニスターはいつもと同じような格好だった。襟と袖口は薄汚れており、ズボンは膝が出ていた。今夜はこれに加えて、形の崩れてつばが垂れ下がった黒い帽子をかぶり、短い陶製のパイプで粗悪な刻みタバコを吸っていた。

「雰囲気に合わせるって言っても、ちょっとやり過ぎちゃったみたいだね」バニスターがパイプに火をつけるとパトリシア・マースデンは言った。

パトリシアは目の覚めるような赤、トプシーは鮮やかな緑のジャンパードレスを着、どちらも小さなウールの三角帽を片方の目が隠れるほど斜めにかぶり、片やダークブラウン、片やプラチナブロンドの髪を垂らしている。靴のかかとはかなり低く、ストッキングは絹の模造品でキラキラと輝き、ふだん以上に濃く塗られた唇や厚化粧によく合い、全体的に完璧な雰囲気を醸し出している。まさにバニスターが望んだとおり、〝信じられないほどぴったり〟という言葉ではまだ足りないくらいだ。

外の通りはあっという間に暗くなっていった。風が出てきて南東の方角から黒雲が流れてきて満月をところどころ覆い隠した。破れた新聞紙が音を立てながら舗道を飛んでいく。埃が舞い上がり、小さな渦を巻いてあたりを漂う。手回しオルガンの音が自動ピアノの演奏にかき消され、しばらくするとまた聞こえてくる。タクシーが店に近づいてきて停まり、運転手が降りてきてコーヒーを飲み、ミスター・バターと下卑た会話を取り交わす。ガイ・バニスターはプレイヤーズを一箱買い、ビールの大きなサイズをおかわりし、女たちにも二杯目のジンとジンジャービールを注文した。一七番地の一番上の部屋の窓にはまだ光が灯っており、ヒギンズの影が時折行ったり来たりする。まるで捕まって檻に入れられた巨大な猫のように歩きまわっている。

カフェは混んできた。自動ピアノは客の大声や騒々しい笑い声に必死で抗っている。安タバコの煙がうずを巻きながら天井へと漂っていく。時折、グラスが割れ、女が叫び声を上げた――どちらの場合も決まってその後には笑い声が続く。ミスター・バターはバーカウンターの向こうへ入っていき、忙しく立ち働くバーテンダーに手を貸し、ひとりで切り盛りできないことで悪態をついた。黒人同士で喧嘩がはじまり、ひとりが相手の口元にパンチを炸裂させたが、すぐに店の外に放り出されてしまった。

「正直、ちょっと怖くなってきた」パトリシア・マースデンはテーブルの向こうから小声で言った。

「はっきりしているのは」トプシーが言った。「この炭酸入りの代物を飲み続けたら、風船みたいに飛んでいってしまうってこと。ねえ、ガイ、そんな心配そうな顔しないでよ。きれいな下着つけてるんだから!」

「おれもちょっと不安になってきたよ」バニスターは正直に言った。「ヒギンズのやつ、この時間には外出して、われわれも尾行できると思ったんだが。おっと、静かに!」

薄汚いキャップをかぶり、チェックのボータイをしめ、ボタンで留めるタイプのブーツをはいた小男がガイの椅子の脇で立ち止まった。

「ここに座ってもいいかな？」穏やかでかなり上品な物言いで尋ねた。「おじゃまをして申し訳ないが、喉がカラカラで、バーのあたりはタバコの煙がひどいもんで。ここでコーヒーが飲めれば嬉しいのだが」

「どうぞ。そろそろ河岸を変えようと思っているんだ」ガイ・バニスターが答えた。

見知らぬ小男はすまなそうに笑うと腰を下ろし、コーヒーに口をつけた。

「以前、ここで会ったことはないね？」少してから男は言った。「おっと、失礼」そう詫びるとキャップを脱いで丁寧に椅子の下に置いた。

「気にしないで」トプシーが陽気に応じた。「今日はここにいる人たち、みんな友だち」

「いや、ありがとう。このへんの人かな？　わたしはジェンタイル通りの一三番地にかれこれ七年住んでいるんだ」

「この辺りは荒涼とした趣がある」ガイ・バニスターが答えた。

「荒涼とした趣とは言い得て妙だな。しかも面白い。これは本当だよ。ジェンタイル通りの暮らしをちょっとのぞいてみればわかるだろうけど。信じられないようなことが起こるんです」

「ほんとうに？」ガイ・バニスターは上の空で答えた。小男の話になんとか耳を傾け、同時に通りの向こう側、明かりの灯った窓に全神経を集中させようとした。

「ああ、そのとおり」見知らぬ男は嬉しそうにしゃべっている。「この界隈に住んでいる連中には驚かされる。この通りにＢＢＣで働いている男がいるなんて信じられないでしょ？」

「まさか！」トプシーは感じ入ったような声をあげて前かがみになり、テーブルに肘をつき、両手に顎をのせた。認めざるをえないが、圧倒されるほど可愛らしく見える。

小男は目をしばたたかせた。

「コークランと言います、ミス。アルフ・コークラン。音楽が大好きでして。音楽が欠かせなくって、週二回必ず聴いてるんです。ダンスバンドは趣味じゃなくって、ラジオで流している軍楽隊、これが好きでしてね。あとクラシックなんかも。だもんで、その男が――ヒギンズって言うんですが――ＢＢＣで働いているって知って、友だちになったんです。ラジオの仕事ってのは、すごく面白そうだ」

バニスターは窓に集中していた意識を男へ向けた。

「そのとおり」バニスターは緊張して相槌を打った。「それで？」

「ふたりでよく出歩いたもんです。夜には一緒に飲んだ。ここにはそれほど来なかったが――ヒギンズは黒人に偏見を持っていましてね。通りのはずれにこぢんまりとしたいいパブがあるんです。ブルー・ユニコーンって店」

「その店なら知ってる」バニスターは答えたが、嘘だった。ミスター・コークランを煽って話をさせたかったのだ。

「当然、先日ＢＢＣで殺人事件が起こったとき、人一倍興味を引かれましたよ」

「ああ、あれ！」トプシーが声を上げた。パトリシア・マースデンはテーブルの下で邪険にトプシーの足首を蹴った。

「内部情報というやつをヒギンズから得られると思ったんですが。ところが、事件のちょうどあとから、ヒギンズの様子がおかしくなった。昨夜、ブルー・ユニコーンで会ったときは、包を抱えていて、本当の話、まったく落ち着きをなくしていた。何気なく包を持ち上げてみたんですが、これが思っていたよりも重くって。ヒギンズはひったくるようにして奪い返したんですよ。まるで盗まれたと言わんばかりにね。酔っ払っていたわけじゃなかった。驚いたもんで、今日、事情を聞こうと思ってヒギンズのところへ行ったんですよ」

「よくやってくれた！」バニスターは心のなかで快哉を叫んだ。

「で、信じられないかもしれませんが、ミセス・カーターから、ヒギンズは今日一日外出していないと言われたんですよ。ドラマを作っているというのに。信じられないでしょ、ミスター」コークランはコーヒーを飲み干し、座ったまま目を輝かせてバニスターを見つめた。

「包のなかにはなにが入っていたのかしらね」パトリシアが口をはさんだ。

「そう、おれもそう思っていたところだ」ガイ・バニスターが言う。

「残念ながらわかりませんね。ヒギンズにすぐに取られてしまったから。明日、もう一度訪ねてみようと思ってます。ここに座らせてくれてありがとう。じゃあ」

コークランはキャップをかぶったが、ふたりの女に向かって挨拶するときは礼儀正しくそれを脱ぎ、手に持ったままジェンタイル通りを歩いていった。

「どういうことだと思う、ガイ」

「まいったね。わからんよ。奥が深そうだ。これはこれは」

「どうしたの、ガイ」

「見てみろよ。窓の明かりが消えた。いつでも行けるようにしておけよ。勘定を払ってくる。どこか暗いところで待機だ。ドアをじっくり見張れるし、ヒギンズが出てきたらどこへ向かうか確認できるからな」

「了解」トプシーが答えた。「さあ、位置について！　間もなく本番だよ」

トプシーは吸いさしのタバコをタンブラーに放り込んだ。

20　副総監

はっきり言えば、いや、いつになく不機嫌だからだろうか、スピアーズ警部補は副総監キャヴェンディッシュ少佐を非難する気持ち、ほとんど嫌悪に近い感情があることを認めざるをえなかった。スピアーズをはじめとした多くの善良な警官は、戦後、将校が大挙してスコットランド・ヤードの上級職に就いたことに密かに不満を抱いている。軍人を疑う警官としての自然な感情はスピアーズにもあるのだ。規律を重んじる態度に反発を覚えているのではないが、キャヴェンディッシュ少佐――イギリスとインドの騎兵連隊で二〇年の軍歴の持ち主――のような将校は、まずは規律、それから結果を求めるようであり、どちらかといえば、これではなんの成果ももたらさない。

だからスピアーズは副総監の部屋へと廊下をたどりながら、いくぶん暗い気持ちになっていた。面会など求めなければよかった。もっとも、向こうから呼び出しがかかる前に先手を打ったのだが。

ノックしてなかに入る。

キャヴェンディッシュ少佐はタイプアウトされた報告書の余白にメモを書きつけているところだった。そのページの下まで読み続け、それからようやく顔を上げた。ほっそりして整ったノルマン系のその顔は、閲兵式やポロの会場、あるいは狩猟場でよく目にする。頑固で勇ましいが、想像力が豊かだとは言えない。灰色の鋭い目、手入れの行き届いた軍人風の口ひげ、白髪交じりの金髪、力強い顎のライン、どこをどうとっても筋金入りの将校だ。

スピアーズは副総監のデスクへ歩み寄り、咳をした。キャヴェンディッシュ少佐は悠々と報告書を折りたたみ、デスクの引き出しにしまって鍵をかけた。

「入ってきたのは知っていた、スピアーズ。会う約束があるときや、わたしに呼ばれてきたときはノックは不要だと言っておいたはずだ。ここはオフィスだ。若いご婦人の寝室ではない」

「申し訳ありません、少佐」堅苦しい口調で答えた。

「謝らなくてもいい。座れ。吸いたいのならかまわんぞ。なにを隠そう、来てくれてありがたく思っている。今朝、話したいと思っていた。知っていると思うが、警視総監は海外だ。これは知らんだろうが、今日の午後、BBCでの殺人の件で内務大臣と会わねばならん。どのような状況なのか、貴官から直接聞きたい。捜査をはじめたばかりなのは承知しているが、そろそろ犯人を逮捕してもいいのではないか？」

「新聞もそう思っているようです」

「新聞なんか、勝手に想像させておけ」キャヴェンディッシュ少佐は吐き出すように言った。「肝心なのは、わたしもそう思いはじめたことだ。物証がなにもないということはありえんわけだからな。関係者全員から話を聞く時間はあったのだろ？　本当に途方に暮れているのか？　それとも容疑者のめどは立っているが、証明できないだけなのか？」副総監の規律にやかましい軍人風の口調がやわらぎ、打ち解けた明るい話し方になった。「いいか、スピアーズ。これはふつうの事件とはちがう。放送とはどういうものか知っているだろう。各家庭で聞けるものだ。六〇〇万人もの国民が、放送局内の出来事を家庭で起こったことのように感じている。今回の殺人事件で放送局が損害を被ったということではない。この二日で受信契約が一万件ほど跳ね上がっている。国民がこの事件の解決を望んでいるということだ。すぐに解決しないと、思いもしないほど大勢の素人がしゃしゃり出てくることだろう。あのドラマを聞いていた者は、殺人が犯されたその瞬間を耳にした。この事実を忘れんでくれ。つまり、何千人という素人探偵が手がかりを追っているということだ。偶然にもそのなかのひとりが事件を解決し、置いてけぼりを食らうのではたまらん」

「まったくです」

「よろしい。貴官の抱えている問題点を聞こう。容疑者はひとりもいないのか？」

「ひとりどころか多すぎて困っています。ある意味では嬉しい事件です。容疑者が四人、可能性を広げれば五人ほどもいまして。今のところ、有罪を証明できる者はひとりもおりません」

「容疑者ひとりひとりについて聞かせてくれ」そう言ってデスクの上のボタンを押すと続き部屋から速記者が入ってきた。「五人の容疑者についてメモを取り、要約させる。午後に内務大臣にそれなりの報告はできるだろう。はじめてくれ」いつものように副総監は速記者に直接声をかけることはなかった。速記者の女性は、なにも指示されなくとも、椅子を引いて腰掛け、ノートを開いて促すようにスピアーズを見上げた。

「なんとか頑張ります」

「しっかりと頼む。細かいところまで話してくれ。はじめろ」

「まず第一にスタジオのスタッフ、ヒギンズです」

速記者は鉛筆を走らせた。キャヴェンディッシュ少佐は、すぐ脇に置かれているインディアンをかたどった小さなブロンズ製の灰皿からパイプを手にとった。すでにタバコが詰めてあり、それに火をつけると椅子の背に体を預けて天井を見上げた。

「ヒギンズが疑わしいのは、まずなによりも、殺人事件のあったドラマのリハーサル中に被害者の男と口論していたという確かな証拠があるからです。ヒギンズは元兵士で、毒ガスの後遺症と戦争神経症に苦しみ、かなり精神的に不安定のようです。みすぼらしいなりをしていて貧窮、家庭生活は惨めで妻と離婚し、かなりの額の慰謝料を払っています。ジェンタイル通りの家の最上階のひと部屋を間借りして住んでいます」

「哀れなやつだ」副総監はつぶやいた。

「放送局の食堂で働く女と付き合おうとしていると認めました。しかし、相手の若い女から拒まれたようです。これには補強証拠があります。殺人を犯す機会があったことは疑いようがありません。被害者が殺されたスタジオと同じ階で仕事をしていました。運のいいことに殺人が犯された正確な時間がわかります――とにかく、誤差は一、二分というところです。関係者にいろいろとあたって証拠を集めたところ、犯行時間は一〇時八分から一〇分のあいだです。この時間ヒギンズは、持ち場にいませんでした。これは本人も認めています。本人の証言によると、スタジオ・タワーを出たところにある空きオフィスで食堂の女と会うことになっていたといいます。約束していたらしいですが、女は現われませんでした。女に訊くと、そんな約束はしていなかったということでした。正確を期すためにひと言付け加えておきますと、女を怖がらせないように精一杯気を使いましたが、どうやら震え上がらせてしまったようです。わたしの見解ですが、約束がなかったというのは嘘だと思います。ヒギンズに話を聞いてからは、彼の姿を見ていません。局を休み、その理由も連絡してきていないのです」

「監視しているのか?」

スピアーズは苦しそうな顔をした。

「はい、もちろんです。逃げられません。それをご心配しているのなら」

「よろしい。ふたり目の容疑者は?」

「ふたり目はジュリアン・ケアード。ドラマ部門のディレクターで今回のドラマを制作しています」

キャヴェンディッシュ少佐は眉を持ち上げた。

「本気でケアードを疑っているのか、スピアーズ」

「個人的な意見を言わせていただけるなら、答えはノーです。しかし、容疑者リストから外すことはできません。もちろん、まだ動機は見つけられないでいます。パーソンズとは役者としての付き合いだけで、個人的なことはなにも知らないということです」

「役者というのは」キャヴェンディッシュ少佐は疑り深そうな光を目にたたえながら言った。「プロデューサーから容赦なく叩かれるそうだな。だが、被害者がかりにひどい大根役者だったとしても、殺人を犯すまでにはいたらないだろう」

「事件が起こる直前」スピアーズは副総監が言葉をさえぎったにもかかわらず先を続けた。「ケアードはドラマ番組調整室を出ています。本人の証言によると、犯罪が行なわれたまさにその時間、7Cスタジオの前を通りかかっていたにちがいないというのです。6Aスタジオへ向かうのではなく戻る途中でした。6Aスタジオへ行ったという証拠はありますし、調整室から下りていった理由も確認されていますが、走りまわらなくとも調整室で充分に対処できたのではないかという気がしています。デズモンド・ハンコック、ドラマ番組調整室に残っていた男ですが、ケアードが戻ってきた正確な時間を覚えていません。調整卓を操作するのに忙しく、いつケアードが戻ってきたのか気づかなかったと言っていますが、これは当然でしょう。ケアードが実際に殺人を犯すことができたのは疑いようがありません。とはいえ、ケアードの経歴は非の打ち所がなく、BBCでの職歴もすばらしいものですし、経済的にも安定しています。あの晩はかなり神経質になっていたようですが、複雑なドラマを統括する立場にあったことを思えば、納得できるのではないでしょうか」

「わかった。次は?」

「ロドニー・フレミングです」

キャヴェンディッシュ少佐は口笛を吹いた。

「前途有望なあの若い作家か? これは問題が起きそうだな、スピアーズ。それでミスター・フレミングは? 貴官のその声の調子からすると、好意を持っていないようだな。その気持ちはさておき、怪しいのか?」

「それはもう、これ以上ないというほど。実際、疑うに足る充分な理由があります。まずなによりもフレミングが脚本を書いたということ」

「それがなにか不利なことなのか、スピアーズ。すまない。足を引っ張るようなことは言うべきではないな。続けてくれ」

「ふたつ目に、パーソンズをキャストに推薦したのはフレミングです。そうするだけの理由があったことは認めますが、フレミングが前からパーソンズのことを知っていたということにもなります。さらに他の作家とちがい、本番の夜にわざわざ放送局まで出向いているのです。これにも相応の理由があることは認めざるをえません。自作のドラマの進行状況を見てみたいというのは不自然なことではありませんから」

キャヴェンディッシュ少佐は頷いた。

「可能性としては五分五分というところだな」つぶやくように言った。「一〇時八分にどこにいたんだ?」

「ええ、そこが問題なんです。６Ａスタジオのリスニングルームにいたと本人は主張していますが、そこは７Ｃに入っていくドアからちょうど四〇秒のところにあります。計ってみました。なにも仕事をしていなかったわけですし、ほかの誰よりも犯行現場の近くにいたのです。もっともケアードは７Ｃのドアの前を通りかかったようですが」

「どうしてリスニングルームにいたんだ？」

「フレミングが言うには――ケアードも裏付けていますが――６Ａで演じられているところが見える部屋がいいと希望していたんです。それには６Ａのリスニングルームしかありませんでした。また、個人的な電話がかかってくるので、それを受けられる部屋にしてほしいという要望も出していました。この条件にかなっているのも６Ａリスニングルームでした。ケアードとともにドラマ番組調整室にいたのでは、この点が難しいですから」

「ふむ」

「そうなんです。ちょっと引っかかります。もっと妙な点があるんです。電話がかかってきたのは、ケアードが調整室を出たのとほとんど同じ時間でした。この点は慎重に調べてみたのですが、まちがいなくその時間に電話がかかってきています。ＢＢＣの電話交換手に確認を取りました。フレミングが言うとおり、リーズからの電話で通話時間は六分でした。ケアードは６Ａから上がってきてリスニングルームをのぞいたんですが、フレミングが電話中だったと言っています。さらに電話交換手の証言もあります。六分間の通話のあいだに二、三回、まだ話がつづいているのか確かめるために回線に割り込んだらしいんですが、どの場合も話し中だったというのです。当然

——わたしたちにとっては残念ながら——会話の内容までは聞いていないそうです。リーズから電話をかけたのか、向こうの電話局に確認をとる時間はありませんでしたが、フレミングの話を聞くかぎり、嘘はついていないという感触でした。もちろん、リーズの方は調べるつもりです」

「リーズの方に問題がなければ、フレミングは容疑者リストから外すことになるな」キャヴェンディッシュ少佐は難しい顔をして言った。「もちろん、フレミングとケアードがグルであれば話は別だが」

「正直に申し上げますが、その可能性は考えていませんでした」

「じゃあ、考えてくれ。とはいえ、そんなことは絶対にないと思っているがな。ミスター・フレミングの経歴は？」

「順調そのものです。最近、ずいぶんと稼ぎました。おっしゃられたように、前途有望な若手と広く認められています。明確な動機はなさそうです」

「ふむ」キャヴェンディッシュ少佐はふたたび納得したように声をもらし、パイプを叩いて灰を落とした。「四人目はわかるよ。脚本家とプロデューサーはすでにリストに挙がった。わたしの支持がほしいと言おうとしているのだろ？　ミスター・レオポルド・ドライデンを逮捕する際には」

「はい、そうお願いするつもりでした」スピアーズは正直に打ち明けた。

「それは大変なスキャンダルになるな」副総監はため息をついた。「それでどんなことをつかんでいる？」

「いろいろとあります。まず、あの晩はふだんとは様子がちがっていました――これには山ほどの証言があります。夕食の席で妻と喧嘩しています。当夜の行動、なにをしていたのか説明するのを拒んでいますし、妻の方は喧嘩について嘘の証言をしました。殺人が犯されたとき、6Aスタジオにいるはずでしたが、ちょうど一〇時八分頃、スタジオ責任者に気分が悪いと言って新鮮な空気を吸いに外へ出ています。まったく必要もないのに七階へ上がり、リフレッシュするためにスタジオ・タワーの外へ出ようとしたときに、6Aスタジオから戻ってきたケアードと出くわしました。ケアードによるとドライデンはまったく死人のような顔をしていたそうです。今日、かなり特徴のあるドライデンの手袋を手に入れました。7Cの外に三角形のリスニングルームがあるのですが、その部屋のロッカーに隠されていたんです。しかもパーソンズの手紙のなかに、ドライデンの妻からのものが三通あり、パーソンズが彼女を脅迫していることがわかりました。夫に彼女の過去の出来事を暴露すると脅していたんです。一連の脅迫状にミセス・ドライデンは堪えられなくなったんでしょう。ドラマの本番前の夕食の席で喧嘩が起きたのも、新たに一通受け取ったことを証すものです。そう、もうひとつあります。犯行現場のスタジオを調べたところ、パーソンズの台本の裏表紙が破り取られているのを見つけました。グリーンの小さなシールが貼られているのにたまたま気づき、BBCの台本だとわかったんです。切り取られるようなものではありません。台本がバラバラになるとか、裏表紙が取れてしまうことはよくあるのかミスター・ケアードに尋ねたところ、リハーサル中に役者が印をつけることはあってもバラバラになることはめったにないそうです」ここでスピアーズは芝居っけたっぷりに声を落として続けた。「破れた裏表紙はこよりみたいに丸められていました。一方の端が焦げていて、じょうご型の灰皿に放り込まれていたんです。この灰皿は7Cの外の三角形のリスニングルーム内の台の上に置いてありました。犯人は紙を丸めてマッチで火をつけ、灰皿に放り込んだんでしょうが、運の悪いことに火が消えてしまったわけです」

「なんのために燃やしたんだ?」キャヴェンディッシュ少佐はもどかしそうに尋ねた。

「はっきりとした理由はわかりません。燃え残った紙片にはこう書かれていました。『おまえの妻のイザベル』。パーソンズの筆跡でした。イザベルというのはドライデンの女房です」

「それで、どう思うんだ?」

「推測でしかないのですが。イザベルのことでドライデンになにかメッセージのようなことを台本の裏表紙に書き付けたのでしょう。疑いの目を向けられないようにドライデンが破り取ったのではないでしょうか」

「残念だ。脅迫状の一部だと期待していたんだが。この有名人夫婦に対して検死官はどのような結論を出すんだろうな。検死は明日だったな?」

「はい」

「では、悪いが大きな手錠を用意しておくことだ、スピアーズ」

「小さい手錠です」上司の誤りを正すことができて嬉しいと言わんばかりに微笑んだ。「ドライデンは人並み外れて小さな手をしていて、それを自慢にしているんです」

「手の大きさなぞ、どうでもいい」副総監は冷たく言い放った。「それはそうとして、スピアーズ、五人目の容疑者がいると言っていなかったか？」

「可能性があるというだけです。ミスター・スチュワート・エヴァンズ。周りから嫌われていますし、出世しているとは言いがたいのですが、ほとんど疑っていません。あの晩たまたま局におり、その理由がまったくあやふやだとは思います。探偵のまねごとをしていまして。レオポルド・トライデンが犯人だと証明しようとしているようです。手袋を届けてきたのは、この男です」

「そのエヴァンズとやらに見つけ出すことができたのなら、貴官だってできたはずではないのか？　顔に泥を塗られたのだから部下を叱責してもいい。エヴァンズ……たしかに追及することがそれほどなさそうだ」

「エヴァンズがドライデンを嫌っているのは明らかです。ドライデンの妻に好意を持っています。だからと言ってパーソンズを殺す理由にはなりません。エヴァンズはパーソンズと話をしたことすらないのですから。わたしからの報告は以上です」

キャヴェンディッシュ少佐は椅子の上で背筋を伸ばした。

「よくわかった、スピアーズ。感謝する」ここで速記者に向き直る。「タイプしてくれるか。昼食前にはすませてくれ。スピアーズ、明日の朝、検死前にもう一度話をしたい。進退きわまってしまったようだ。途方に暮れていると認めて記者どもを大喜びさせるか、レオポルド・ドライデンを逮捕して特ダネをつかませてやるか。もっとも、検死が行なわれたら、真意を明かさざるをえないだろう。スピアーズ、これまでのところはよくやっているようだが、気を抜くな。幸運を祈る」副総監は部屋の隅に置かれた椅子から傘と帽子を手に取り、部屋を出ていった。

スピアーズと速記者はお互いを思いやるように視線を交わした。

「軍隊というところはあんな調子なんだろう」スピアーズが沈んだ声でつぶやいた。

「〝野蛮でみだらな軍人〟だとは思いませんけれど」キプリングの一節を引用して速記者は答えた。「木で鼻をくくるとはこのこと」

「そうだろうね。きみにとっても、わたしにとっても。誰に対してもそうなんだろう」

「どうでもいいけど」

スピアーズも部屋を出て、ある程度満足を覚えながらドアを閉めた。

21 暗闇での銃声

ちょうど三人が舗道へ出てきたとき、通りの反対側に建つ一七番地の家の暗い出入り口からヒギンズが姿を現わした。街灯の下で立ち止まったので、バニスターはその様子を充分に観察することができた。ひげは剃っておらず、顔色はこれまでにもまして青白く、足元がおぼつかない。おそらく酒を飲んでいるのだろう。帽子をかぶっておらず、カラーもタイもしていない姿は、ギロチンへと連行される囚人のイラストを思い起こさせた。

ヒギンズは道路の左右を見渡し、咳払いすると下水溝に痰を吐き出してから東へ向かって舗道を歩きはじめた。ヒギンズはまったく気づきもしなかったが、一五メートルほど後ろから黒い帽子をかぶり、陶製のパイプをくわえた若い男が、両腕にぶらさがったふたりの女を従えてあとをつけていた。三人連れは調子っぱずれの歌を声高に歌い、ブルー・ユニコーンの向かい側の角で立ち番をしている交通巡査があからさまに嫌な顔をして視線を向けた。ヒギンズはバーに入っていき、そのあとからふたりの若い女と腕を組んだ嘆かわしい体たらくのBBC職員が続いた。この三人組はソーホーにあるパブでも、もっとも評判の悪いバーのテーブル席の一角へ入ってきても、周囲に違和感を与えることはなかった。店内では客という客が満足気な顔をして生ぬるいビールを飲み、笑い声と下卑た会話が飛び交っていた。誰も気づかなかったが、トプシー・レヴィンの輝く小さな目はヒギンズに張り付いたまま離れなかった。テーブル席と立ち飲みのバーを区切るガラスと木のパネルの隙間からヒギンズを観察している。トプシーは二杯目のハーフパイントのビールのほとんどをガイ・バニスターのズボンにこぼし、屈みこんでハンカチで拭うまねをしながら、ヒギンズがすでにストレートのウィスキーをダブルで二杯飲み、三杯目をお代わりしたところだとささやいた。

「酔いつぶれたらどうしようもなくなる」ガイは落ち着かない調子で答えた。「ああ、こんなときに！」

気取ったミスター・アルフ・コークランが体を横にしてバーに入ってきて、テーブル席にいる三人を見つけて、また会えたと喜び、全員に奢らせてくれと言って引き下がらなかった。

「嬉しい驚きだ。実は、ヒギンズに会えるんじゃないかとなかば期待してこの店に来たんですよ。かわいそうなやつですから」

パトリシア・マースデンは、こうした張り込みにはまったく素人だったので、危うくすべてを台無しにするところだった。

「ヒギンズなら、ほら――」そう言いかけた。

「あちちち」ガイ・バニスターは大声を出した。火のついたタバコを片方の手の甲に落とし、ミスター・コークランの飲み物を払って床に落とした。混乱が収まり、なんとか窮地を脱するとトプシーは、パトリシアが過ちに気づいて混乱しているさまをなんとか取り繕おうとした。パトリシアは真っ赤になり、今にも泣き出しそうだった。

「ミスター・ヒギンズは外出したんじゃないかって言おうとしたんだよ」トプシーは慌ててそう言った。「あんたが行っちゃったあとで、あたしたちカフェで飲んでて、で、この友だちがミスター・ヒギンズの部屋の窓の明かりが消えてることに気づいたんだよ」

「ああ、なるほど」ミスター・コークランはウィンクをした。「お友だちは才能がありますよ。油断なく見張ることですね」

バニスターは割って入らずにはいられなかった。もしそうでなければ、コークランは肘でパトリシアの脇腹をつついていたのではないか。

「それでミスター・コークラン、飲みものは？」

「ピンク・ジン」胸を張って言った。「海軍でずいぶんと飲まれていると知ってから、こいつを注文することにしてるんです。今では欠かせなくってね」飲み物が運ばれてくるとコークランはひと息に飲み干した。「さて、そろそろ行かなければ。それではお休み。またお会いできてよかった。いつかまた近いうちにここで会いましょう」

「行ってくれてよかった」バニスターは心からそう言った。

「それはそうだけど」トプシーは立ち飲みのバーとこの一角を区切るパネルにふたたび目を向けていた。「ヒギンズも行っちゃった。さあ、出ましょ」

三人が慌てて出ていこうとしたので、金を払わずに逃げていくのではないかという要らぬ疑いをバーテンダーに抱かせてしまった。ガイ・バニスターはなんとか取り繕い、カウンターに一〇シリング紙幣を置いて釣りはいらないと言った。バーテンは三人の後ろ姿を両開きのドアが閉まるまで見ていた。

「飲み逃げしようとしたんじゃない――たんなる馬鹿だ」誰にともなくそう言うと頭をかき、何気なくカウンターを拭いた。

ジェンタイル通りは真っ暗だった。月は黒い雲に厚く覆われ、雨が降り出しそうだ。風はやんでいた。建物のほとんどの窓には明かりが灯っておらず、カフェバーの派手な明るさは、騒々しさと光にあふれたオアシスのように狭くて暗い静かな通りで浮き上がっていた。ミスター・コークランが陽気に話しかけてきてうんざりさせられているあいだに、ヒギンズは出ていったので、ずいぶん先を歩いていた。バニスターとふたりの女がブルー・ユニコーンから外へ出てきたときには、五、六〇メートル向こうにいた。歩くペースは一定していないが、速かった。街灯が投げかける小さな光のなかを横切るというよりも、つんのめるように進んでいった。三人は一定の足取りでヒギンズを追った。

いきなりガイ・バニスターは立ち止まった。

「ちょっと待ってくれ。はずれたら六ペンスを二〇倍にして返すが、ヒギンズは一七番地に戻ろうとしているんじゃないかな。ゆっくり行こう。おっと、トプシー、おれの目がおかしいのかな？ヒギンズのあとをつけているやつがいないか？」

三人はその場に立って暗闇をじっと見つめた。

「確かに誰かいる」パトリシアは目を細めながら言った。

「そうだね」トプシーも応じた。「でも、きっと友だちのコークランか、たまたま誰か後ろを歩いているだけだよ」

「ちがうな」ガイが答えた。「どうしてあんな風に鉄柵に沿って歩いているんだ？　あいつは酔っていない――足取りがしっかりしている。見間違いでなければ、どうも抜き足差し足という調子だ。トプシー、きみの言うとおりコークランかもしれないが、ならばどうしてヒギンズのあとをつけなきゃならない？」

「行きましょ」パトリシアがそう促し、ガイの袖を引っ張った。

貧しいながらも明るい若者が〝飲んで浮かれている〟という役柄に戻って三人は先に進んだ。

しかし、尾行は長く続かなかった。ヒギンズは最後にふらりと体を揺らして一七番地の家のなかに消えた。コークランであれ誰であれ、尾行していた男は通りの反対側へ渡り、ガイ・バニスターたちの推測はまちがっていたと言わんばかりに落ち着き払って歩いていき、やがて見えなくなった。バニスター、トプシー、パトリシアは、ミスター・J・カーターの店舗の前で立ち止まり、顔を見合わせた。

「どうする？」パトリシアが尋ねた。

いささか不気味ながら、この質問に答えるようにヒギンズの閉めたドアがゆっくりと開いた。

三人は思わず後ずさったが、ドアの向こうからはなにも出てこなかったし、姿を現わす者もいなかった。ただ古くなった野菜のきついにおいが漂ってくるだけだった。ドアの掛け金がうまくはまっていなかったのは明らかだ。

「そうだな。きみたちふたりは帰ったほうがいいだろう。おれは上に行ってミスター・ヒギンズから話を聞く」

トプシーは露骨に顔をしかめた。

「はっきり言ってもいいんなら、そんなのお笑い草。なんのためにわたしたちを連れてきたわけ？　わたしたちって女子校の生徒？　それとも『噂のふたり』に出てくる同性愛のカップル？　あなたが先に行って。わたしたちも後ろからついていく。三人の耳で確かめなくちゃ」

「そうだな、そのほうがいい。だが、あいつは酔っている。荒っぽいことになるかもしれない」

「そんなのどうってことない」トプシーは引き下がらなかった。「それにすてきな女の子が、かっかした頭を撫でてあげたら喜ぶでしょう」

「馬鹿なこと言わないでよ、ガイ。わたしたち、帰らないからね」パトリシアも譲らない。「どうして帰らなくちゃいけないのよ。裏世界の仕事をするのに手を貸して、これから面白い場面だというのに、追い返されるなんて冗談じゃない」

バニスターはちょっと考え込んだ。親指で眼鏡を押し上げるとパイプをポケットに突っ込み、一七番地の家のドアを押し開けた。薄暗い玄関ホールには薄汚れてぼろぼろになったマットが敷かれ、壊れた帽子掛けが置かれている。奥には狭い階段が常夜灯にぼんやりと照らしだされていた。

「わかった。好きなようにしろ。だが、少し離れていろよ。口論になったときに、きみたちは勇ましいところを見せようなんて思わないでくれるとありがたい。修羅場を眺めていてもらいたくないし、割り込んでもほしくない。急いで外へ出て警察を呼ぶんだ」

「わかったよ、隊長！」トプシー・レヴィンは言った。「行きましょう！」

そこでバニスターを先頭にトプシーがそのすぐ後ろ、しんがりはパトリシア・マースデンだ。三人はカーペットの敷かれていないむき出しの階段をつま先立って上がっていった。最初の踊り場から上に電灯は灯っておらず、灰色のうっすらとした光が滲んでいるところがいくつかあった。階段の窓だったが、闇をいっそう深くしているだけである。忌まわしいことに階段は軋み、古くなった野菜の悪臭に圧倒されそうだった。二階と三階の閉まったドアの向こうからはいびきが聞こえ、カーター一家が眠りを貪っているのがわかる。

ようやく最上階の四階にたどり着いた。短い廊下の向こうに閉じたドアがあり、その下からは細い金色の光が漏れていた。バニスターは周囲を見まわした。ふたりの女はバニスターのすぐ後に立ち、手を握り合って荒い息を吐いていた。どうしたらいい？　ドアを蹴破るか？　ノックするのか？　どちらにせよ、ヒギンズになにを訊いたらいいのだろう？　ガイ・バニスターは心のなかでみずからに悪態をついた。向こう見ずなことをしてしまった。ヒギンズを密かに見張って尾行するのはいいが、その後にどうするのか考えていなかったのだ。しかし、なにかしなければ。ふたりの女の前で間抜けな姿をさらしたくはない。特にパトリシア・マースデンの目の前では……。

実際には、状況がガイ・バニスターの決心を促すことになった。階下から足音が聞こえてきたのだ。パトリシアはバニスターのコートを引っ張った。

「聞いて」切羽詰まった調子でパトリシアは言った。

「聞こえた。脇にどいて通してやるわけにもいかない。階段や踊り場には隠れる場所もない。お友だちのコークランがヒギンズのあとを追ってきたのかもしれない。そうなら、ヒギンズの部屋にいたほうがいい。さあ。入るぞ。なるようになれ、だ」

バニスターは思い切って進み、女たちはその後に続いた。もうつま先立つこともなく、女たちのハイヒールがむき出しの床を打つ音が廊下や階段に響いた。バニスターはノックするために手を持ち上げたが、そのとき、ドアの下から漏れていた明かりが消え、ほぼ同時にリボルバーの銃声がとどろき渡った。

パトリシアとトプシーは悲鳴を上げた。

バニスターは荒々しくドアをあけた。背後では階段を上がってくる足音が響く……。

「入ろう」ガイは押し殺した声で言った。「だが、見るなよ」

女たちはその言葉に従い、ドアを入ってすぐの壁の前にふたり寄り添って立った。メークの下の顔は真っ青だ。部屋のなかは硝煙と火薬のにおいが充満しているような気がした。家具はほとんどなく、折りたたみ式簡易ベッド、小さな木の机と椅子、汚らしい洗面台、チェストがあるだけだ。そのとき垂れこめていた雲のあいだから月が顔をのぞかせ、青白くかすかな光が差し込んで、室内の様子が見えた。シャツとズボンだけという男が、暖炉の火床に頭をほとんど突っ込むようにして倒れていた。

ヒギンズだった。

ぞっとしたことに側頭部が吹き飛んで血だまりが広がり、体の脇にリボルバーが鈍い光を放っていた。

「あの窓の外を見ているんだ。誰が上がってくるのか確認しないとな」

マントルピースの上に二本のロウソクがあり、ガイ・バニスターは震える手でそれに火をつけた。ヒギンズはみずからの頭を吹き飛ばす前にそのロウソクを消したのだろう。

火がつくと室内に不気味な影が踊った。足音はすでにはっきりと聞こえ、ふたり上がってくることがわかった。足音は廊下を近づいてきて立ち止まった。

「入ってくれ」バニスターは大きな声で言った。「いったい、誰なんだ?」

バニスターは馬鹿だったとみずからを罵った。入ってきたふたりの男はアルフ・コークランと痩せてずる賢い顔をした背の低い男だった。今朝、下の八百屋でぶつかった男だ。

ミスター・コークランは探るような視線を部屋のなかに投げた。

「こんなことだと思ったよ、リング」コークランは言った。「だが、どうしようもなかった。どうすれば止められたかわからなかったからな」

ずるそうな顔をした小柄な男は頭を振ってこう言った。

「この〝邸宅〟に入れないようにすべきだったね、ミスター・バニスター。ここはご婦人方がいるところではない」

「いったいあんたは誰だ？」ガイ・バニスターは尋ねた。

「ヒギンズを見張っていたんだよ」ミスター・コークランが答えた。「スコットランド・ヤードの刑事でね。スピアーズ警部補の指示で動いているんだ。電話してきてくれるか、リング。ここはわたしがなんとかする。これで一件落着のようだ」

「ふたりとも、すまない」バニスターは女たちに言った。「ぞっとするだけで無駄に夜を過ごさせてしまった。さあ、行ってくれ。下で会おう。あんたにも謝らなくては、コークラン」

「われわれがヒギンズに目をつけていないと思って、見張ってくれていたのかな？」コークラン巡査部長は明るい声で応じた。

「まあ、そんなところで」ガイ・バニスターは小さな声で言った。「ときに、あれはなんでしょうね？」

バニスターはマントルピースに歩み寄った。ロウソクのあいだになにか白いものが立っている。コークランは素早く反応し、バニスターの指が触れる前にその紙をつかみ、ポケットに入れてしまった。

「異存がなければ、わたしが保管してスピアーズ警部補に見せることにしましょう。おそらく自白だろうがね。女性たちが下で待っていますよ、ミスター・バニスター。夜のこの時間だから、ジェンタイル通りを歩くにはエスコートが必要だ」

一瞬、バニスターは怒りに駆られて巡査部長をにらみつけた。それから、捜査する立場にないとさとり、重苦しい気持ちを抱えてゆっくりと階段を下っていった。

「元気出して」下に降りるとトプシーが励ました。「あのチビのコークランが警官だなんてわかるわけないじゃない。どう見ても販売外交員ってとこ。ほら、チェックのズボンをはいて売り歩いているような人たち。フラットに戻って、口直しに飲もうよ」

「ありがとう。そうするよ」

正直に認めなければならないが、バニスターはメクレンバーグ広場へ帰るタクシーのなかでずいぶんと気持ちが安らいだ。というのも、今夜の冒険のクライマックスに起こった出来事に心底震え上がったパトリシア・マースデンが、ずっとバニスターに体を寄せていたからだ。

22 ふたり分の昼食

翌朝、ジュリアン・ケアードはほとんど食欲がなかった。《デイリー・エクスプレス》を開いて真っ先に目に飛び込んできたのが、派手な大見出しでヒギンズの死を報じる記事だったからだ。詳細は書かれておらず、不幸なスタジオ・スタッフがジェンタイル通りの自宅で頭を撃ち抜いた状態で発見されたと報告しているだけであった。しかし、ケアードは、バニスターと同じように、これで事件に終止符が打たれると思ったのだ。おそらく、パーソンズの後にヒギンズの検死が行なわれるだろう。ヒギンズは〝精神的におかしくなって自殺した〟ということになり、人々の日常生活、特に放送局の業務はあっという間に元に戻るにちがいない。

ケアードは、この考えをロドニー・フレミングに向かって言った。ふたりはシドニー・パーソンズの検死審問で証言するためにともに出かけてきたのだった。フレミングはケアードの見解に疑問を呈した。

「単純すぎやしないか、ジュリアン。そんなにあっさりと片付くものじゃない。警察はなんとしてでも事件に決着をつけたいのだから、今回のことは待っていましたとばかりに飛びつくだろう。しかし、パーソンズを殺したのはヒギンズでもなければ、レオポルド・ドライデンでもないと思っている。おまえの友だちのスチュワート・エヴァンズでもない。エヴァンズじゃないが、心理学的に見ればまともな結論だとは言えないってことだ。エヴァンズはうんざりするやつだが、ひとつだけ正しいことを言っている――殺人犯を見つけ出そうというのなら、真っ先に考えておくべきは、どれほどさし迫ったとしても、その容疑者がはたして人を殺すような人間かということだ。ヒギンズはみずからの頭を吹き飛ばすような男だ――自殺だということにしてだが――あいつは絶対にシドニー・パーソンズを絞め殺していないよ」

「じゃあ、誰が犯人なんだ、ロドニー」

ロドニー・フレミングは肩をすくめた。

「わからない。警察がレオポルド・ドライデンを本格的に追及しはじめないかぎり、特に関心はない。パーソンズが気の毒だというふりをするつもりもない。だが、ドライデンが絞首刑に処される、いや、逮捕されただけでも、新しい芝居を上演してもらえなくなる。こいつは深刻だ」

「おまえってやつは、救いようがないな、ロドニー」

このとき、ガイ・バニスターがやってきて会話は途切れた。バニスターの髪はいつにもまして乱れ、眼鏡の奥の目は興奮にギラついていた。バニスターはふたりに昨夜の冒険をなにからなにまで話したが、事件と関係のないメクレンバーグ広場のフラットに朝の四時までいたことは黙っていた。トプシー・レヴィンとパトリシア・マースデンの動揺した気持ちを鎮めていたのだ。特にパトリシア・マースデンをなだめるために。

「どう思う?」バニスターは尋ねた。

「そうだな」ロドニー・フレミングが答えた。「逮捕されなかったのは、運がよかったよ。たとえば、きみがパーソンズを殺し、ヒギンズに見られたので、昨夜、頭を撃ち抜いて口封じをした、とも考えられるからだ。どうだい?」

一瞬、バニスターは驚いた顔をした。それから相好を崩す。

「なにもしてないよ。幸い、パーソンズを殺したくともできはしない。本番中は効果音のスタジオにこもってたからね。効果音担当のスタッフが四人、証言してくれる。正直なところ、昨夜は自分でも馬鹿なことをしたと思ってるよ。警官はおれなんかよりずっと見張りがうまいからね。おれと女たちを先に一七番地の家に入れたのは、ちょっと油断したんだろうが」

「ああ、きみに疑いがかかることはないだろう」フレミングは答えた。「ヒギンズが自殺したことは確かなんだな?」

　バニスターは答える前に注意深くあたりを見まわした。

「それは、わからない」

「なんだって?」ケアードが大声を出した。

「おいおい、ジュリアン、そんな大きな声を出すなよ。十中八九、自殺だろう。マントルピースの上に書き置きを残していた。そいつを見る前に警官が持っていってしまったがね。おそらく罪を打ち明けたんだと思う。だが、ひとつ引っかかることがあるんだ。ヒギンズの部屋には窓がふたつあった。気になったのは、そのうちのひとつは閉まっていてカーテンも引かれていたんだが、もうひとつはカーテンも窓も開いていたんだ」

「ほんとうか?」

「まちがいなく開いていたよ」

「警官にはそのことを話したのかい?」フレミングが尋ねた。

「いや。そのときは、なんとも思わなかったんだ。おわかりだと思うが、かなり動揺していたからね。女をふたり連れていたんでなおさらさ」

「次からは、仕事とお楽しみを一緒にしないことだな」フレミングが茶化した。「窓の外は下の通りまで足掛かりのようなものはなかったのだろうか」

「さあ、確認していないんでわからない」

「じゃあ、まずはその重要な点を確認しに現場へ行くことだな。さて、そういうことだ、ジュリアン。検死審問を最後まで見届けるつもりか？」

「お役御免になったら帰るよ。オフィスで仕事が山積みだ。昼にまた話そう」

ジュリアン・ケアードはフレミングにさえ打ち明けなかったのだが、なるべく早い機会を捉えて検死審問の場から逃げ出したかった本当の理由は、夫が尋問されているあいだのイザベル・ドライデンの打ちひしがれた顔を見ないですませたかったからだ……。

「わかった」フレミングは応じた。「一緒に昼食をとろう。ベイトゥリーで一時半ということでどうだ？」


ベイトゥリーは劇場関係者がひいきにしている有名なレストランで、レスター広場のはずれの小さな道を行ったところにある。劇場が詐欺師やごろつきどもを締め出すと、俳優業は特に紳士淑女のめざす職業となり、その結果、美味しいものを比較的安く食べられるレストランへの要求は当然のように高まる。特に男女が参加できる会員制クラブのような居心地のよさを楽しむことができ、それでいて会費を払う必要もなく、会員に選抜されるかされないかという嫌な思いをしなくてもすむような店が求められる。ベイトゥリーの客は男優や女優ばかりではない。いや、そういう店ではない。常連客の半分はふつうの市民であり、彼らはおいしい食事に加えて十数人もの舞台俳優を間近に見られることを当然ながら楽しんでいた。高い金を払って劇場の一階前方のいい席をとって、二、三人の俳優を近くで見るよりもずっといい。そもそも、その芝居のできがいいか悪いかわからないのだし……

昼食時のベイトゥリーは、簡単に言えば、ロンドン演劇界の縮図だった。甘い見通しばかり立てる興行主が見込みのある後援者を招待している。脚本家の卵が厭世的な興行主を食事に誘う。店のドアからは将来有望な若手女優が次から次へと入ってきてその場でしばし立ち止まり、ずらりと並んだテーブルをゆっくりと見渡すので出入りの邪魔になっている。ホストをさがしている素振りだが、実際は店にいるはずの興行主、あるいは自分の姿に気づいているかもしれない一般の人たちに、みずからの存在を〝アピール〟しているのだ。俳優の噂話がテーブルからテーブルへと大きな声で伝えられ、そのあいだにいる知識のない者たちが、居心地よく食事ができるかどうかなど、ほとんど、いや、まったく意に介していない。さまざまに着飾り、女性のように優雅な若い男たちが、あちらこちらのグループを渡り歩き、大きく手を振り、まわりの目を気にしながらも大胆に年配の女優の指先にキスをする。しかし、ベイトゥリーで昼食をとるのに、大げさに構えたり、騒々しいグループに加わる必要はない。ひとりで店にやってきて、特別なものではなく肉とラガービールだけ注文したとしても、経営者のマンフレッドがテーブルまでやってきて快く挨拶してくれる。だから、スターたちが輝きを放ち、噂話が大声で飛び交い、若いご婦人方がしなを作り、若い男たちがあちらこちら歩きまわっているなかで、著名な劇評家、演劇業界紙の編集者、アメリカの大手映画会社のロンドンの代理人という人たちが、周囲の大騒ぎからはまったく超然としてひとり座っている姿を見かけることもあるのだ。

ジュリアン・ケアードは時間どおりにやってきて、ドアから一番離れた席を確保した。検死審問にはさほど時間がかからず、すでにスコットランド・ヤードでスピアーズに話したことを繰り返すだけだった。席につくとカクテルを注文し、ほかのレストランを提案するだけの冷静さがあればよかったのにと心の底から思った。というのも、ベイトゥリーには知り合いが多すぎ、その誰もが検死審問、それからなによりもレオポルド・ドライデンについて尋ねるのだった。次から次へと人がテーブルに近づいてきて、誰もが同じように失礼を詫び、気軽にあれこれ話題をふり、最後に恥じらいもなく彼らの病的な好奇心を満足させる方へと話を持っていくのだ。ケアードは特に愛想のいい方ではなく、フレミングが姿を現わした頃には、テーブルにやって来た連中に対してあからさまに嫌な顔をするようになっていた。

「そう腹を立てるなよ、ジュリアン」フレミングはなだめすかした。「ぼくの分はまだカクテルを注文していないのかい？」

「どこかほかへ行かないか？」

「けっこう頻繁にここへ来たくなってしまうんだ」フレミングは浮き浮きした口調で言った。「有名になることへの罰だな。ここへ来なければ、ぼくが脚本家であることを誰も覚えておいてくれないからな。それにそろそろ『青天の霹靂』のキャスティングを考えなければならない時期だ。この店はどの芸能プロダクションへ行くよりもはるかにいいからな。やあ、しばらく！」そう挨拶してから店の向こう側を指さした。「シーラ・コートニーだ。アメリカから戻ってきていたとは知らなかった。彼女、プリシラ役にピッタリだ」

「冗談じゃない、自分の脚本のことばかりじゃないか、ロドニー。わたしのあと、検死審問はどうなったんだ？　最後までいたのか？」

「そうすればよかったんだが、おまえが腹をすかして怒り出すんじゃないかと思ったんでね。ジュリアン、おまえ、ガツガツしすぎなんだよ。なにを注文した？　シタビラメのフライとラムのカツレツか？　妙な組み合わせだが、出してくれるよ。それでも精彩を欠くっていうんなら、シャンパンを一本奢ろう。飲みたいんだ」

「それで、検死審問だが、どうなったんだ、ロドニー」

「ああ、別になにも。ごくごくふつう。あくまでもぼくの感想だが、警察は半分も手の内をさらしていない。だが、ジュリアン、知ってのとおりレオポルド・ドライデンは頭がいかれてしまったかのように振る舞っている。あの男はなにかほかに恐れていることがあるんじゃないか、ほんとうに罪を犯したんじゃないかと思うようになってきた。気分が悪くてあの晩のことははっきりと覚えていないふりをしている。新鮮な空気を吸うのなら六階のスタジオタワーの外へ出ればいいのにわざわざ七階へあがったのはなぜか尋ねられるとこう答えたんだ。『上のほうが空気が新鮮なんじゃないかと無意識のうちに思ったのではないか』。まったく驚きだよ」

「イザベルはどうだった？」

フレミングは驚きを顔に表わした。

「イザベル？　ほとんど気に留めなかった。じろじろと見るのは嫌だからな。バツの悪い思いをさせたくもなかった。とにかく、じっと座っていたよ。目に入った限りじゃあ、平然としていたわけではないが。レオポルドは精一杯演技していたね——顎をつんと持ち上げたり、口元を強ばらせたり、片方の眉を持ち上げたり——あらゆる手を使っていた。だが、検死官が少しでも心動かされていたとは思えない」

「ヒギンズの件はどうなった、ロドニー。スピアーズはなにか言っていたか？」

「ほとんどなにも。はっきり言って、どうもわからないんだよ、ジュリアン。ヒギンズが自白するようなメモを残していたんなら、スピアーズはそう言うだろうし、事件だってその場で解決のはずだ」

ケアードは運ばれてきたカツレツに手をつけた。

「じゃあ、昼を食べたあとスコットランド・ヤードへ行くことにしよう」口いっぱいの肉を飲み込み、次の一切れを切り分ける前にそう言った。「ヒギンズのことをスピアーズに訊いてみる。こんな不安な気持ちのまま放って置かれるのではたまらないからな。なあ、話題を変えよう。まわりの連中がみな耳をそばだてて殺人事件のことを聞こうとしている」

「ゴシップ好きを責めることはできない。演劇界は最近、スキャンダルに欠けているからな。おやおや、あれはなんだ？」

腰のあたりが極端にくびれ、はっとするほど派手なグリーンのスーツを着た細身の若い男が新聞を振りまわしながらレストランに入ってきた。淡い黄褐色の髪を額からまっすぐ後ろへなでつけ、片方の小指には彫刻を施したエメラルドの指輪をはめ、スエードの靴をはいている。ゆっくりとテーブルのあいだを歩いていき、彼の背後では興奮にはしゃぐ声が徐々に大きくなっていった。

「あれは何者だ、ロドニー」

「ティモシー・ブラバゾンだよ。《マーキュリー》にゴシップ・コラムを書いている。丁重に振る舞うようにしてくれ──こっちにきて話しかけるつもりだ」

「やれやれ」ジュリアンは小声で嘆いた。「結局、シャンパンは頼んだほうがよさそうだ」

「そうしよう」フレミングは応じた。「やあ、ティモシー」

魅力たっぷりの若者は、新聞を差し出しながら意地の悪い笑みを浮かべ、ウサギのように前歯をのぞかせた。

「今度の芝居は前途多難だな、ロドニー」のろのろした口調で言った。「今回の事件でとどめを刺されるんじゃないのか？　ドライデンが舞台化のオプションを得たんだろ？　彼が吊るされたら、オプションはどうなるんだ？」

「愉快な話題ではないな、ティモシー」

「愉快じゃない？　レオポルド・ドライデンが刑務所に入れられると思うと楽しくなっちゃうがね。近代的な設備のないところに放り込まれるのをどれほど嫌がることか」

ケアードが新聞をつかみとった。

「なんということだ！　逮捕したんだ！　〝検死審問から戻るときに身柄を拘束。ある人物ないしは複数の犯行、言葉を濁す検死官〟警察はなにか隠していたんだ、ロドニー」

「ようやく面白がってくれたようで嬉しいよ」ティモシー・ブラバゾンは言った。

「ジュリアン・ケアードのことは知らなかったよな」

「お会いできて嬉しいですよ」ブラバゾンは小さな声で言った。「ああ、そうそう。この業界で仕事をしているんでしたね。ラジオドラマというのは、なんとも奇妙で面白い。きっと夢中になれる仕事なんでしょう。謎が解けて嬉しいんじゃないかな。スタッフのひとりが犯人だったら、BBCにとってはとんだ痛手だったろうからね」

「口を慎めよ、ティモシー。それにしてもなんだって新聞紙を振りまわしてベイトゥリーを歩きまわろうなんて思ったんだ？　みんなすぐに知ることだろ？」

「それだよ、ロドニー」ブラバゾンは傷ついたような声を出した。「店に入ってきたとき、ここがこれほど活気がなく淀んでいるのを見たことがないと思ったんだ。そこでなにかしなくちゃって気になったのさ。でないとマンフレッドからつけを払えって迫られるかもしれないからな。ま、とにかく、新作の芝居がとんだ災難に巻き込まれて、同情の言葉をかけてもらいたかっただろ？」

「ミスター・ブラバゾン、レオポルド・ドライデンをいたわる気持ちがなくっても」ケアードは怒りを露わにして言った。「奥さんには配慮してもらいたい」

ブラバゾンは眉を持ち上げた。

「イザベルのこと？　ぼくは彼女にぞっこんなんだ。こんなことが起こった後だから、今日の午後は見舞いの言葉がどっと押し寄せるだろう。請け合うけどね、ミスター・ケアード、慰めてくれる人には事欠かないよ、イザベルは。彼女に参っている男は大勢いるからね」

ケアードは拳を握りしめ、なかば椅子から立ち上がった。ブラバゾンは後ずさった。

「おい、ロドニー、なんて怒りっぽいお友だちなんだ。とにかく気に障ったのなら、心から謝るよ」ブラバゾンはそう言って背を向けた。「ああ、そうだ」肩越しに振り返った。「馬鹿だったよ。ミスター・ケアードもイザベルに首ったけだったんだ」そう言ってあとに高価な香水の香りを残してゆっくりと歩み去っていった。

ケアードは後ろ姿をにらみつけながら、いつものことながら、もっと分別のない若造に戻りたいと思った。

「さあ、シャンパンがきた。機嫌を直してくれよ、ジュリアン。放送局でも殺人なんて似合わないが、ベイトゥリーではまったく別世界の出来事さ」

ロドニー・フレミングがケアードの肘をつかんだ。

「殺すだけじゃあ」ケアードは依然としてティモシー・ブラバゾンをにらみつけながら唸るように言った。「まったく物足りない。内臓をほじくりだし、八つ裂きにする刑罰のことを詳しく調べたことがあるか、ロドニー。ないのなら、さっそく文献にあたってみればいい。ミスター・ブラバゾンがその刑に処されるところを想像するんだ。あんな男がどうして生きるに値するんだ？」

ロドニー・フレミングはシャンパンを口に含んだ。

「現代社会では、ゴミ漁りをするやつらがいるから成り立っているんだ。わかるだろ。五ポンド賭けてもいいが、日曜の《マーキュリー》にはぼくの記事が出ているだろう」

ケアードは立ち上がった。

「申し訳ないが、ロドニー。これ以上、こんな淫売屋にはいられない。気分が悪くなる。スピアーズを見つけ出すつもりだ。冗談じゃない。このまま引き下がるわけにはいかないだろ。どれほど不利だろうと、レオポルド・ドライデンが犯人ではないとわかっているんだからな。真犯人を探し出さなければならない。来るか？」

「やめておくよ。おまえひとりでやったほうがいい——深みにはまっているからな。人間模様をもっとここで観察していくことにするよ。ところで、払いはぼくが持つ」

しかし、ジュリアン・ケアードは最後まで聞かずに行ってしまった。

23 メモ用紙と吸い取り紙

結局、ケアードはスコットランド・ヤードへは行かなかった。ナショナル・ポートレイト・ギャラリーの前を通りかかったとき、二時半から週一度の番組編成部長とのミーティングに出席することになっていたのを思い出したのだ。ケアードにとってやはり本業のほうが大事であり、素人探偵の真似ごとは棚上げだ。そこでタクシーに乗り、放送局へ戻った。

オフィスに入ろうとしたとき、電話が二度鋭い音で鳴った。

「ケアードか？」ファーカーソン将軍が尋ねた。「すぐにわたしのオフィスに来てほしい」

「はい、わかりました。ですが、一〇分後に編成部長とのミーティングがあります」

「それは後まわしだ、ケアード——後ろへずらせ」ファーカーソン将軍はいらだたしげに言うと電話を切った。

三階にあるファーカーソン将軍のオフィスへ行くと、数人の先客があり興味をそそられた。将軍は立ったまま窓の外を眺め、落ち着かない様子で口ひげをいじっている。デスクに向かって座っているのはスピアーズ、その正面には顔を赤くしたガイ・バニスター、さらにかなり魅力的で肉付きのいい金髪の女が食堂の制服であるオーバーオールを着て声を上げてすすり泣き、ハンカチのなかに顔を埋めていた。

ケアードは気まずい思いがして入り口で立ち止まった。

「入れ、ケアード。座ってくれ」将軍は言った。「スピアーズ警部補が、きみにも立ち会ってほしいというのだ。これでおぞましい事件も解決し、日常の仕事に戻ることができればいいのだが。ところで、きみにもバニスターにも肝に銘じてもらいたいのだが、警官のような真似をするのはきみらの仕事ではない。局内で仕事は山積みだろう。人々が耳を傾ける番組を作るのがきみたちの仕事だ。それを忘れないようにしてもらえるとありがたい」

ケアードとバニスターは落ち着きなく顔を見交わした。

「それでは警部補」将軍は続ける。「わたしに用の場合は、隣の会長室にいるので呼んでほしい」

将軍は出ていき、スピアーズを除く全員が安堵の長い溜息をついた。

スピアーズはデスクから身を乗り出すようにして食堂の女に話しかけた。

「名前はエフィ・ラーガンだね?」優しい口調で尋ねる。

「はい」

「いくつかな?」

「二〇歳と二カ月です」

「放送局で働くようになって——どれくらい?」

「五カ月になります」

「さ、もう泣かないで」スピアーズは説得するように先を続けた。「ほんとうに泣くようなことではないんだから。誰もきみに辛く当たりはしないよ。なにも悪いことをしていないんだからね。ただいくつかの質問によく考えて正直に答えてほしいだけなんだ」

エフィ・ラーガンはぶざまに鼻をすすった。

「すみません」べそをかきながら答えた。「なにもかもが怖くって。あの人、わたしのことが好きでしたから。わたしも好きでしたが、もちろん、どうにかなるものではなく、その、彼は結婚していましたから。でも、奥さんとはもう一緒に暮らしていません。奥さんは彼に対してひどいことをしていました」

「ちょっと待ってください」スピアーズがさえぎった。「昨夜、ヒギンズがあなたに宛てた別れのメッセージを持ってますね？　読んでもらえます？」

エフィはふたたびすすり泣きはじめた。

「できません――ほんとうに、無理です。読んでください、お願いです」

エフィはスピアーズの前のデスクにしわくちゃになった汚らしい紙を置いた。罫線の引かれたメモ用紙から破り取ったもので折りたたまれ、表には「ＢＢＣ内　ミス・エフィ・ラーガン」というブロック式字体の大文字が鉛筆で記されていた。

スピアーズはそれを開き、読みはじめた。

エフィ

さよならを言おうと思ってこれをしたためている。きみを困ったことに巻き込み、苦痛を与えてしまうのは本当にすまないと思っているし、きみのことしか考えられないということも伝えておきたい。連中はおれのことをつけまわしている。頭のなかの雑音が鳴りやまない。マーベルはしょっちゅう金の無心をしてくるが、あいつはおれの貯金を全部持っていってしまって、これ以上送金するのは無理だ。死ぬのは怖くない。だが、おれがミスター・パーソンズを殺したと思われるのは嫌だ。あの晩、会う約束をしたね、エフィ。お願いだから警察にそのことを話してほしい。潔白を証明して死にたい。これ以上なにを書いていいのかわからない。このへんでやめておく。

ジョー

この死んだ男のメッセージは、うまく言葉では表わせない痛ましさをたたえているとケアードは思った。エフィ・ラーガンが蒼白になり、卒倒してしまうのではないかと不安になったので、ケアードは慌てて立ち上がり、椅子をエフィに差し出した。

「無駄に苦しい思いをさせたくないんだ、エフィ」スピアーズはこう言って先を続けた。「でも、教えてほしい。〝マーベル〟というのは彼の奥さんだね？」

「はい。でも、どこに住んでいるか知りません。マーベルのことはなにひとつ知らないんです。彼に対してひどいことをしていた、ということ以外は」

スピアーズは頷いた。

「それでこのメッセージでヒギンスがきみに言っていることだが、これはほんとうなのかな？前にきみから話を聞いたとき、あの晩、ふたりで会う約束はなかったと証言したね？」

「はい。でも、あのときは、あなたのことがとても怖くて、なにを話していたのかほとんどわからなかったんです。ええ、あなたにはそのつもりがなかったのは知っていますが、わたしのような女は、警官に馴染んでいるわけではありませんから」

「でも、今はほんとうのことを話してくれるね？」

「ええ、もちろんです。あの日の午後、七階のオフィスで会ってくれというメモがジョーから届きました。前にもそこで会ったことがあるんです。話したいことがあるということでしたが、わたしにはもう言うべきことがありませんでした。すでになにもかも話していたからです。彼と会う約束をしたことがばれて、仕事を失うようなこともしたくありませんでした。今の御時世、仕事にありつくのはたいへんです。わたし、妹のめんどうを見なければならないんです」

「なるほど。良識ある行動をとってきたわけだね、エフィ。今後また警官の質問に答えなければならなくなったときには、怖がらずにまずはほんとうのことを話さなければならないってことを忘れないように」

エフィ・ラーガンは大きく目を見開いて顔を上げ、頷いた。

「これは返したほうがいいだろう」スピアーズはヒギンズのメッセージを差し出した。

「いいえ、けっこうです」エフィはそう言って一歩下がった。「なにもかも忘れたいので。もう行っていいですか？」

「どうぞ」

バニスターがドアを開けた。エフィ・ラーガンはぞっとしたというように素早く肩越しに振り返り、部屋から走り去っていった。

沈黙が続き、しばらくしてケアードがこれを破った。

「かわいそうに。あの娘をこれ以上苦しめるようなことはありませんね？」

「ええ、もちろん」スピアーズは答えた。「なにもかも納得しましたよ。怖気づいたのも無理はありません。それで、ミスター・バニスター、まるで死に立ち会いたいとばかりに、昨夜は冒険をしたようです。あなたのやったことに怒りを爆発させたいところですが、特にわれわれの足を引っ張ったわけでもなく、ま、やめておきましょう。そんなことをしても、事件が解決するわけでもないですし」スピアーズはポケットに手を突っ込み、椅子の背に体を預けた。「ヒギンズは退場した。つまり、容疑者がひとり減ったわけですが、それだけのことです。あのメッセージは本物だし、エフィも今度はほんとうのことを言ったのは確かだ」

「ヒギンズが自殺したのはまちがいないんですか？」バニスターが尋ねた。

「どうしてです？　なにか考えでも？」

「余計なことをする若造だと思っていることはわかってますよ。でも、いろいろと気づいてしまって。コークランかリングは、昨夜、ヒギンズの部屋の窓のひとつが開いていたって気づいたんでしょうか？　もうひとつは閉まってましたよ」

スピアーズは微笑んだ。

「いろんな意味で、一緒に仕事をすると面白いでしょうね、ミスター・バニスター。的を射た質問をする。リングが気づいてましたよ。確認したところ、外にはなにもなかった。上にも下にもです。猫が立てるような場所さえなかった。殺人犯が潜んでいたなんてことはありえない。まだあります。ヒギンズがこのメッセージをちょうど書き終えたときに、何者かが窓辺に現われて撃ち殺したというのは、偶然にしても都合がよすぎるでしょう」スピアーズはそう言って指でメッセージを叩いた。「いや、現実にはそういうことは起こらないんですよ、ミスター・バニスター。ヒギンズはみずから頭を吹き飛ばしたんです。リングとコークランはひとつミスを犯した。それも最悪のね。ヒギンズがリボルバーを買ったとき、その店にまでつけていかなかった。もしヒギンズにぴったり密着していたら、許可証もないのに銃を所持しているという理由でしょっぴくことができた。ヒギンズは死なずにすんだでしょう」

「助けることに意味があったとほんとうに思います?」ケアードがさえぎった。「あのような状態に陥った男に大したことはしてやれません。ヒギンズもまた戦争の犠牲者なんですよ――認められることも同情されることもない。訊きたいことがあります――なぜ、レオポルド・ドライデンを逮捕したんです? といっても教えてはくれないでしょうね」

「別にかまいませんよ」スピアーズはふと思いついたように答えた。「あなたもミスター・バニスターも口外しないと約束してくれるのなら、ですが。理由は三つあります。まず第一に、誰かを逮捕しなければならなかったから。次にミスター・ドライデンには不利な証拠がたくさんあること。最後の理由は、逮捕されたら口を開いてこちらの質問に答えてくれるのではないかと思ったからです。ミスター・ドライデンがどうしても口をつぐんだままなら、おそらく奥さんのほうが話してくれるのではないかと、ね。ふたりは周囲に沈黙の壁を張り巡らせているんですよ、ケアード。なんとかしてそいつを打ち崩さなければならない。今回の逮捕でそれができなければ、警官としての勘が鈍ってきたってことでしょう」

「じゃあ、本心では、レオポルドが犯人だとは思ってないんですね？」

「ええ、思ってません。でも、いずれにせよ、わたしの考えなんか、関係ありません。ケアード、ミセス・ドライデンの友人なら——友人だとわたしは思っていますが——旦那を説得して話をするように、ほんとうのことを話すように言った方がいい。ミセス・ドライデンを怖がらせたくないんですが、彼女にこう言ってくれませんか。現時点のレオポルド・ドライデンよりも証拠が少なかったにもかかわらず、すぐに吊るされてしまった連中をわたしは見てきているってね」

「お手伝いできることはなんでもしますよ」ケアードは答えた。「実は、今夜、ミセス・ドライデンと夕食をとることになっていたんですが、レオポルドが逮捕されたので約束を取り消そうと思っていました。状況から考えると、出かけたほうがよさそうだ。ロドニー・フレミングも一緒です。あいつはわたしよりも彼女との付きあいが長いんです。ロドニーから話してもらうように言ってみましょう」

「うまく説得できれば、わたしも助かりますし、ドライデン夫妻も救われます。さて、今のところはこんなところでしょうか」

ガイ・バニスターは落ち着かない様子で歩きまわり、ファーカーソン将軍がストックしている《ラジオ・タイムズ》のバックナンバーをそれとなく眺めていたが、このときいきなり振り返った。

「あの」

スピアーズは思わず笑い声を上げた。

「また考えがあるなんて言わないでくださいよ、ミスター・バニスター」

「からかわれたって気にしません。ちょっとでいいから聞いてください。仲間のことを陰でとやかく言うのは、卑しいことでしょう。でも、スチュワート・エヴァンズのことは考えてみましたか？」

スピアーズとケアードは視線を交わした。

「少しは」スピアーズは答えた。

「いや――真剣には考えていない。殺人の起こった夜、結局、あの男は放送局でなにをやっていたんです？『お気に召すまま』の仕事なら自宅でもできたはずだ。警察に持っていった手袋でエヴァンズはなにをしていたのか？　エヴァンズがなんと証言したかは知っていますが、ほんとうは手袋を取りに行ったんじゃないですかね、処分するために。どうしてエヴァンズはあれほど熱心にドライデンに罪を着せようとしているんでしょう？　しかも、ジュリアン、きみも知っているようにエヴァンズは犯罪学に詳しい。はっきり言って、局では誰もがあの男の姿を見ただけで吐き気を催すんですよ」

「落ち着けよ、ガイ。確かにそのとおりだが、どれも証拠がない。きみの言うとおり、誰もがエヴァンズを好きじゃないからこそ、証拠があるかないかってことは特に慎重にならなくちゃいけないんだ」

「好きじゃないって？」ガイは鼻息を荒くした。「あんな不愉快なやつはいない」

「まあ、とにかく」ケアードは続けた。「警部補はエヴァンズにも目を光らせている。きみやわたしが求めているような見地からでなくっても、だ」

「おれの考えはたいてい口に出す前にすでに古くなってしまっているようだ」バニスターはすごい勢いで内ポケットをあさった。「だが、きみらが知らないこと、知ることができないことがある。もっと前に見せておくべきだったが、ヒギンズのこととかいろいろとやることがあってね。手帳にはさんでいたんだが、ずっと忘れていて、今、エヴァンズのことを話題にして思い出したんだ。見てください、警部補」

バニスターは、見るからに使い込んだ大きな白い吸い取り紙をデスクに置き、広げはじめた。

「どういうことです？」スピアーズは尋ねた。「鏡を見つけに行かなければならないようですね。ファーカーソン将軍が質実剛健な人であることはわかっています――鏡なんてものはオフィスには置いていないでしょう」

「鏡？」バニスターは尋ねた。

「こいつで吸い取った手紙を読むためにですよ。ときにどこで見つけました？」

「鏡――馬鹿馬鹿しい」バニスターは乱暴な言葉づかいになった。「そんなくだらないものは必要ない。これはスチュワート・エヴァンズのオフィスから持ってきたんです」

「それにしても」ケアードはさりげなく尋ねた。「こいつでなにを証明しようと言うんだ?」

「いいか」ガイはやけになったように言った。「殺人が起きたと聞いた瞬間からエヴァンズのことが頭に浮かんだ。あの晩、まだ局に残っていることも知っていた。それで機会をとらえてあの男のオフィスへ行き、なにか手がかりがないか探そうとしたんだ。ふと吸い取り紙に目がいった——さあ、そいつの角を見て下さいよ、警部補」

鉛筆で四角く囲ったなかに、整然と書かれた、虫メガネを使わないと読めないような小さな手書き文字が並んでいた。ケアードとスピアーズはそれを読んだ。

「S・パーソンズ　ピムリコ　ルーパス通り九三番地」住所の下には次のように書かれていた。

「人情味がない、見劣りがする、標準以下、扱いに苦労」

「どうです?」バニスターは勢い込んで結論を急かした。「エヴァンズとパーソンズの関係が明らかになりませんか?」

「おそらく」スピアーズは答えた。「ご協力感謝します、ミスター・バニスター。とにかく、参考になりました」

ジュリアン・ケアードが立ち上がった。

「ケチをつけて申し訳ないが、ガイ、そいつは見当ちがいだ。エヴァンズがパーソンズの俳優としての力量を吸い取り紙に書いちゃいけないのか?　殺人の夜に書いたとも思えない。実際、あの夜は書いていないはずだ。ドラマを聞いていなかったんだからな。リハーサルを聞いてその演技の印象をメモしたものに過ぎないんじゃないか?　住所が書いてあるのは、エヴァンズが自分で制作するドラマにあの男を起用する場合に備えてのことだと思う。おそらくこの通りの文章を清書してファイルに収めているだろう。知らない役者の演技について、わたしもこうした資料を数えきれないほど作っている」

「ああ、ちくしょう」バニスターは吐き捨てた。「申し訳ない、警部補。またくだらないことを吹き込んでしまった」

「謝る必要はありませんよ。申し上げたように参考になりました」

このとき、オフィスのドアがふたたび開き、ファーカーソン将軍が戻ってきた。

「もうそろそろ終わりかね、警部補？」

「ええ、もうほぼ。頼んでいたと思いますが、ブラットナーフォーン――と言うんでしたね？――録音したものを誰の手にも触れないように保管しておいていただけましたね？」

「もちろんだとも」将軍は答えた。「保安責任者が施錠して鍵を保管している」

「明日か明後日、もう一度再生して聞かせてもらえますか？　急ぎません――みなさんの都合のいいときにでも」

「手配しよう・スコットランド・ヤードに連絡する。詮索好きだと思われては困るのだが、なにか進展はあったのかな？」

「手がかりをつかみかけたような気がします」スピアーズは重々しい口調で言った。

24　捜査は難航する

将軍には楽観的に振る舞ってみせたが、スピアーズは家に戻り遅い夕食をとる頃には疲れ、いらいらを募らせていた。ノーウッドにある小さな住宅の居間がまったく味気なく感じたのはこれまでめったにないことだった。ハム、コーヒー、お気に入りのチーズというメニューに満足できなかったことはこれまで一度もなかったはずだ。食事の準備ができるのを待っているあいだもむっつりと押し黙ったまま、火のついていないパイプをくわえていた。スピアーズは怖い顔をしながら食事をし、数年続けてきた食後の麗しき習慣を破り、二杯目のウィスキー・ソーダをなみなみとついだ。

こうしたスピアーズの態度は、献身的な妻を悲しくさせた。なんといっても夫の好物のチーズを手に入れるのに苦労したのだし、それにこの数日、サイモン・スピアーズは朝八時に出かけ、夜の九時まで帰ってこないという日が続いているのだ。しかし、妻は良識のある女だったので、スピアーズに質問することはなく、夫の生理的な欲求にのみ応え、不機嫌さは無視し、話したくなったら沈黙を破るだろうとその時を待っていた。サイモンと結婚して三年になるが、たいていの女とはちがい、これまで経験してきたことを活かすすべを知っている……

ようやくスピアーズはウィスキーを飲み終わった。それからスリッパをすぐに見つけた。これは奇跡だ。炉格子のすぐ脇、手の届くところに立てかけてあったのだ。スピアーズは靴紐をほどき、スリッパに履き替え、椅子の背に体を預けてかすかに笑った。

「塞ぎこんでしまってすまなかった、マッジ。仕事がうまくいってないんだ」

「そうなの」マッジ・スピアーズは椅子を引いて腰掛け、落ち着き払ってエメラルドグリーンのセーターを編みはじめた——夫が好きな色なのだ。

「ああ。午前中にはドライデンの身柄を拘束し、昼食後にヒギンズの件を解決してうまく運んでいると思っていたんだが、実際にはまったく状況は変わっていないんだ。犯行を実行する機会があったので、ドライデンを拘束したのにはそれなりの理由があったし、おまけに証言を拒んでいるので疑いはますます濃厚になった。だが、問題は動機なんだ——いつも探している——動機。そいつがわからない」

「パーソンズが持っていたミセス・ドライデンからの手紙があるじゃない」マッジは指摘した。「パーソンズが彼女を脅迫していた証拠だって言ってたでしょ？　それに本番前の夕食の席で夫と口論したと、あなた、彼女に認めさせたようなものでしょ。それって、動機として充分じゃないかしら？」

「ざっと考えれば、そうだ。筋道が立っているけれど、詳細に検討してみると破綻する。妻が脅迫されていたのでドライデンがパーソンズを殺したなら、パーソンズの札入れに脅迫を証す手紙を残していくだろうか？　殺人犯がいつもミスを犯すことは知っている。しかし、ドライデンが犯人なら、この手紙を放っておくようなことはしないだろう」

「あなたの話から考えると、完璧を期するための時間がなかったのかもしれない。犯行は一分半ほどのあいだに行なわれたと言ったじゃない」

「ああ、確かに」スピアーズは認めた。「だが、ドライデンは無実だって直感している。もちろん、こっぴどく痛めつけようとしただけで、誤って殺してしまったのかもしれない。しかし、そうであるなら、どうしてあのような時間と場所を選んだのか。理解できない」

「そういうことなら、人殺しには理屈はないのよ」それからしばらく編み棒のぶつかる音がしていたが、ふとマッジは顔を上げた。「サイモン、殺人の容疑者を三、四人に絞ったのはなぜ？ ほかのキャストは？ あの晩、放送局にいたほかの人たちはどうなの——エンジニアなんかは？ 忘れていないんでしょうが、例のスタジオのスタッフは見張っていなければならなかった部署を離れていたんだから、七階のその通路から現場となったスタジオへ誰でも入ることができたはずでしょ？」

「それも考えてみた。可能性としてはあるが、信じられないほどの偶然を認めなければならない。まずは、ほかの仕事仲間にさとられないようにすること。殺人が犯された時間、各種のスタジオのスタッフが持ち場を離れていないことは数多くの証言から明らかだし、スタジオ責任者と効果音スタッフのアリバイも完璧だ。だから、彼らは除外できる。そこで部外者の犯行だというきみの考えを検討してみよう——スチュワート・エヴァンズのことも念頭に置いておく。この男の行動にはまだまだ山ほど説明が必要だ。マッジ、きみにはわかっていないと思うが、放送局の仕組みと時間の問題がかなり微妙にからんでいるんだよ。あのラジオドラマの制作に深い関わりを持っていない者が、aパーソンズがどこにいるのか、b彼がひとりでいること、cあのシーンを演じる正確な時間、こうしたことをどうすれば知ることができるのか。本番中に殺人を実行し、しかもドラマが終わるまで誰からもおかしいと怪しまれないようにするにはこれだけの問題をクリアする必要がある。慎重に慎重を重ねて計画し、タイミングを計った上ではじめて実行できることだ。部外者、あるいは放送局の関係部署以外のスタッフが犯人なら、こうした関門をまぐれでかいくぐり、殺人の機会を手にいれることができるのか？　もしそうであるなら、犯人はとてつもない危険を冒すほどの異常な人物ということになる。きみだって嫌だろ。見ず知らずの殺人狂が感情を爆発させたという説明のつかない解決に最後の望みをかけるのは」

「でも、そうしたドラマのすべてを知る立場にあったエンジニアはいたんでしょう？」

「実際の放送に関わっていた者だけだよ。彼らは交代制で働いている。リハーサルのときと同じエンジニアが本番で仕事をするわけじゃないんだ。それに」スピアーズはわずかにいらついたように先を続けた。「こうしたエンジニアは全員調べあげている。メインの調整室にいた者の行動はすべて説明がつく。すぐ近くにドラマ番組調整室があり、ここにいたエンジニアは仕事に追われてほかのことをする時間的余裕などまったくなかった。要するにドラマ番組調整室から調整室へ行き、スタジオからの合図のライトがつかない件を尋ね、戻ってくるのが精一杯だ。エンジニアのハンコックはいつドラマ番組調整室から出たのか時間を覚えている。調整室に入っていったときの時間は記録されているし、ドラマ番組調整室に戻ってきたのはパーソンズが独白を演じる前だ。ハンコックに怪しいところはない」

「難しいわね、サイモン」

「難しいなんてもんじゃない。忌々しいほどだ。ほとほとうんざりしているが、事件を複雑にしている〝偶発事故〟がいくつかある。こうしたことが起こらなくても難事件であることに変わりはなかっただろう。合図のライトが点灯しないというアクシデントがなければ、ジュリアン・ケアードは容疑者から外すことができた。いいかい、8Aにいたオーケストラの指揮者を共犯者に仕立て上げたのならともかく、ライトが点灯しない事故をケアードはどうやって仕組むことができたんだ？　ともかく、問題の時間にケアードがドラマ番組調整室にいなかったという事実は動かしようがなく、6Aから戻る途中でドライデンとフレミングに出会った後、まっすぐに戻ったという彼の証言を裏付ける者は誰もいない。それからフレミング。あの男の眉唾ものの話は実に説得力に乏しいが、動かしようもない事実だ。電話交換手が共犯者でなければ、だが。そうそう、明日、誰かをリーズへ行かせて向こうの交換手から話を聞いてくるようにしなければ。次にドライデンだ。ある意味、この俳優の話がもっとも怪しい――新鮮な空気を吸いにスタジオを出て、おまけに必要もないのに上の階へ行ったんだからな。しかし、どれほど真実味に欠けるとしても、なんだか納得してしまうんだ。あの男が犯人だったら、もっとましな話をでっち上げているはずだろう？　七階で誰にも出会わない機会をうまく狙ったというのだろうか？　まともとは思えないほどの博打ではないだろうか」

「でも、手袋はどうなの？」マッジは尋ねた。夫に話を続けてもらいたかった。そうすれば、今抱えている不満を解消してもらえると思ったのだ。

「あの手袋にはなにか意味があるのかもしれないし、まったくないのかもしれない。ドライデンはなんの説明もしていない。本番前の二回のリハーサルのあいだに手袋をどこかに置き忘れたとは言っていたが。充分にありうる話だろう。実際、ドライデンがそのような話をしていたというケアードの証言があるくらいだ。しかし、ケアードは必死になってドライデンをかばおうとしている。ともかく、手袋に関しては、なんやかやといろいろ考えられるんだ。パーソンズを絞め殺したときに使われたのではないということもあるだろう。犯人は自分の手袋を使い、ドライデンのものをロッカーに放り込んで欺こうとしたのではないか」

「男性用にしてはとても小さいって言っていなかった？」

「女が使っていたかもしれないということかい？　それは考えていなかったよ。鋭い指摘だけれど、残念ながらそれはないだろう。事件に関係のある女性の行動はすべて説明がつくんだ」

「ミセス・ドライデンも？　脅迫されていたのなら、一番動機があるんじゃないの？」

「本番中、ずっとマクドナルドがその姿を見ていたんだ。動機はあるが、機会がなかったんだよ、マッジ。その考えは受け入れられない。それに女では力が足りなかったと思う。殺人はあっという間になされたんだよ。誰が犯人であるにせよ、そいつが小柄であろうがなかろうが、手の力が強かったことだけは確かだ」

「まだ話してくれていないけれど」マッジはしばし口をつぐんでから言葉を継いだ。「録音を聞いたときにバニスターが指摘した時計の音は？」

「真剣に考えていないというわけじゃないんだ。どうして時計の音が聞こえたか、明らかだと思うんだよ。独白場面でパーソンズがどこに立っていたのか正確な場所をケアードからちゃんと聞いている。低く抑え気味の声なので、マイクから三〇センチと離れていなかったというんだ。そこでこう考えてみた——パーソンズは背後から襲われた。犯人は左手でパーソンズの口を押さえ、同時に右手で首をつかんだ。このときの数秒間、犯人の左手はパーソンズの口とマイクとのあいだにあった。だから時計の音が聞こえたんだ。それから左手は喉へと降りていって両手で絞めた。ゆっくりとパーソンズを窒息死させると、犯人はそっと死体を床に横たえた」

「パーソンズの時計であった可能性はないの？」

「ないよ。はめていなかったんだ。あいにく、レオポルド・ドライデン、ジュリアン・ケアード、ロドニー・フレミング、スチュワート・エヴァンズはいつも腕時計をしていて、あの晩も外していなかった。せっかくガイ・バニスターがあのように証言してくれたが、マイクをとおして鳴る時計の音を聞き分けることなどできないと思う」

「あらいやだ。ひと目落としちゃった。犯人も知っているのかしら？」

「なにを？」

「腕時計の音がどれも同じように聞こえるってこと。テストしてみたんでしょ？」

「それだ！　なにか出てくるかもしれない。いや、今思い出したんだが、ロドニー・フレミングがテストをしろとほのめかしていた——いや、たしかにそう言ったはずだ。マッジ、いいところに気がついた。道が開けるかもしれない。もっとも演出が必要だが」

「いずれわかるでしょうけど」マッジは落ち着き払って言った。「うまくいくはず。追及するべきことは、まだたくさんあるんだから。のっぺらな壁に直面しているわけじゃないのよ」

「わかっている。お偉方が時間をくれさえしたらな。まったく、せかさないでもらいたいよ」スピアーズは苦々しく言った。「今日の午後、またキャヴェンディッシュにうるさく言われたんだ。ドライデンを逮捕しろとほのめかしたと思ったら、今度は大至急とっ捕まえろときたんだ。なにを考えているのかわからなかったんだが、今日の夕刊を見てピンときたよ。記事のなかでスコットランド・ヤードはさんざん叩かれていたんだ。警察改革やら、放送局殺人事件についての報道価値やら、この事件を担当するのは、まるで華々しいスポットライトを浴びながら仕事をしているようなものだ。それに素人が探偵の真似ごとをはじめているし」

「それって、ミスター・ケアードとミスター・バニスターのこと？　なにか捜査の妨げになることでもしたの？」

スピアーズは微笑んだ。

「あのふたりのことじゃないよ。彼らは問題ない。すでにわかっていることを一日遅れでつかむだけだから。楽しんでやっているようだが、別に捜査の邪魔になっているわけじゃない。そうじゃなくて、副総監も言っていたように、あの放送を聞いた誰もが、どうやって殺しが行なわれたか、推理しているんだ。キャヴェンディッシュが正しいこともある。今朝、スコットランド・ヤードには映画スターのファンレターほどの手紙が届いた。ＢＢＣに一通。《ラジオ・タイムズ》にもまた一通届いていて、編集者の使いの者が届けてくれた」

「どれも役に立たないわけ、サイモン」

「マッジ、警察や放送局のような公の機関に送られてくる典型的な手紙を読んでみてくれよ。パーソンズは自分で首を絞めたと主張するもの。犯人は通気口に潜んでいたっていうもの。ドラマ番組調整室にいるジュリアン・ケアードが邪悪な機械を使って感電死させたってものもある。放送中にこんな音を聞いた、と書いてくる者がいるんだが、その内容ときたら！　死体が発見された7Cに関しての情報はそれこそなんでもありだ。大男の黒人が7Cに潜んでいたというものから――かつてジャマイカに住んでいたという老婦人は、その男が息をするのを聞いたと手紙に書いてきた――ピッタリと合っていない入れ歯の女が隠れていたというものまで。これはハルで開業している歯医者の推理だよ。まともな推理を書いてよこしたのはたった一通、バースの退役軍人の大佐からのものだ。パーソンズはわれわれが考えている時間よりももっと早くに殺され、犯人が被害者の声を真似てあのシーンを演じたのではないか。その可能性は考えてみたのか、というんだよ。もちろん、考えられることだ。もし、そうであるなら、捜査を最初からやり直さなければならないし、アリバイを確認しなければならない人間の範囲も広がる。パーソンズがもっと前に殺されていたのなら、ケアードは容疑者から外れることにもなる。ずっとドラマ番組調整室にいたはずだからな。フレミングのアリバイも崩れ去る。おそらくドライデンは容疑者リストから消えるだろう。ほかのキャストとちがい、本番中に何回かほかのスタジオへの移動があったとしてもだ――犯行時間がもっと早かったという可能性も慎重に考えていかねばならないだろう」

「ほんとうにそんなことがありうると思っているの、サイモン？」

「わからないよ、マッジ。でもね、パーソンズの声をよく知っていて、あの番組を聞いていた者から話を聞かなければならないのは百も承知だ。ブラットナーフォーンで録音していなければ、この大佐の指摘も吟味すべきポイントだっただろう。ケアードも調整室にいなかったしね。すべてハンコックの意見に頼るしかなかった。ところが、ブラットナーフォーンで録音していたおかげで、事情はまったくちがうものになったんだ。ケアード、フレミング、マクドナルド、バニスター、ハンコック、全員があれはパーソンズの声だったと証言しているし、それにそうかんたんに真似ができる声でないことは確かだ。これは捜査を誤った方へ導く頭のいい素人の指摘にすぎないとするのが現実的だろう。もうこの話題はやめよう、マッジ。明日もやることが山ほどある。ほかのことを話そう。ジュリアン・ケアードとフレミングが、ミセス・ドライデンと夕食をともにする予定なんだ。ミセス・ドライデンを説得し、なんとかレオポルドに証言させようというのだろう――レオポルド・ドライデンに言うべきことがあるのなら、だが」

「わかった。音楽でも聴く?」

「ラジオでかい?」スピアーズは言った。「あの忌々しい代物のスイッチをいれるつもりなら、言っておくけど、もっとウィスキーを飲まなければやってられないな」

「ラジオの音楽はまがいもの」マッジはなだめるように言った。「もう真夜中に近いけれど、開店したばかりのレストランでダンスバンドの演奏を楽しめるわよ」

「もうラジオは二度と聞きたくないね。来年も受信許可料を払おうなんて気は起こさないでくれよ」

「好きなようにしてちょうだい。でも、明日の朝はまた早いんでしょ。ぐっすり眠ったほうがよさそうね。もう寝る?」

「それがいい。ウィスキーを片付けてこよう」

スピアーズはボトルを手にとって狭い廊下へ出ていった。

そのとき、玄関のベルがけたたましく鳴った。ドアを開けると、帽子をかぶらずに夜会服を着た若い男が立っていた。ジュリアン・ケアードだ。荒い息を吐き、顔を歪めて妙な表情を作っていた。

「やあ、ケアード。どうしました？」

「ちょっと入って座らせてもらえないかな、スピアーズ。すぐに会ったほうがいいと思ったもので。突き落とされて列車に轢き殺されるところだったんだ」

「突き落とされた？」ドアを閉めながらスピアーズは尋ねた。「誰にです？」

「スチュワート・エヴァンズ」ケアードは吐き捨てるようにその名を口にした。

「ほんとうに？」そう言ってスピアーズは居間へのドアを開けた。「さあ、どうぞ、座って。妻ははじめてでしたね？　マッジ、こちらはミスター・ケアード」

スピアーズもケアードの後に続こうとしたとき、いきなり電話のベルが鋭く鳴り渡った。

「もしもし」

「スピアーズ警部補？」電話の向こうの声がそう尋ねた。

「そうですが、なんでしょう？」

「この身に起こったばかりのことを話せば、きっと興味を持ってもらえると思ってね。詳しいことを話すんで、明日の朝、放送局まで来てもらえないかな？」

「放送局?」スピアーズは口ごもった。「どなたです?」

「スチュワート・エヴァンズ」相手はそう答えて電話を切った。スピアーズは途方に暮れて電話機から目を上げ、開いたドアの隙間から居間をのぞき込んだ。ジュリアン・ケアードに愛想よく話しかける妻の明るい声が聞こえてきた。

25 イザベルとの夕食

ジュリアン・ケアードはその晩の夕食には、楽しさや満ち足りた気持ちのようなものはなにも期待していなかった。夕食にはぜひ行ってほしいとスピアーズから力づけるようなことを言われていたが、出かけるべきか迷いは消えず、ブルック通りにあるクラブでともに会員であるフレミングと会ったときもまだ決めかねていた。

フレミングは誰もいないビリヤード室で、ふたつの的玉に当てる技を試し、何度やっても失敗する憂さをシードルを飲んで慰めていた。時刻は六時近く、イザベルのところへは七時半に行くことになっている。

「やあ、ジュリアン。出かける前にひと勝負する時間はあるだろう」

ケアードは低い声で唸るように返事をすると壁のラックへ行き、慎重にキューを選んだ。

「最初に玉を散らしてくれ、ロドニー」ケアードは上着を脱ぎながら言った。「夕食に行くべきだと思うかい?」

 フレミングは最初のショットで狙った玉をふたつ、クッションとボークラインのあいだまで送りこむことができなかった。

「行くべきか？　行かないなんて理由があるのか？　遠慮するのもいいけどな、ジュリアン、イザベルの身にもなってみろよ。悪人のように牢屋に入れられたレオポルドのことを考えながらひとり座っているんだ。あの男がどんな風になるか、おまえもぼくもよくわかっているし、それはイザベルも同じだ。レオポルドは行ったり来たりしながら誇り高き殉教者の役をみごとに演じる。しばらくして、語るに足る観客が誰もいないことに気づき、不機嫌な気持ちをかなり露骨に表わすことになる。人をうんざりさせる連中が困ったことになってもあくびをしてやり過ごすだけだ。それなりの同情を得るのは難しい」

「レオポルドのことが好きじゃなかったのか、ロドニー」

「ぼくの芝居を上演してくれるのなら、魔王だって好きになるさ。なにを飲む？」

「飲み物はいいよ。なあ、余計な口出しをすることにならないかな？　イザベルが迷惑に――」

「悲しみの家に令状なく踏み込むということか？」フレミングは皮肉を込めてさえぎった。「なあ、ジュリアン、ラジオで速報されるニュースばかり聞いているんで、憐れむべき月並みな考えばかりが頭に浮かぶんだ。くだらないことを言うんじゃない。行って励ましてやろう。イザベルとおまえのためにピアノの腕を披露しようとさえ思ってるんだ。早い話、うまくいくってことさ」

フレミングは赤い玉をうまいことポケットに入れ、白い玉を弾き飛ばしたが、これはまたもや外れた。フレミングはマントルピースまで歩いていき、シードルを飲み干した。

ケアードは突きそこない、悪態をつくとキューをラックに戻した。

「どうも気持ちが乗らないよ、ロドニー。続けられない。この忌々しいゲームが気に障るようになってきた。さっさとやめないと、おまえを犯人だと疑うようになってしまう。いや、知らず知らずのうちに自分があんなことをしでかしたと思うようになっちまうだろう」

「じゃあ、飲もう」

「おまえはそれでいいかもしれないがな、ロドニー、一日あのことが頭を離れないってわけでもないだろ。言いたくはないんだが、オフィスってところは——誰もが好奇心丸出しなのに、礼を欠くと思って当事者を前にするとそのことにはまったく触れない。上層部はきわめて慎重な態度でこの事件を扱っている。くだらない噂が飛び交っているというのにだ。危機が持ち上がると、戦略的な観点からまっとうな意見が飛び交うものだ。しかし、こと人間の問題となるとどうにもならなくなる。なかでも放送局の人間ときたらもう最悪だ。効果音のスタッフや速記者が、どう思っているか想像できるだろ。犯人ではないかと妙な目で見られることには慣れてきたんだが、事件後、ひどい仕事ばかり続いているのは許せないんだ。今日の午後、リハーサルのためにハンコックが調整卓に向かったんだが、四五分のあいだにひどいミスを繰り返したんだ。ガイは効果というものがどういうものなのか忘れてしまったようだし、スチュワート・エヴァンズときたら、もう、正式に呼び出しを食らわせなければならないほどだ。なにもかもクソっ食らえだ！　ところで、ロドニー、誰が犯人だと思っている？」

「おいおい、ジュリアン、そんなこと答えられると思っているのか？　自分やおまえのことを有罪だと言うとでも？　じゃあ、誰が容疑者として残るか。ドライデンとエヴァンズだ。おまえもぼくもレオポルド・ドライデンは犯人ではないと思っている。とはいえ、エヴァンズを有罪とする確たる証拠はない。おまえがあの男を心から嫌っているという事実だけでは、むしろエヴァンズに有利になるだろう。あの晩、七階の廊下をうろついているエヴァンズの姿でも見ていればいいんだが、あいにく目にしていないんでね。それに、お友だちのスピアーズが言うとおり、動機はなんなんだ？　ひとつだけ神様に感謝したいのは、われわれがアメリカ人じゃないってことだ」

「どういうことだ？」

「アメリカ人なら」ここでフレミングはニヤリとした。「あのうぬぼれの塊のようなスノッブ、ファイロ・ヴァンスの注意をまちがいなく引いただろうからな。あの男は放送に関する専門書を研究してデシベルだとか周波数がどうしただとか、どれほどの知識があるかひけらかしてわれわれの貴重な時間を浪費してくれるだろう。いや、ジュリアン、犯人はまったくわからないよ。この事件は『黄色い部屋の謎』じゃないんだ。スピアーズみたいに、話を引き出すんだ。さあ、彼女のところへ行って、カクテルを作ってもらうんだよ。タクシーを呼ばせよう」

しばらくしてふたりがアッパー・セント・マーティンズ・レーンにあるフラットに着くと、イザベルみずから戸口に姿を現わした。

「さあ、入って」取り繕ったような明るい調子でイザベルは言った。「申し訳ないけれど、冷めたディナーしかないのよ。レオに仕えていた召使が出ていってしまったもので、その――逮捕されたと聞くとすぐに。この手のことに巻き込まれたくない——経歴に傷がつく、と言って」

イザベルはいくぶんヒステリカルな笑い声を上げた。

「それにマチルダを外出させたもので。マチルダはわたしの部屋に来て慰めようとしてくれるんのよ。だから今夜はディナーの準備をしたら、お芝居でも見て来なさいって言ってやったの」

ロドニー・フレミングは、落ち着かせるようにイザベルの肩に手を置いた。

「ジュリアンとぼくとで家のなかのことはやるよ。では、まず、シェイカーがどこにあるか教えてくれたら美味しいカクテルでも作ってあげる。それとも、外で楽しんだほうがいいかな?」

イザベルは体を震わせた。危急の際には気持ちが高ぶって服の好みが目立ってよくなる女性もいるが、イザベルは粉々に砕けそうになっている。フレミングはなぜだろうかと思った。確かにイザベルは聡明なので、みずからの様子が人にどのような印象を与えるのか承知しているはずだ。ほとんど化粧をしていない頰の青白さ、暗く虚ろな目、黒いドレスは、まるで死人のような……。

「外出ですって? 外に出るなんてできないわ。レストランへ行けばジロジロ見られ、こうささやかれるんだから。『あれ、イザベル・パーマーよ。ほら、レオポルド・ドライデンと結婚した』。事務弁護士からかかってくるかもしれないので、電話を止めるわけにもいかなくって。今日の午後、親切な友人から次々に電話がかかってきて閉口してしまったわ。思いやりのある風を装っていたけれど、ほんとうは好奇心を満足させたいだけ。人間って、どこまで獣になれるんでしょう! みんな、レオとわたしのことが好きだと思っていたのに」

「ティモシー・ブラバゾンなんか地獄へ落ちろ、だ」ケアードは小声で言った。

「それはどなた?」イザベルが尋ねた。

「まったく思いやりに欠ける友だちでね」フレミングが答えた。「昼食のときにベイトゥリーで出会って人生最高の時間を過ごしたってわけ。ご存知のように、新聞関係者とも仲良く付き合っていくというのがぼくのモットーだけど、ジュリアンは天使でさえ立ち入りたいと思わない場所にも、いつものように猛烈な勢いで飛び込んでいき、大変失礼な態度——とても褒められないような態度に出るんだ」

「とにかく、わたしのことを思ってくれてありがとう、ジュリアン」

三人はフレミングの作ったカクテルを飲み、黙ったままディナーのテーブルに向かっていた。

「ほんとうの話」いきなりイザベルが口を開いた。「新聞が騒がなければ、なにもかも耐えることができたんじゃないかと思ってるの。今日の午後、八人もの記者から会いたいと言ってきて、そしてあの吐き気を催すような見出しと記事——」ここで言葉を切った。

「ほかのことを話したほうがいいんじゃないのかな、イザベル」フレミングは明るい口調で言った。

「いいえ。誰かわかってもらえる人に話をしたほうが気持ちが楽になるから」

ジュリアン・ケアードは敢然として身を乗り出した。

「わかった。きみの言うとおりだと思うよ、イザベル。それでレオに話をさせることはできないだろうか?　まちがいなく——ほんとうにそう思っているんだよ——レオが馬鹿みたいに黙りこんでいるのをなんとかしたくて逮捕したんであって、そうでなければ警察もあんな態度には出なかっただろう」

イザベルの顔からますます血の気が失せていった。

「そうね、それはわかっている、ジュリアン。でも、誰も信じることができないようだけれど、レオには言うべきことがないのかもしれない。話すべきことはなにもかも話した。あの晩、具合が悪かったのよ。夕食のときにわたしと口喧嘩し、さらに本番を控えて神経がピリピリしていたこともあったんでしょうが、体調が思わしくなかったことは確か。だから新鮮な空気を吸いにスタジオの外へ出たのよ。充分に信じられる話でしょ?」

「でも、タワーの外に出ると言ったって、どうして六階じゃなく七階へ上がっていったんだ?」ケアードはいらだちを滲ませて言った。「この点が引っかかるんだ」

「わかる」イザベルは力なく答えた。「理屈では割り切れないものね。でも、新鮮な空気を吸おうと思ったとき、無意識のうちにできるだけ高いところへ行こうとするんじゃないかしら。放送局は複雑なんで、レオはどこになにがあるかなんて、わかっていないのに、あなたたちみたいに精通していると思われているのよ。スタジオの外に出てまず目にはいるのが、あの螺旋階段。レオがそれを上がっていったと考えても不自然じゃないでしょ。七階に上がってからタワーの外に出た」イザベルはナイフとフォークを置き、ぼんやりと前を見つめていた。「我慢できないのは、ほんとうはわたしが悪かったということ。冷静さを失ってパーソンズからの馬鹿げた手紙を見せてしまった。あんなことしなければ、誰もレオを疑いやしなかったでしょう。しかも、レオはかなり嫉妬深いと世間に知られているので、またもや気が動転して嘘をついてしまった——状況が不利になってしまったのはわかっているけれど、おふたりとも、レオが犯人ではないと信じているでしょ?」

「もちろん」ケアードが答えた。

「これっぽっちも疑ってないさ」フレミングが言った。「殺人が起こった夜、最初に尋問されたとき、レオがあのような愚かな態度をとっていなければ、疑いなんかかけられなかっただろうね。力を誇示して大天使ガブリエルみたいな態度をとったのはなぜだ?」

「レオがどんな人だかわかっているでしょ、ロドニー。どうしてもつけあがってしまうのね。成功した役者ってみんなそうだけれど。それに、ひどく気分が悪く、家に帰りたかったものだから――」

「ねえ、イザベル」フレミングがさえぎった。「きみが事件に関係していると思ったんでレオは口をつぐまずに墓穴を掘るようなことをしたんじゃないのか?」

「ロドニー!」

「もちろん、レオポルドはそんなことときみに話しはしない。でも、そうだったんじゃないのか? きみも一緒にスタジオを出ることだってできたはずだろう?」

「たしかに」イザベルは不安げに答えた。「でも、ミスター・マクドナルドの許可をとったのはレオだけ――あの晩わたしがずっとスタジオにいたことはミスター・マクドナルドが知っているはず」

「でも、いいかい」ケアードが大きな声で言った。「レオポルドがマクドナルドの許可をとり、きみはスタジオにずっといたとしても、レオポルドはそのことを知らないのだから、やっぱり真っ先にきみを疑ったんじゃないか? おそらく今もそう思っている。次の面会はいつだい?」

「明日には、と思っているんだけれど、レオ、会いたがらないから」イザベルの唇は痛ましいほどに震えていた。

「そうだろうとも」ケアードは続けた。「これで説明がつく。とにかく、きみはレオポルドの誤解を解くことができる。彼を納得させ、どうして沈黙しているかスピアーズが納得するように説明させたほうがいい」

「そう」フレミングも認めた。「それがいいと思う」

「もちろん、やってみるけれど。レオの疑いを晴らすには、真犯人を見つけることでしょ。ジュリアン、犯人は誰かしら。あの人でなしのパーソンズを殺してやりたかったことは否定しない。もっと力があり、完全犯罪をやる頭があれば、ね。ほかに誰があの男を殺したいと思ったのかしら」

「パーソンズが脅迫の常習者なら」フレミングが応じた。「被害者はきみだけじゃない。ところで、ぼくがきみなら、あの男を殺したいと思っていたなんてことは警察に話さないよ。きみがレオにそのことを話し、それでレオが犯行に及んだと考えるかもしれない」

「手紙を見せたとき、レオは傷めつけてやると言っただけ」

「まちがいないと思うが」フレミングは笑いながら言った。「それは馬用の長鞭で打ち据えるって意味だったんだよ。でも、ぼくの意見だけれど、どうしてすぐに馬用の長鞭を使うのか、それが気の利いたことなのか理解できないけれどね。短鞭のほうが扱いやすいし、おそらくもっとずっと痛いんじゃないかな。ところで、レオは鞭を持っているのかな？」

「なあ、頼むからまじめにやってくれよ、ロドニー」ケアードは言った。「真面目な話をしているときに芝居のプロットのようなことを言って混ぜっ返すたびに嫌な気になってくる。思いやりに欠けるぞ」

「わかったよ」フレミングは認めた。「そんなつもりはなかったんだけどね。ぼくの言葉は気にしないでくれ、イザベル。獣の本姓なのさ。きみのためならどんなことでもする――それはわかってくれているね？　さあ、居間へ行こう。ピアノを弾いてあげる」

「最後にもうひとつだけ」ケアードが言った。「イザベル、無礼なことを言ったら遠慮なくたしなめてほしい。レオはわれわれの仕事仲間と喧嘩していないだろうか――スチュワート・エヴァンズという男だが」

イザベルは驚いた顔をした。

「したわ。どうして？」

「特にどうということはないんだが、エヴァンズもこの事件に少し絡んでいて、当日の行動には説明不足のところがあるんだ。しかも、あれこれ考え合わせると、エヴァンズはレオが有罪であるとみんなに信じこませようとしているみたいなんだ。喧嘩の原因は？」

驚いたことにイザベルはふたたび腰を下ろし、いきなり泣きだした。

「よせよ、ジュリアン。おまえって、ほんとうに馬鹿だな」フレミングが言った。

「いいのよ、ジュリアン」イザベルはレースで飾ったシフォンのハンカチで両目を軽く押さえた。

「まったく馬鹿馬鹿しいこと。一八カ月前、シャフツベリー劇場のナイジェル・ブルースの楽屋でミスター・エヴァンズと会ったのよ。愛想がよくって楽しい人だったんで、二、三回ランチを一緒に食べたりしたんだけれど、ちょっと退屈になっちゃって――いいえ、大したことじゃない。ほら、中年の男の人ってそんなふうになるときがあるでしょ？　だから一緒に出歩いたり、ここに来てもらうのをやめることにした。ジュリアン、あなたたちが仲が悪いのは知っているけれど、ミスター・エヴァンズは、とてもおもしろいときもあるんだから。世界中を旅していて、話上手なのよ」

「わかるよ」ケアードは答えた。

「でも、認めないでしょ？　まあ、とにかく」イザベルはやや挑戦的な態度で続けた。「あの人のそういうちょっとしたところを見るのが好きだった。わたしが知っているたいていの人たちとはちがっているし。ここには二、三回来たけれど、それは別に大したことではなかった。ところが、あの人、わたしを愛しているという馬鹿げたふりをするのをやめようとしなかったのよ。レオは人の前ではわたしに対して無頓着な風を装おうとするのは知っているでしょ？　いつもそんな調子だった――人の目の前で妻への愛を示すのはよいことではないと言っているのよ」

馬鹿な俗物野郎だ、月並みもいいところだ、フレミングは心のなかで思った。

「おそらくミスター・エヴァンズは、レオのこうした態度から、わたしたちの結婚生活がうまくいっていないとか、そんな風に解釈したのね。とにかく、レオの機嫌が特に悪かったある晩、ミスター・エヴァンズはわたしに対する愛情をあからさまにしたのよ。とんでもない光景でその日は幕を閉じ、レオはもうフラットに来るなとミスター・エヴァンズに言ったのよ」

「でも殴り合いになったとか、そういうことはなかったんだろ？」

「ええ、それはもう。スチュワートは絶対に殴り合いの喧嘩はしないから。暴力を極端に恐れているといっているくらい」

「なるほど」ケアードは言った。「動揺させてしまって申し訳ない」

「スチュワートのこと、悪く言わないでくれるといいんだけど！」ちょっと間を置いて、いきなり感情をむき出しにしてこう言った。

「どうして？」ケアードは尋ねた。

イザベルは自棄気味に指でハンカチをねじった。

「レオの逮捕を聞くとすぐに電話をかけてきた。今日の午後も三回。最後に電話を切るときに、今夜ここに来るって言ったのよ。会うことなんかできない、ジュリアン。まずいでしょ、こんな気持ちでいるんだから――疲れて惨めで神経がピリピリしているんだから！」

フレミングとケアードは視線を交わした。

「いいかい、イザベル」フレミングが決然とした口調で言った。「ケアードとふたりでなんとかしよう。これから居間へ行く。イザベル、きみはソファーに横になり、寝るまでぼくがショパンを弾いてあげる。ドアのベルが鳴ったらジュリアンが応じる。ミスター・エヴァンズが今夜この家の階段を上ってきたとしても、ぼくは彼の味方はしないよ。どうだいジュリアン？」

「うまくあしらってやる」ケアードは断固として言った。「任せておいてくれ」

「でも、馬鹿な真似はしないでね」

「第二の殺人は起こらないよ。そのことを心配しているのなら言っておくけどね、イザベル」

三人はダイニングルームを出ていった。ロドニー・フレミングがピアノの蓋を開けたとき、建物の入り口のベルが鳴った。

フレミングは勇ましく響くコードを三つほど鳴らした。

「打ちひしがれたヒロインを救うためにヒーローが登場する場面」フレミングは軽い調子で言った。「さあ行って役目を果たしてくれ、ジュリアン」

ジュリアンは頷き、帽子を手に取り、階段を下りていった。ロドニー・フレミングはテンポの速い躍動感あふれる舞踊曲で送り出した……

26　ケアード対エヴァンズ

階段を下りきるとケアードは大きく息を吸い込んでからドアを開けた。思ったとおり、そこに立っていたのはスチュワート・エヴァンズだった。オペラハットをかなり頭の後ろへずらしてかぶり、夜会服の上着の前ボタンは外し、それが妙に下卑た印象を与えていた。

「これはこれはエヴァンズ！　こんなところで会うとは思わなかった」

ほんとうに驚いたように装ったが、そんな気持ちはかけらもなかった。ジュリアンは戸口へと大きく一歩前へ踏み出したので、エヴァンズはよろけないように後ろへ下がらなければならなかった。この機をとらえてケアードは背後のフラットへの入り口のドアを閉めた。

「どうしてそんなことをする？」エヴァンズは怒りに任せて言った。「ミセス・ドライデンのところへ行こうとしているのがわからないのか？　どうやらおまえもあの人のところへ来たらしいな」

「一緒に夕食をとっていたんだ」ケアードは冷たく言い放った。「なあ、エヴァンズ、今夜はひとりにしてあげたほうが親切ってもんだぞ。当たり前だが、イザベルは精神的に参っている」

「そんなこと、おまえとどう関係がある、ケアード？」

「確かに、わたしの出る幕ではないかもしれない。だから、早めに失礼するつもりなんだ」

「で、その見上げた心遣いに、おれも従えって言うんだな？」

「おいおい、見上げたもなにもないだろう、エヴァンズ！　人間性と想像力の問題にすぎない」

「参ったね、ケアード」エヴァンズは横柄な態度に出た。「おれは年上だし、世の中のことはおまえなんかよりもずっと見てきたと胸を張って言える。ミセス・ドライデンはおれの訪問を心から受け入れてくれるはずだ。おまえが来てちょっとは慰められているかもしれないが――」

「もういい！」ケアードはさえぎった。「理性を失わずに友好的に接し、それとなくほのめかすつもりだった。そっちがその気なら、はっきり言ってやろう。ミセス・ドライデンはおまえには会いたくないんだ。そう伝えてほしいと彼女から言われてここに下りてきた。とても疲れていて早くに休むつもりだ。わかったか？」

エヴァンズは喧嘩腰で歩み出たが、ケアードは動かなかった。ふたりは笑ってしまうほど接近したまま立っていた。お互いに相手の目をにらみつけ、怒りに駆られるあまりこの状況がどれほど滑稽なのかわからなくなっている。頭上の窓から、フレミングが奏でる気持ちが浮き立つような舞踊曲が流れてくる。

「早くに休むだと?」エヴァンズはせせら笑った。「あの騒音が鳴っているなかでか? おれのことを大馬鹿野郎だと思っているんだろ?」

すぐ背後にある街灯の光に照らされてエヴァンズは、ぼうっと浮かび上がったグロテスクな影だった。醜く邪悪な影。眼鏡、病弱な様子、太った体から滲みだす悪意、禿げ、こうしたものが黒一色に塗りつぶされていた。取っ組み合いになるかもしれないとケアードは思った。すばやく通りの左右を見まわす。ふたりのBBC職員がウェストエンドの路上で喧嘩、などと翌日の新聞に書き立てられることはなさそうだ……。

そう思ったとき、エヴァンズが殴りかかってきた。親指を握り込んだ右手のジャブが飛んできたが虚しく宙を切った。ケアードは屈みこんで前に踏み出し、エヴァンズの両手首を握った。

「血迷うな」ケアードはしわがれた声で言った。「酔っ払いみたいに通りで喧嘩なんかできんだろ」エヴァンズは抗うことをやめず、ケアードは続けた。「やめろと言っているんだ。柔術を心得ているんで、おまえの手首なんか、かんたんに折ってやれる。試してみるか?」

一瞬、この脅しを実行しなければならなくなるのではないかと不安がよぎったが、エヴァンズの手から力が抜けたのがわかったので、ケアードも手を放した。エヴァンズはその場に崩れ落ちそうになった。帽子が落ち、それを拾おうと身をかがめ、ぎこちなく手探りした。眼鏡は笑ってしまうほど傾き、呼吸は痛々しいほど荒かった。

「すぐにでも」エヴァンズは低い声で言い、立ち上がると帽子を肘で体の脇にはさんだ。「暴力を振るわれたと訴えてやる」

「なあ、頼むよ」ケアードはうんざりした口調で返した。「おまえがはじめたことじゃないか——わかったよ、エヴァンズ、すまなかった。ふたりとも馬鹿な真似をしてしまった、そうだろ？わたしたちはお互いに反感を持っている——それはどうしようもないことだ——が、いがみ合うのはやめて理性的な関係を築こうじゃないか。これからも同じ職場で働いていかなければならないんだから、こんな風に喧嘩ばかりしているわけにはいかんだろう。すでにわれわれの関係は耐え難いものになってきている。わたしのことを横柄で高慢ちきだと思っていることは知っているよ。わたしもきみにはうんざりしているし、手の焼けるやつだという気持ちを持っている。しかし、ミセス・ドライデンのことで喧嘩をするのは馬鹿馬鹿しいことだ。ふたりとも彼女の友だちなんだから。ミセス・ドライデンがきみの友情に感謝していることは知っている。今夜、そう聞かされたんでね。きみに会いたくないというのは、名誉を傷つけようという意図ではないんだ。そこのところはわかってくれるだろ？」

ふたりとも黙りこくった。まもなく、いきなり舞踊曲が終わり、優しく包み込んでくるような前奏曲の哀愁を帯びたメロディーが流れてきた。エヴァンズは肩をすくめ、歩み去っていった。

「パーティーをやってるっていうのに——」エヴァンズは切り出した。「おれは浮浪者じゃないんだ」

ケアードはエヴァンズの後をついていってその腕をつかんだ。エヴァンズの顔がはっきり見えた。悪夢にうなされている者のように苦しそうに歪んでいる。

「パーティーをやっているんじゃない。あれはロドニー・フレミングだ。あいつのことも気に入らないとしても、演奏がうまいってことは認めないわけにはいかないだろ。憂鬱な気持ちや不安という悪霊を追い払うには音楽が一番だからな。ダビデとサウルの話があるだろ（旧約聖書サムエル記上一六・二三にダビデの奏でる竪琴によってサウルから悪霊が出ていったという記述がある）」

エヴァンズは肩越しに振り返って明かりのついた窓を見上げた。

「フレミングだって？　てっきり――わかったよ、ケアード、おまえの勝ちだ。黙って退場しよう」

エヴァンズは手を振り払おうとしたが、ケアードは力をこめて放さなかった。

「よし。白紙の状態からやり直そうじゃないか――どうだ？」

「わかった――キプリングが書いたように〝東は東、西は西〟ってことか」

ケアードは笑った。

「なにも押し付ける気はないが、一緒にクラブへ行って一杯やろうじゃないか。さあ、歩こう。ここからそれほど遠くないし、すてきな晩だしな」

ロンドンの夏の夜としてはこれ以上ないというほど気持ちのいいことは確かだった。満天に星が輝いているが、日本の大きな提灯のような青黒い月がかかっているあたりだけは闇が押しのけられていた。空を背景に屋根がでこぼこのシルエットとして浮かび上がり、ルネ・クレールなら大喜びしそうな光景だった。劇場の外の電飾やピカデリーサーカスの屋上広告も、この夜の雰囲気のなかではその広告の役目を十全に果たせないでいるようだ。今夜だけは、きらびやかさに欠け、魔法のようなという言葉はそぐわない。

ケアードはもともと我慢強さが足りなく、心からスチュワート・エヴァンズを嫌っていたが、歩いているうちにイザベル・ドライデンが認めた彼の長所を幾分なりとも感じ、理解できるようになった。おそらく、エヴァンズがはじめてケアードに素顔を見せ、ケアードもはじめてこの男がどういう人間かわかりかけたからだろう。各方面で異彩を放ち、各国を旅し、幅広い分野の本を読んでいる。しかし、ふたつの致命的な欠点がある——肉体的に人よりも見劣りがする点を意識しすぎて劣等感にさいなまれていること、そして、愚かな連中に我慢ならないこと。顔のよさが持ち上げられ、愚か者ばかりいるような世界でも、人はそこまで激しく苦しまないものだ。ところがエヴァンズは、激しく苦しんできたのだ。パブリック・スクールでは、スポーツの試合で足を引っ張ってばかりいたのでいじめられた。大学では学問はよくできたが、〝人づきあい〟が下手で、知的スノッブに成り下がってしまった。数年、家庭教師をし、教師として優れていたためにその職を失うことがなかったが、生徒や親の受けはよくなかった。体が貧弱だったことから兵士として戦地に赴くことはできず、こうした人たちの例に漏れず文官となり、軍需省関係の通訳としてさまざまな国へと派遣された。戦後、同僚はたいていが人脈を築いて一生の仕事を手に入れていったが、エヴァンズはいつものように友人ができず、誰からも必要とされなかったので、家庭教師の仕事へと戻り、それからBBCに職を得たのだった。その人柄によって才能を活かすことができなかった。心を動かされる話だとケアードも思う。エヴァンズの持つさまざまな能力はたしかに認めるが、彼の場合、面の皮が厚くなり、心をかたくなにし、喧嘩腰の態度をとるだけなのだ。

クラブに着いたのは一〇時近かった。二階の大きな部屋にはほとんど人がいなかった。ケアードはブランディーのソーダ割りと両切り葉巻を注文した。この妙なふたり連れは、隣り合ったアームチェアに腰掛け、思い出を語り、個々のこれまでの経験を披露し合った。しかし、しばらくすると、会話は個人的な趣味の問題へと移っていった。ケアードは妙な組み合わせであるが猫と海軍の歴史について、エヴァンズは医学――かつて医者になろうとしたことがあった――と犯罪学。犯罪学の話題から、当然のようにBBCでの殺人の話になっていった。エヴァンズへの同情の思いがたちまちのうちに消え去った。この話題になってからエヴァンズは、人を見下すような態度をとり、レオポルド・ドライデンが逮捕されたことで自分の考えが正しかったと悦に入っている気持ちを隠そうともしなかったし、隠すこともできなかった。ドライデンの有罪を当然のこととし、まるで歴史的事実であるかのようにこの事件について淡々と語るのだった。

「ほとんど類を見ない事件だと思う」両切り葉巻の吸いさしからタバコに火をつけながら満足気に話した。「たまたま犯してしまったというよりも、この上ない愚かさと狡猾さが入り混じった結果だ。あのスタジオでパーソンズがひとりでいることや、絶妙なタイミングで殺害したのは実にうまくやった。役者としてのドライデンが上辺だけは輝いて見えるのと同じだ。ケアード、おまえも知ってのとおり、ドライデンが人に感銘を与えるのは、ほとんどが持って生まれた肉体的な魅力によるものだ――容姿と声――知性で支えられたものではない。今度の事件を見てみろよ。まったく同じじゃないか。奇抜な舞台装置、複雑な状況を演出したのは、目をみはる素晴らしさだ。だが、一流の犯罪は単純なものだ。殺人が複雑に見えれば見えるほど、結局は単純に解決できるんだ。人を殺すのにもっともかんたんな方法はなんだ？」

「そんなこと考えたことはないよ」ケアードは答えて腕時計を盗み見た。もう一一時になっていた。

「じゃあ、考えてみてくれ。誰かをあの世に送りたいと思ったとしよう。殺害場所として放送局を選ぶだろうか？　もちろん、選びやしないだろう。そんなことを考えるのは異様だ。だが、誰かと腕を組んで通りを歩いているとしよう。そのとき、背後からバスがやってきた。一緒に歩いていた男を脇へ押して腕をほどいたとする。ちょっと疑わしいかもしれないが、動機を隠し、よろけたのだと言えば、誰も殺人だなどと証明できないだろう。これこそ単純な犯罪というものだ。おまえの気持ちはわかる。こんなことは想像もしたくないだろうが、思っている以上に頻繁に起こっていることなんだ」

「だが」ケアードはここであくびをした。「ふつうバスの運転手は慎重に運転しているから、そうした犯罪は成立しないだろう。毎年、バスに轢かれて死ぬ人間は多くない。もし、突き飛ばされた男が生きていたら、困った立場になるだろうな」

「バスが理想的な凶器だなんて言っていない」エヴァンズは認めた。「では地下鉄はどうだ？　列車が入ってきたときにプラットフォームでよろめいて誰かを押してしまった。ほとんどミスを犯さずに実行できるだろう。これこそが知的な殺人というものだ――かんたんに実行できるし、安全確実、なによりも単純この上ない。ひとつのことだけを考えればいいんだからな――つまり動機を隠すこと」

「そのとおりなんだろう。帰ろうか。われわれしか残っていないようだ。給仕に遅くまで仕事をさせるのは嫌だからな。どこに住んでいるんだっけ？　チェルシーのあたりだったよな？　どうやって帰る？　グリーンパーク駅から乗れば地下鉄の終電に間に合うと思うが。サウス・ケンジントンまで一緒に行ってもいいかい？　理想的な殺人についてもっと話ができるだろ」ケアードはそう言って笑った。

「好きにすればいい」エヴァンズは答え、ふたりはクラブを後にした。

27　グリーンパーク駅でなにが起こったか？

その夜、一一時から一一時半までのあいだに地下鉄グリーンパーク駅のプラットフォームで実際になにが起きたのだろう？　スピアーズ警部補の脳裏に浮かんだのはまずそのことだった。ロドニー・フレミングが電話で話した相手から話を聞くために、スピアーズは一等客車に揺られ、リーズへと北へ向かっているのだ。昨夜、ノーウッドの自宅でジュリアン・ケアードから事情を聞き、今朝、放送局でスチュワート・エヴァンズからも当時の状況を話してもらった。考えれば考えるほど、ひとつの事実を示しているとしか思えなかった。幸いなことに客車にはスピアーズしかいなかったので、パイプに火をつけ、足を反対側の座席に乗せて周囲に煩わされることなく、世に言う〝放送局の事件〟から派生した出来事に考えを集中させた。

ケアードの証言は、感情的になって尾ひれがついていたり、ヒステリックになって繰り返しが多かったが、そういうところを除くと、次のようになる。ロドニー・フレミングの提案にケアードも心から賛成し、ディナーの後、ミセス・ドライデンのところへエヴァンズが来たのを門前払いした。その結果、ふたりはもう少しで喧嘩をするところだった。個人的な嫌悪の感情を丸出しにしてしまうのを恥ずかしく思ったケアードは、和解を申し出た。最初、エヴァンズはつれないながらもこれを受け入れたが、最終的にはこの申し出に感謝し、誠実な態度で接した。ふたりは歩いてケアードのクラブへ行き、和やかな雰囲気のうちに親しげな会話を交わした。一一時ころ、話題がBBCでの殺人事件へと移り、そこから殺人の方法について話は広がっていった。これはエヴァンズが切り出した話題であり、このときにはケアードは眠くなって早く家へ帰る口実を探していた。もっともかんたんに人を殺すことができるのは、事故に見せかけて地下鉄のプラットフォームから人を突き落とすことだとエヴァンズは自説を披露して締めくくった。ケアードはおどけた調子でこれを認め、これを機に家を帰ることにした。ふたりでクラブを出て、地下鉄のグリーンパーク駅まで歩いた。

ここまではふたりの話はほぼ同じだった。もっともエヴァンズは、ミセス・ドライデンのフラットの外でのいざこざのことは省き、クラブで殺人のことに話題を振り向けたのはケアードだと言ったのだが。ふたりとも一一時二〇分頃に地下鉄グリーンパーク駅に着いたと言い、西へ向かう列車のプラットフォームには軍人風の年配の男がいただけだったという証言も同じだった。この男はかなり酒に酔っているようで、プラットフォームの入り口そばの木のベンチに座っているというよりもほとんど横になっていたらしい。ここまでの流れは、はっきりしている。この先に関しては、ふたりが話している事実は同じなのだが、主役の役割が正反対だった。ケアードによると、プラットフォームに着いたとき、列車がちょうど出ていったところだった。夜のあの時間帯のこと、次の列車が来るまでしばらく時間がかかると思ったので、ケアードはエヴァンズの腕をとってデパートについて話しながらプラットフォームを行ったり来たりしていた。ケアードはプラットフォームの外側、つまり、レールに近い方を歩いていたと主張している。エヴァンズによると、ふたりは腕などとりあっておらず、黙ったままプラットフォームを行き来していたというのだ。こうした小さな食い違いは、どちらかと言えば、重要ではないだろうとスピアーズは思った。とにかく、七分後、次の列車が近づいてくる音がトンネル内から聞こえてきて、駅構内にも響き渡った。ふたりはプラットフォームの西側のはずれに立っていた。列車が来るのが聞こえてきたとき、ふたりは立ち止まり、プラットフォームの内側へ移動し、線路に向かって並んで立っていた。このときも、さらにそれからも、ケアードのほうが線路に近い位置に立っていたという証言はふたりとも一致している。次になにが起こったか？　ケアードの証言では、エヴァンズがいきなり右の肘をつかみ、よろめいたふりをして乱暴に前へ押したのだ。夢中で体を横に投げ出し、プラットフォームに肩から倒れこんだからよかったものの、そうでなければ近づいてくる列車の車輪の下敷になっていただろう、とケアードは言った。エヴァンズの話では、よろめいたことは確かだが、その機をとらえてケアードがエヴァンズを線路に突き落とそうとしたというのだ。さらにエヴァンズはこうも付け加えた。クラブでの会話のあと、ケアードがプラットフォームから突き落とすことを実行するのではないかという気がし、肘打ちを食らわないようにあらかじめ備えていた。ケアードは力余ってバランスを崩し、プラットフォームに倒れこんだのだ。つまり、相手に殺されそうになったとお互いに主張しており、その殺し方は同じなのである。わずか一五分前、クラブの喫煙室でその可能性を論じていた殺害方法だ。

正直なところスピアーズは、地下鉄の駅の出来事そのものよりも、シドニー・パーソンズ殺人事件と関連してこのようなことが起き、それがなにを意味しているのかという問題に興味があった。おそらくスピアーズが刑事として優れている点はなによりも、事件の本質から目を離さず、あまり重要ではない枝葉の部分を無視するという能力だろう。三つの可能性がある。ケアードがエヴァンズを殺そうとしたのなら、パーソンズ殺しの犯人はケアードであり、エヴァンズが真相に近づいてきたことに危機を感じ、地下鉄の駅で永久に黙らせようとした、と考えるのが妥当だろう。エヴァンズがケアードを殺そうとしたのなら、その逆だ。あるいは、エヴァンズがあまりにドライデンを責め立てるものだから、ケアードは堪忍袋の緒が切れて、裁判ではもっとも危険な敵になるエヴァンズを永久に葬り去ろうとしたのか。軍人風の酔っ払いを探し出すことができれば、あるいは電車の運転手が決定的な場面を目撃していれば、捜査をはじめる手がかりが得られるだろう。しかし、酔っ払いは跡形もなく姿を消し、運転手は、ジュリアン・ケアードが怒りの形相で立ち上がり、肩をたたいて埃を払い、それからプラットフォームの端にあるエスカレーターへ向かって走りだしたところしか見ていなかった。エヴァンズは地下鉄に乗ってアールズコートまで行った。ケアードはタクシーをつかまえてノーウッドまでやって来て……。

スチュワート・エヴァンズからこの奇妙な事件の話を聞いたすぐあと、スピアーズは北へ向かう列車に乗るために放送局を出るまでにまだ三〇分の余裕があることがわかり、ファーカーソン将軍に面会を申し込んだ。将軍はオフィスにおり、デスクの上は手に負えないのではないかと思うほど大量の書類でいっぱいだった。

「またお邪魔して申し訳ありません」スピアーズ警部補はそう切り出した。「お忙しいのは承知していますが――」

「かまわんよ、スピアーズ、心配しなくていい。またお会いできて嬉しい。座ってくれ。なにかよい知らせを持ってきてくれたのならいいんだが」

「残念ながら、そうではないのです」スピアーズは正直に言った。「というより、これからお尋ねすることを無礼だとお思いになるかもしれません。とはいえ、とにかく、できますなら、質問の内容は内密ということにしていただきたいのですが」

将軍は笑みを浮かべた。

「それで、質問はなにかな、警部補」

「他言はしませんので、スタッフのふたりについて、忌憚のないご意見をうかがいたいのです――ミスター・ケアードとミスター・エヴァンズですが」

「ケアードとエヴァンズのこと？　それだけか？　ほかに新たな進展はないのかね？」

「正直なところ、ありません」

スピアーズは慎重に構えた。地下鉄の駅で起きた出来事を将軍に話せば、エヴァンズとケアードの将来に悪影響を与えてしまうだろう。

「ありとあらゆる捜査をしなければなりませんので。ご理解いただけると思いますが、今回の悲劇にもっとも関係の深い人たちそれぞれの背景を調べたいと――」

「要点を言ってくれるかな、警部補。ケアードとエヴァンズは容疑者のリストに載っているのかね？」

「はい」スピアーズは不承不承答えた。「個人的にどうのこうのという――」

「貴官の仕事は個人的な感情を交えるものではないと承知しているよ。任務を果たさなければならない、そういうことだな、警部補。申し訳ないという態度はとらなくてもかまわん。ただ、このことだけは言っておこう」将軍は片眼鏡を外し、目の前に置いた吸い取り紙の上に転がした。「そのふたりが犯人である可能性はないと思う。わたしが犯人ではないようにな。これで充分かね？」

「そうおっしゃると思っていました。とはいえ、やはりこのふたりの個人としての印象をおうかがいできれば助かります」

「わかった。だが、充分承知してもらいたいのだが、わたしがこれから言うことはあくまでも印象にすぎない。わたしの言葉から明確な結論を引き出すのはまちがっている。ケアードとエヴァンズがお互いに上手くいっていないところからはじめたほうがいいな。残念なことではある。しかし、個人的な関係が良好ではなくとも、わたしの知る限り、ふたりの仕事にはなんら悪影響を与えておらず、この点はとても立派なことだと思っている。ケアードの報告書によると、エヴァンズは常に節度あるフェアな態度で仕事にのぞみ、ケアードの背後でこそこそしたり、頭ごなしに上司に訴えるようなことはやろうとしたこともない――ここまではいいかな？」

「はい」

「放送局にとって、ふたりは優秀な人材だとしか言えんな。だが、全体的に見れば、貴官は驚くかもしれんが、ふたりのうちではエヴァンズのほうがおそらく局にとっては有意義な存在だろう。ケアードはすばらしいプロデューサーであるし、配下の部署を引っ張っていく能力も大したものだ。しかし、置き換えのできない人材かというと、そうでもない。想像力に欠けるんだ。独特な創造的な才能がないのは確かだ。愚かだと言っているのではないが、ロマンティックな感傷主義者という一面が強すぎる。時代の波についていけないし、ケアードのだめなところは、寛容さがないということだ。特にエヴァンズのようなちょっと妙な個性の持ち主に対してな」

「なるほど。続けてください」

「エヴァンズははっきり言って風変わりな男だ。人気がなく、まったく魅力のない男だが、番組に関する知識と頭脳に関しては、局でも一、二を競うほどだ。おそらくケアードの最大の欠点は、エヴァンズの持っているものを最大限に引き出すのに必要な思いやりのある対応ができないことだろう」

スピアーズは頷いた。

「だが、警部補、繰り返すが、誤った結論を引き出さないでくれ。ケアードには不利な話をしたかもしれないが、それはエヴァンズに対してフェアでありたいと特に気を配ってのことだ。はっきり言って、ふたりのうちどちらが殺人を犯す可能性が高いか、と問われたら、こう答えるしかない――これはきっぱりと言えることだ――どちらにもその可能性はない。事件が発覚してからのふたりの態度が、わたしの意見を裏付けていると思う」

スピアーズはこれに同意せざるをえず、将軍がふたたび片眼鏡をかけ、膨大な書類に目をとおしはじめるのを尻目に部屋を出た。

28　スピアーズは北上する

地下鉄駅構内で起きた新たな出来事が、硬い食べ物のように口の中に残り必死になって嚙み砕こうとしていたのだが、将軍の話を聞いてしばらくこの問題を放っておいていいとわかり、ずいぶんと気持ちが楽になった。リーズでの捜査に集中することができそうだ。駅には、若いけれども頭の切れそうな地元の警官が来ていた。スピアーズを畏敬の念のこもった眼差しで見詰め、個人的に敬意を表するという態度で出迎えた。

リーズのインペリアル劇場の楽屋口は、ほかの劇場と大差なかった。劇場そのものは古びていた。地方の劇場がたいていそうであるように、ロンドンで好評を博した旅回りの劇団に、座席の座り心地が悪いくせに高い値段をとって公演を打たせ、その半額の料金で最新の映画を見せる映画館と対等にやっていくのはほとんど望めないにもかかわらず、それを認めようとせず、斜陽化に歯止めが掛からない。

リーズの警官はスティーヴンズといい、スピアーズの前に立って、でこぼこだらけで汚らしい狭い路地を進み、大昔にほとんどペンキが剝げてしまったドアをノックした。ドアの上には、曇りガラスが嵌めこまれて文字が書かれていたが、消えかけていて判読できなかった――ＳＴ－Ｇ－Ｄ－Ｏ――。ノックに応える者はおらず、少しの間を置いてスティーヴンズは笑い、ドアの取っ手をまわしてなかに入った。目と鼻の先は舞台裏で一種独特の雰囲気が漂い、その雑然とした様子に素人は戸惑うばかりであった。右手には楽屋番のオフィスがあり、その壁には、この四〇年ほどに活躍した男優や女優のサイン入り写真がところ狭しと貼られていた。ガスコンロに載せられたやかんからは、寂しげに湯気が立ち上っている。オフィスのドアを入って左側には、緑色の布を張ったボードが置かれて色あせたテープが何本か画鋲で止められ、そこに手紙がはさまれていた。赤い畝織りの布がかけられたマントルピースの両端、その名誉ある場所には、それぞれサイン入りの写真が額に入れて飾られている。ひとつはアダ・レーアン、シェイクスピアの『お気に召すまま』でロザリンドを演じたときの目をみはるタイツ姿だ。もう一枚は、同じくシェイクスピアの『空騒ぎ』でベアトリーチェを演じたエレン・テリーだ。二枚の写真のあいだで、赤褐色の子猫がわれ関せずという風情で尻尾を顔に寄せて眠っている。スピアーズは古臭い電話機を満足気に顎で示した。ハンドルが付いているタイプのもので、小さな戸棚としかいえないような小部屋の隅で、プログラムの山やケーキの箱のあいだになかば埋もれて置かれていた。

「楽屋番はお茶を飲みにすぐに戻ってくるでしょう」スティーヴンズは請け合った。「それとも奥へ行って、興行主を探しましょうか？　この時間だと劇団員はいないと思います」

スピアーズはどうするか迷った。前方にはむき出しの石の通路が続いており、その向こうは暗く、なにがあるのかはっきりと見えない。緑色の布を張ったもう一枚のボードには、地元のクリーニング店と下宿屋の女主人からの広告、次の日曜日に劇団の稽古があるという知らせ、役者が使う楽屋の振り当て表などが貼られていた。大きなかごが二、三、見捨てられたように置かれている。業界では〝劇場のバスケット〟と呼ばれているものにちがいない。数メートル左手にある両開きのドアは半ば開いていて、その向こうに誰もいない半分ほどむき出しの舞台、埃をかぶった小道具類の山、家具、閉ざされた緞帳の面白味のない裏地などが見えた。しかし、猫とやかん以外には、生きているものや動くものの兆候はなにもなく、BBCの活気あふれる雰囲気と比べ、リーズに来たという実感を覚えるだけではなく、三〇年ほど時間をさかのぼったかのような気がした。

楽屋番を待つのは諦め、劇場の正面にまわって興行主のオフィスを探したほうがいいかもしれないと言おうとしたとき、背後の楽屋入り口のドアが開き、洗練されたデザインのグレーのフェルト帽をかぶり、同じくグレーのダブルのフランネルのスーツを着てバーバリーのコートを腕にかけた若い男が入ってきた。

「すみません」スピアーズは声をかけた。「楽屋番の方はどちらにいるでしょう?」

「申し訳ないが、わかりません」若者はそう答えて愛想のよい笑みを浮かべ、きれいに並んだ歯を見せた。「なにかご用でも?」

「劇場の支配人か、今週の公演の興行主の方にお会いできればと思うのですが」

「そういうことなら、まさにバッチリのところに来ましたよ」若者は楽屋番の小部屋に置かれた椅子の上にバーバリーを放った。「ぼくが今度の公演の興行主です――こんなことを言ってもなにもならないでしょうが、兄貴が脚本を書いたんです。地方で上演するには洗練されすぎているって言ったんですが、聞く耳を持たなくってね。まったく頑固なんだから」

「では、あなたはミスター・ジョージ・フレミング？」

「ええ、ジョージ・フレミングです」若者は軽く頭を下げた。「つまらない名前ですが、本名です。なにかぼくにご用ですか？　ところで、どなたでしょう？　まさか新聞記者だなんて言わないでくださいい。ついに有名になったなどと」

「残念ながら、喜ばしいことではありません。わたしはスピアーズ。スコットランド・ヤードの刑事です」

「スコットランド・ヤードですって？　これはこれは。どの事件を追っているんです？　ちょっと言っておきますが、代役がいないんで、主役級の役者の身柄を拘束するというのなら、本公演ができなくなってしまう。その責任はとっていただくことになりますよ」

スティーヴンズは期待を込めた眼差しをスピアーズに投げた。プロとしての微妙な尋問テクニックのお手本を目の当たりにできると思っていたのだろうが、これは裏切られた。

「そんな深刻なことではありませんよ、ミスター・フレミング。お決まりの聞き込みってやつです。放送局で残念なことに殺人事件が起こりましたが、お聞き及びですね？」

「もちろん、聞いていますとも。あのおめでたいロドニーが、事件の真っ只中にいますからね。あいつは運がいい。兄貴のことです。誰しも兄弟が有名になるってわけじゃありませんからね、警部補。ぼくのように一生懸命働いているふつうの人間にとっては、雲の上に行ってしまったようなものですから」

「ただ通常の聞き込みにうかがっただけです」スピアーズはそう繰り返して手帳を出した。「いくつか質問に答えていただけますか?」

「もちろん」

「事件があった夜、放送局にいるお兄さんと電話で話しましたね」

「ええ」

「電話していた時間はわかりますか?」

ジョージ・フレミングは首を振った。

「残念ながら、わかりません。でも、楽屋番なら覚えているかもしれませんね。ぼくのためにダイヤルしてくれましたから」

「その電話でどんな話をしました?」

「あのう、ロドニーは容疑者ってことですか? こいつは傑作だ! おっと、お話ししましょう。詳細まで期待されるとちと困りますが、かんたんに言うとこういうことです。兄貴の書いた脚本のある部分が、今回のツアーで使っている役者にはまったくふさわしくないってことが、最初の一週間でわかったんです——先週、バーミンガムでの公演です。ほかに俳優が見つからなかったので、その部分を書き直してくれないかとロドニーに頼んだんですよ。散々文句を言ったあと——あの手の作家というのがどういうものかご存知でしょう?——同意したんですが、放送用の台本の件で忙しくて、その部分の改定をわたしに任せたんです」

「ほう？」

「どのように手直ししたか舞台にかける前に、電話で教えるように言われました」

「なるほど。それで、その直したところはずいぶんとあったんですか？」

「大した量ではありません。ひょっとして、この作品はご存知？」

「ロンドン公演を見ました」

「それじゃ、話が早い。義父の役は覚えていますか？」

「ええ、よく覚えてますよ」

「最終幕の最初の場面でうまく演じられなかったんです。三ページにわたって書き直したんじゃないかな」

「なるほど。どうしてあの時間にお兄さんに電話したんでしょう？」

「警部補、わたしを共犯者にしたてあげようというのですか？」スピアーズが表情を変えなかったので、ジョージ・フレミングは先を続けた。「わかりません。でも、まずは、夜のその時間ならすぐに回線がつながるからでしょう。電話代が安いってこともあります。それから、まちがいなくロドニーがつかまる時間帯でもありましたから。どこにいるか聞いていたんですよ。もうひとつ、電話は下宿にないんで劇場でかけるしかなかった」

「なるほど、ありがとうございます。通話時間はどれくらいでした？」

「覚えているのは、三分間通話を二回やったということですね」

「とにかく、交換手からそのあたりのことは聞けるでしょう」スピアースはつぶやくように言った。「ご協力、どうもありがとうございました、ミスター・フレミング。ミスター・パーソンズのことはご存じなかったのでしょうね」

「名前を聞いたこともありませんでしたよ」ジョージ・フレミングは陽気に答えた。「ほかになにかありますか？」

「ひとつだけ。最終幕で手直しされたページをお借りできませんか？　明日には送り返しますんで」

ジョージ・フレミングは一点を凝視した。

「もちろん、必要ならば。改定箇所は特に問題はないですよ――ロドニーも認めてくれたし、今はそれで上演していますし」

「とにかく、見せていただきたく」スピアーズは重ねて言った。

「取ってきましょう。楽屋にあるんです」ジョージ・フレミングは陽気に口笛を吹きながら通路の向こうへ消えていった。

ちょうどそのとき、舞台へ通じるドアが開き、真っ白な髪を短く刈り込んで金縁の眼鏡をかけ、木のパイプをくわえた老人が脚を引きずりながら入ってきた。

「失礼」と小声で言うとぎこちない足取りで湯気の上がるやかんのところへ行き、片手でガスを止め、もう一方の手で子猫の首筋をかいてやった。子猫は片方の耳をぴくりと動かし、ゴロゴロと二度ほど喉を鳴らすとふたたび眠りはじめた。

「楽屋番かね？」スティーヴンズが尋ねた。

老人は振り返った。顔はとても赤らんでおり、全面に紫色の毛細血管が浮かび上がっていたが、目は真っ青で輝きを放っていた。

「そうですよ。ハロルド・ステイプルズって言います――劇場関係者はたいていオールド・ハリーって呼んでますがね。四〇年ほどここに詰めてます。で、なにかご用で？」

「こちらの方がいくつか聞きたいことがあるんだが、答えてくれるとありがたいんだよ、ステイプルズ。こちらはロンドンからいらした警部補だ」

「警察の人？」老人はぶっきらぼうに言った。「これはこれは。今も言ったとおり、ここで四〇年ほど働いてますがね、警官と話をしたことなんか一度もありゃしない。昔みたいに仕事ができなくなったって言われてるが、正直さにかけちゃあ誰にも文句は言わせない。さて、お茶をいれないと」

「ミスター・ステイプルズ」スピアーズが口をはさんだ。「誤解されては困ります。正直さを疑っているだなんて、とんでもない。あなたをどうのこうのというのではないんですよ。放送局で起きた殺人事件に関して、お決まりの聞き込みってやつをやっているだけでしてね。ひとつ、ふたつ、質問に答えてくれませんかね」

楽屋番は立腹したときと同じようにすぐに怒りを静め、愛想をふりまきさえした。

「ああ、放送局の殺人ですか！　なんとも興味深くって謎だらけだね。わかるでしょうが、毎晩ここに座ってると時間がたっぷりありますんで、ラジオを聞いてるんですよ。ちっちゃなポータブルラジオを持ってますんで。舞台まで音が漏れないくらいにボリュームを絞って、ひとり楽しんでるわけです。でも言っておきますがね、あの事件にはひどく腹を立てているんですよ」

「ほう、ミスター・ステイプルズ、またどうして？」

「なぜって、あのひどいドラマは三分の二ほど聞いたんですが、正直なところ、まったく退屈な代物で。あの手のドラマを認めるわけにはいきませんよ。セリフなんですよ、わたしが聞くのは。ミスター・バートレットやミスター・ハードの脚本のように。このふたりはセリフってものをよく知っていて、驚かされます。習うのに遅すぎることはないってのがわたしの持論でしてね。それはそうと、殺人が起きたシーンは聞いてませんよ。きっと臨場感たっぷりでゾクゾクものだったんでしょう」

「ラジオのスイッチを切ったということですか？」

「切らなくちゃいけなかったんですよ。ミスター・フレミングもここで一緒に聞いてたんです——お兄さんが脚本を書いたのは知ってますね——ところが、ロンドンに電話をかけたいって言うんで、スイッチを切らなければならなかったんです」

「ミスター・フレミングが電話をかけているあいだ、ここにいたんですか？」

「いましたとも」老人は厳かに言った。「ここはわたしの部屋です。わたしのやることにミスター・フレミングはなにも口出しはしませんよ。もちろん、聞き耳を立てていたわけじゃありませんよ。でも、聞こえてきちゃったんです。今週、ここで打つ芝居に関しての話だったようです。ある場面を書き換えたようでして」

「それでミスター・フレミングが電話を切った後でまたラジオのスイッチを入れたのかな？」

「いえ。実は、このあたりではパブは一〇時半に閉まっちまうんで、ミスター・フレミングは電話を切るとこう言ったんです。『ハリー、今日の仕事はこれで終わった。急げば一杯飲む時間はありそうだ』。で、キングズヘッドへ連れていってくれたんですよ。ほんとうに感じのいい若者ですよ、ミスター・フレミングは。おっと、来ましたよ」

ジョージ・フレミングは依然として口笛を吹きながら通路を戻ってきた。クリップで軽く留めた数ページのタイプライター原稿を持っている。

「これですよ、警部補。おや、オールド・ハリーを見つけたようですね。電話について知りたいことはなんでも話してくれますよ。ぼくの代わりに電話をつないでくれたんです」

「なるほど。さて、もうこれ以上おうかがいすることはなさそうです。質問に率直に答えていただき、感謝しています」

スティーヴンズがはにかみながら夕食に招待してくれたが、スピアーズはこれを断って駅へ戻り、ロンドン行の次の列車に乗った。ジョージ・フレミングとオールド・ハリーは、それぞれ夕食を前に自分たちの観点からこの事件を考え、噂話に花を咲かせた。

地方都市の巡査にすぎない若いスティーヴンズは、功名心も知性も人並み以上にあるのだが、かわいそうなことにスピアーズとともにロンドンへ行くことも、スコットランド・ヤードの捜査官が仕事をするのを間近で見たいという思いも実現することができなかった。

帰りの列車の客室はスピアーズひとりではなかった。ヨークシャーから来たという裕福な工場主と着飾りすぎた肉付きのいい娘と同席となった。ふたりはスピアーズの態度にはじめは当惑し、最後には落ち着かない気持ちに駆られるようになった。スピアーズは隅の座席に体を預け、目を閉じ、顔はまったくの無表情であった。今度の事件の全体像がゆっくりと頭のなかに流れていくに任せていた。この悲劇のさまざまな細部が､繰り返し脳裏に浮かび､映画のスローモーションのように流れていく。ドラマ番組調整室にいるジュリアン・ケアードがハンコックに早口でささやき、椅子から立ち上がり、6Aへ飛んで行くところを心の目で眺める。ロドニー・フレミングは気怠そうに、しかし、上品な素振りで6Aリスニングルームにいて受話器を耳に当て、目は6Aの役者たちに据えている。スチュワート・エヴァンズは人目を忍んで廊下を歩きまわる。パーソンズはマイクロフォンに向かって独白を口にした。背後にある7Cのドアに、手袋をはめ、顔のない人影がつま先だって歩み寄る。ヒギンズのめちゃくちゃになった顔、将軍の片眼鏡、バニスターの乱れた髪の毛。第一リスニングルームに腰を掛け、録音された死んだ男の声と時計が時を刻む音を聞く――。

スピアーズは突然立ち上がり、目を開いた。

「なんということだ！」

この大きな声に驚いてヨークシャーから来た工場主は持っていた新聞を落とした。娘は脚を露わにしないように膝に乗せていた雑誌の表紙を見下ろしていた。

しかし、スピアーズは同じ客室にいるふたりを驚かせたことなどまったく気づいていなかった。もっていた革の書類かばんから、裏表紙が取れたパーソンズの『極悪非道の追いはぎ』の台本を取り出した。看守の独白のシーン、殺人が行われたシーンをスピアーズは注意深く何度も何度も読み返した。最後に長々とため息をつき、満足気に笑うと、余白に鉛筆でメモを取った。それからリーズのインペリアル劇場でジョージ・フレミングから受け取った台本を取り出し、腕時計に目をやってから読みはじめた。読みながら、はっきりと唇を動かしている。裕福なヨークシャーの工場主は、非常通報コードを引っ張ろうか、あるいは別のコンパートメントへ移ろうか真剣に考えはじめた。スピアーズはもう一度時計に目をやって台本を書類かばんに戻し、角の壁に寄りかかって腕組みをしたまま眠りはじめた。

「旅ほど」眠りに落ちていきながらスピアーズは独り言をつぶやいた。「視野を広げてくれるものはない」

29　トプシー、本分を尽くす

放送局の〝雰囲気〟がだんだんと居心地の悪いものになっていったとケアードは言ったが、スピアーズがリーズを訪れた翌朝に局を訪れたとき、業務はいつものように行なわれており、なにか変わったようなところはまったく見受けられなかった。プロスペロの像は依然として謎めいた世をすねた表情を浮かべて肩越しにポートランド通りを見下ろしている。制服を着た十代の男の子たちが客の案内をし、メッセージや殺菌剤の入った噴霧器を運んだりして仕事に励んでいる。受付デスクの電話がひっきりなしに鳴り、一般職員のオフィスのタイプライターがカタカタと音を立て止むことがない。芸能人専用のエレベーターの向かい側には、鏡のはめ込まれた掲示板が並び、リハーサルや本番が行なわれるスタジオのリストがいつものように貼り出されていた。ひとつだけふだんとちがっていたのは、立派な身なりをした老婦人が、正面入り口で守衛に声をかけていることくらいだ。老婦人はエリック・ギルの彫刻作品に向かってこれみよがしにパラソルを振りまわし、耳を突き刺すような甲高い声で言った。

「BBCが勝手にアンテナを設置したからといって、わたしも素直にあんなものを据えるだなんて思ってほしくないもんだ。わたしはずっと見苦しくない環境で暮らしてきたんだよ。電柱だとか電線だとか、そんな代物は勘弁しておくれ」

古きよきイギリスを擁護するこのみごとな弁舌をスピアーズは盗み聞きしていたわけではない。老婦人の言葉が終わる頃には、スピアーズはふたたびケアードのオフィスにおり、これがはじめてではないながらも、壁に貼られたドラマ用のスタジオ内部の写真のなかにみごとな猫のドローイングを紛れ込ませているのはなぜかと思った。ケアードはミーティングのために部屋にいなかった。待っているあいだ、スピアーズは7Cの写真を数分ものあいだ眺めていた。入り口から内部を撮影したもので、あの晩、犯人がスタジオに入ってきたときに目にしたはずの様子がそのまま再現されている。犯人は結果として運良くやり遂げただけなのだろうか？　それとも、巧妙に殺人を仕組むほどの才能をほんとうに持ち合わせているのか。写真を見れば見るほど、スピアーズは自信がなくなっていくのだった。

犯人が巧妙であろうとなかろうと、リスクを冒さないわけにはいかない、これはもう嫌というほどわかっている。いろいろと試みたものの、レオポルド・ドライデンは依然として黙秘を続けており——いや、その試みが完全に失敗したというわけではないのだが、それでもまたもや袋小路にさまよい込むだけであった。今朝、イザベルと弁護士、もうひとりは誰あろう副総監が直々にレオポルド・ドライデンを説得したのが功を奏し、次のように言ったというのだ。

あの晩にとった態度は持って生まれた傲慢さから出たと言えるかもしれないが、なんといっても妻が関係しているのではないかと恐れた結果だ。犯行が行われた時間帯にわたしはいなかったので、そのあいだ妻がスタジオにいたのかどうか、他の人の注意を引かずに出て行くことができたのかわからない。わたしが殺人を犯したはずはないので、どんなことがあっても黙秘を続けようと心に決めた。だが、沈黙を守っても、べらべらとしゃべってしまうのと同じように危ない立場に追い込まれることもあるのだと身にしみた。

ここまでは問題がない。黙秘した理由はわかった。しかし、肝心なところになるとレオポルド・ドライデンは、ほとんどなにも話していないに等しかった。

「わかった」ドライデンは大きな声で言ったという。スピアーズには容易に想像できるのだが、青い目を輝かせ、わざとらしく顎を持ち上げて副総監キャヴェンディッシュ少佐と面と向かったのだろう。

「なにもかも打ち明けよう。ディナーの席でパーソンズから来た手紙のことで妻と喧嘩をした。妻の過去の秘密をわたしに暴露すると言って脅し、金を巻き上げようとしたらしい。わたしは腹を立てた——どんなことか知らないが、妻の秘密のことではない。キャヴェンディッシュ少佐、女性の過去は他人がとやかくいうことではないとわたしは思っている――脅迫という反吐が出そうなほど卑劣な行為を、そもそもの最初に打ち明けてくれなかったことに腹を立てのだ。わたしを信頼していないということではないのか。これがひどくこたえた。今度パーソンズに会ったときには鞭打ってやる、そのつもりだったのは認める。だが、プロとして仕事をしているとき、そのようなことは絶対にしない。まして、惨めを絵に描いたような人間のために絞首刑になる危険を冒すなどもってのほかだ。わたしにはプライドがあるんだ、キャヴェンディッシュ少佐。それに、あの晩は具合が悪かった。胃の調子が」――ここで咳をした――「ずっと悪いもんでね。神経が張り詰めたときは特にひどいんだ。公演の最初の何日かはいつも苦しんでいる。スタジオの雰囲気はかなり辛いものだった。換気システムは理屈上は完璧なんだろうが、閉所恐怖症の気味のある者にとっては、クッションを張った壁、まったく窓がないことは耐えがたいんだ――わかっていただけると思うが。七階へ上がっていったのはなぜかというのなら、何気なく螺旋階段をのぼったと繰り返すしかない。建物のレイアウトがわからないので、すぐに塔の外へ出るには上へ行くしかないと思ったんだ。新鮮な空気を吸ったあとでミスター・ケアードと出くわしたときは、当然、うろたえた。わたしは仕事に対してプロとして妥協のない態度でのぞんでいる。ケアードは事情を知らないので、仕事を蔑ろにしているとみなしたんじゃないかと思ったんだ。残念ながら、これ以上言うことはない」

レオポルド・ドライデンの証言はこれだけだった。今朝、スコットランド・ヤードのオフィスのデスクの上にこの報告書が載っており、そこには副総監のメモが添えられていた。

スピアーズへ
この報告書に記された内容はまったくの真実だと思う。状況を考えるとドライデンを法廷へ引きずり出すべきではないだろう。真犯人を見つけ出さなければならない。しかもすぐにだ。ドライデンを釈放しただけで誰も逮捕しなければ、実に嘆かわしい印象を世間に与えてしまうだろう。しかし、四八時間以内に事件を解決しなければ、そのような状況になることは確実だ。運を最大限に活かして頑張ってくれ。

四八時間以内に真犯人を見つけることができなければ、後のたたりが怖いぞと遠まわしにほのめかしているようなものだ。

こんなことを考え、憂鬱になっているとケアードがミーティングから戻ってきた。見るからに絶好調ではないのがわかった。一睡もしていないとでも言うように目は血走り、ガラス製のタバコ入れをスピアーズに差し出した手は震えていた。

「それで、スピアーズ、なんでしょう?」くたびれた声で尋ねた。「正直に言って、疲れきっていて。嫌な事件が頭のなかにちらついて、ふだんの仕事もまともにできないんですよ。二、三日、休暇でいなくなってもいいでしょうかね? こんな状態がこれ以上続いたら、精神的におかしくなってしまう」

「あと、一日か二日待ってください。でも四八時間より長くはかからないと思います」

ケアードは椅子に座って体を強ばらせた。

「なにか進展が？」大きな声で尋ねた。

「確実ではないのですが」スピアーズは慎重に答えた。「そんな気がしています。嬉しいお知らせです。レオポルド・ドライデンはまだ身柄が拘束されていますが、正式に容疑者から外されました」

「では、イザベルが説得して話をさせたんですね。それはなによりだ。どんな話をしたんです？」

「ほとんどなにも。沈黙していた理由を話しただけです。妻を事件に巻き込みたくなかったからってね」

「なるほど。これで捜査範囲が少し狭まったというわけですね。ヒギンズは死んだ——ドライデンは容疑者から外れた——とすると残るは、エヴァンズ、ロドニー、そしてわたしだ！」ケアードは神経質な笑い声を上げた。「子供の頃、鬼決め歌を歌って遊んだでしょ？　いつもハラハラドキドキでしたよ」

ケアードはデスクから離れ、部屋を行ったり来たりしはじめた。

「お願いがあるんです、ケアード」スピアーズは鋭い声で言った。「ファーカーソン将軍がまた録音を聞かせてくれると約束してくれたのは知っているでしょ？　今夜、予定してくれませんか？」

「ええ」ケアードは神経質に歩きまわるのをやめて応じた。「できると思います」

「要するに、なるべく早くドライデンを釈放したいのですが、こちらの事情がありまして」ここで微かに笑みを浮かべてから先を続けた。「牢屋を空っぽのままにしておけないんで代わりにぶち込む者が必要なんですよ。だから急がなければなりません。ミスター・バニスターが時計の音が聞こえると言ったのを覚えてます？　録音を聞き終わってすぐ、あの晩、腕時計をしていて犯行時に7Cにいることができた者をあげてほしいとお願いしました。あなた、ミスター・フレミング、そしてミスター・エヴァンズでしたね。今夜、ミスター・ドライデンも連れて来るつもりです。腕時計をはめさせて。それぞれの時計の音がどのように聞こえるか確かめられるようにマイクをセットして、スピーカーから音が出るようにしてもらえますか？」

ケアードはメモ帳に走り書きをした。

「今夜一一時半でどうでしょう？」

「申し分ない。ありがとう。ミスター・フレミング、それとミスター・エヴァンズにも来てくれるように頼んでもらえますか？」

「了解。ところで、地下鉄の一件はどんな具合です？」

スピアーズは肩をすくめた。

「ケアード、わたしにどうしてほしいんです？　目撃者は誰もいない。おまけに、ふたりの証言はお互いにまったく正反対だ」スピアーズはドアまで来て振り返った。「わたしがあなたなら――ミスター・エヴァンズにもわたしがそう言っていたと伝えてくれてかまいませんが――あれはちょっとした事故で、お互いに想像をたくましくしすぎたんじゃありませんかね。では、今夜」

スピアーズは出ていった。残されたケアードは、ぐっすりと眠りたいと思っていながら、品位に欠けるののしり言葉をつぶやき、デスクのボタンを押してイアン・マクドナルドを呼んだ。スピアーズの要求に応えるために録音部で必要な準備をし、エンジニアを確保しておくように伝えた。

スピアーズが玄関ホールを抜けて表に出ようとしたとき、受付係がデスクの向こうから近づいてきた。

「すみません。スピアーズ警部補でしょうか？」

「そうだが」

「実は」受付係は控えめに声を低めた。「若いご婦人がお目にかかりたいと来ているんですが、どうも警部補のことはご存知ないようでして。追い払いたいというのなら、わけなく――」

「名前は？」スピアーズは相手の言葉をさえぎって尋ねた。

「ミス・レヴィン。確かミスター・バニスターのお友だちだったと思います。一緒にいるところを見たことがあります」

スピアーズは受付係の肩越しに向こうを盗み見た。ヒギンズの自殺に関するコークランの報告書を思い出し、ぐっとくるような脚、ずいぶん昔の軍の略帽としか思えないウールの小さなキャップからはみ出した波打つプラチナブロンド、この女がミス・トプシー・レヴィンであることはまちがいないと思った。

「ちょっと急いでいるんだ。その若いご婦人が一緒にオックスフォード・サーカスまで歩いてもいいというのなら――」

「そう言ってみましょう」受付係は答えた。

オックスフォード・サーカスまでスピアーズ警部補とともに歩くことにミス・トプシー・レヴィ

ンが躊躇うはずもなく、喜んで申し出を受け入れるだろう。トプシーは子犬のように跳ねながら玄関ホールをやってくると、甲高い声で自己紹介し、スピアーズの腕をとった。バツの悪いことに、そのとき将軍が早めの昼食をとりに玄関ホールをやってきて、あからさまに、にやりとした。

「こんな風にお邪魔したくなかったんだけど」オール・ソウルズ教会の前を通り過ぎながらトプシーは陽気に言った。「でも、あなたはあのかわいそうなガイ・バニスターを怖がらせちゃったでしょう？　ガイとパットとわたしで昨夜また出かけてみたんだよ。わたしを連れていってくれるなんて、ほんとうにあのふたりは素敵。だって、あの人たち、お互いにべた惚れなんだもの。でも、なんてったって、気立てのよさが一番だよね」

「わたしがミスター・バニスターを怖がらせた？」

「そうね、怖がらせたんじゃなくって、ぎゃふんと言わせたって感じかな。ほら、ガイは今度の事件についていろいろ考えているでしょう。ところがそれって、どれもあなたが検討ずみのことばかり。それであの人、なんか萎縮しちゃったみたいなんだよ。でも、昨夜、わたしたちもう一度話し合ったんだ。ガイはまた別の考えが浮かんだって。でも、ここに来てあなたに話すのが怖いんだって言ってるんだよ」

「そこで、代わりに来て話そうと思ったんだね、ミス・レヴィン」

「ねえ」トプシーは歯に衣を着せずに言った。「男って馬鹿だよね。女の子は男の首筋をつかまえて、お尻を蹴っ飛ばすだけでいいんだ」

「ええ、まあ。それで、その素敵な考えとはなにかな？」

「ねえねえ、素敵だなんて皮肉を言わないで。泣いちゃうよ。ちょっと言っておくけど、警部補さん、わたし、かんたんに泣いちゃうんだ」

スピアーズは慰めるようにトプシーの腕を叩いた。

「そう言わずに。噛みつきやしないから」

トプシーは当惑したように、しかしながら魅力的に、顔をしかめてちょっと躊躇った。

「きっと、正しく理解しているとは思うんだけど」いきなり切り出した。「ガイはこんなことを言ったんじゃないかな。パーソンズが脅迫していたというミセス・ドライデンの過去の出来事について、どうして誰も気にしていないんだろうって」

「ああ、そのこと」

「あら、考えていたわけ?」

「もちろん思い浮かんだよ。でも、難しいことだってわからないかな、ミス・レヴィン。パーソンズが持っていたミセス・ドライデンの手紙はなんの手がかりにもならない。パーソンズは死んでしまっているので聞くわけにもいかないし、ミセス・ドライデンは話すのを拒んでいる――当然のことだけどね。それにミセス・ドライデンのこれまでの人生の正確な記録が残っているなんてことはありえない。この一〇年ほどのあいだに起こった出来事にちがいないのだろうね。ミセス・ドライデンは悪評のような類が立つ女性ではないし――女優というのはたいてい立派な人たちだから。実はちょっと調べたんだよ。結婚してから、ミセス・ドライデンにはスキャンダルはまったくないんだ。くだらない噂はあるけどね。もちろん、結婚前になにかしたのかもしれないが、四年以上の前の女性の私生活を事細かに知るなんて、かんたんなことではない。当時のその女性が世の中の興味を集め、気になる存在であったというのでないかぎりね。要するにミセス・ドライデンは、コーラス・ガールにすぎなかったのであり、それから旅まわりの女優になった。当時の彼女が舞台を踏んだロンドンの劇場はふたつあるんだが、その内のひとつの楽屋口を訪れてみた。ミセス・ドライデンを起用した地方公演の興行主をふたりほどつかまえることができたよ。しかし、名前のほかは――ひとりは顔も覚えていたが――なにも思い出せなかった。その後、レオポルド・ドライデンと結婚したことは知っていたけどね」

トプシーはいきなりスピアーズの袖を引っ張った。

「一杯奢ってくれない?」

「もちろん、喜んでと言いたいところだが」スピアーズは口ごもりながら答えた。「急ぎの用事があるんだ」

「ちょっとちょっと」トプシーはぶしつけに言った。「飲み物をせびってるんじゃないんだよ。車の音がこんなにうるさいところじゃあ、話ができないから。話したいことがあるんだよ。これはガイの考えじゃない。いや、考えじゃなくって、事実なんだ」

スピアーズは真剣な表情を浮かべた厚化粧の小さな顔を見下ろし、心を決めた。

「わかったよ。カフェ・ロイヤル・ブラッセリのバルコニー席へ行ってビールでも飲もう」

「わたしのような女にはジントニックよ。それでよければ、だけれど。さあ、行きましょ」

ふたりはカフェへ向かった。注文した飲み物が運ばれてくるとトプシーは、さまざまな関係のない話題についてしゃべった。レストランの新しい装飾、若い男の人のなかに、ブレスレットをはめ、緑色のズボンをはいている者がいるのはなぜか。

「ねえ、警部補さん」トプシーはようやく切り出した。「勘違いしていると思うんだよね。地方公演の興行主や楽屋番に会いに行ったってことだよ。ミセス・ドライデンの地方公演の古いプログラムを手に入れて、一緒に旅まわりをしていた人たちを探せばいいじゃない」

スピアーズは考え込みながらビールを飲んだ。

「そうだな。得るところは大きいだろう」スピアーズは認めた。「でもね、ミス・レヴィン、それって四年前の地方公演に出ていた役者を見つけろってことだろ？　おそらく、オーストラリアに行っちゃたり、引退したり、死んだりしているよ。成功してロンドンにいたとしても、四、五年前のツアーの他のキャストのことなんか覚えてないってほうに喜んで賭けるよ」

「じゃあ」トプシーは興奮気味に言った。「賭けに負けたよ」

「なんだって」

「賭けに負けたって言ったんだよ、警部補さん。まず、その一。目の前にいる女はイザベル・ドライデン——当時はイザベル・パーマーって言ってた——と地方をまわっていたんだよ。『海の向こう』って芝居でね。週三ポンドで代役と舞台監督のアシスタントをやっていたんだ。警部補さんが探していた地方公演の興行主くらいには役に立つんだから！　イザベル・パーマーはほんの端役で——」

「わかったわかった」スピアーズはさえぎった。「それでイザベルのなにを覚えているんだ？」

「今、言おうと思っていたところ」傷ついたような声でトプシーは言った。「もちろん、それほど多くのことは覚えてないから、期待しないでよ。たとえば、どんな芝居だったかはまったく思い出せない。ただ、主役が飼っている犬も出てくるんだけど、こいつがいつも間の悪いときに舞台の上で粗相をしたっけね。でも、役に立つ情報も二、三あるよ。パーソンズという名前の男も出演者のなかにいたんだ。しかもムカつくようなやつでね。一度、わたしにキスしようとしたんだ。顔を引っぱたいてやったよ」

「ほんとうに？　つまり、パーソンズという名前だけど」

「もちろん、まちがいないさ。請け合うって。もうひとつ覚えていることがあるよ。イザベルは劇団にいたエヴァンズという名前の男と付き合っているという噂が盛んに飛んでいたね。エヴァンズって名前はおそらくまちがいないと思うんだけど。だからさ、さっきも言ったようにプログラムを手に入れるべきなんだ」

「エヴァンズだって？　それで――きみはプログラムを持っていないんだね、ミス・レヴィン」

「申し訳ないけど、持ってない。そういうものは取っておかないんだ。なにも持たないことが長生きの秘訣、いつもそう言ってるんだよ」トプシーはグラスの中身を飲み干した。「残念だけど、覚えているのはこれだけだよ、警部補さん。その男の名前がほんとうにエヴァンズだったかどうかはっきり思い出せればいいんだけど、でも、ほぼまちがいないと思う」

「まったくそのとおりだね」スピアーズは小声で言った。「『海の向こう』って言うんだね、その芝居は？」

『海の向こう』――いやそれとも『海の放浪者』だったかな。とにかくそんな馬鹿げたタイトル」

「もっとはっきりしたことは言えないのかい？　もっと正確に」スピアーズは頼みこむように言った。「とても重要なことなんだ」

「残念だけど思い出せないよ。いや、ほんとう、正直な話、思い出そうとすればするほど、ほかのタイトルが出てきちゃう。でも、エヴァンズとかいう名前だったことは神かけて誓うよ。ふたり一緒に同じ下宿に帰っていったりとか、そんなことをしていたんだ。みんな、一緒に住んでいるって思っていたけど、わからないよね。人間って妙だから。さて、行かなくちゃ。じゃあね」

ひとり残されてスピアーズはもう一杯ビールを注文し、パイプに火をつけた。トプシーの話には、深く考えこまずにいられない。スチュワート・エヴァンズはさまざまな仕事に携わっていたので、ある時期に役者をやっていたということも、イザベルと恋人関係にあったことも、もちろん、ありうる。エヴァンズがドライデンを攻撃するあの怒りも、ドライデンの妻にしつこいと思うほどつきまとうのもこれで納得できるだろう。しかし、そうであるなら、どうしてイザベルは黙っていたのか？　エヴァンズはドライデンに疑いをかけようとしたのであり、そうした思いに油を注ぐようなものではないか。イザベルがまだエヴァンズを愛しているというのはたしかに考えられらない。だが、ひとつだけはっきりしていることがある。『海の向こう』だかなんだかタイトルはわからないが、この芝居の巡業中のことをイザベルに厳しく質(ただ)してみなければならない。

心のなかでスピアーズはトプシーの記憶力が劣っていることに悪態をついた。必要ならばスコットランド・ヤードのすべての人手を使って、過去の忘れられた芝居の地方巡業パンフレットを探し出さなければならない。

「この話と録音テープの証拠から、やはり、スチュワート・エヴァンズが犯人だと思わないわけにはいかない」スピアーズはひとりつぶやいた。

30　追い詰められたイザベル

タンをはさんだサンドイッチと少量のポテトサラダを大急ぎで食べるあいだに、スピアーズはいつものようにコツコツと執拗に考えを追い、結論に達した。トプシー・レヴィンの話を聞いてから、もはや疑いの余地はほとんどなかったが、事件の最終的な謎の解決の鍵はイザベルが握っている――いや、少なくとも彼女のフラットにその鍵があるはずだ。ひどく気の重い仕事になるだろうが、イザベルとは面と向かって渡り合わなければならない。早くすませてしまったほうがいい。それにスピアーズのほうも、ぐずぐずしている時間はないのだ。一時と二時のあいだならイザベルも十中八九フラットにいるだろう。

昼食の金を払い、リージェントストリートからアッパー・セント・マーティンズ・レーンへ急ぎ足で歩いた。ドアのベルを押すと、運がいいことにイザベルが応対に出た。ずいぶんはつらつとしているように見える。しかも明るい色の服を着、宝石類もいくつか身につけていた。レオポルド・ドライデンが釈放されると思ってのことだろう。

「なにかご用ですか、警部補。申し訳ないんですが、今、お昼を食べているところなんです。ロブスター半分とサラダしかありませんが、ほかにもまだなにか残り物があると思います。お昼がまだでしたら、用意します」

「ありがとうございます。でも、食べてきました。お食事のあいだに、二、三質問に答えていただけませんか？」

イザベルの顔から陽気な表情が一気に消えた。

「もう質問なんかないんじゃないですか？　わたしが関係していることは、すべて決着がついたはずです」

スピアーズは居心地悪そうに片方の脚からもう一方の脚へと体重を移し替えた。

「ミセス・ドライデン、ご迷惑をおかけしてお詫びの言葉もありません。ですが、またぜひお話をうかがう必要があるのです」

「わかりました」イザベルはそう言って階段を先に立ち、白いダイニングルームへとケアードを案内した。椅子を勧め、みずからもいつもの場所に腰を下ろす。昼食を続ける気はないようだが、グラスに入ったワインを一気に飲み干した。

「それで、警部補、どのようなことでしょう？　お役に立てる話はもうなにもないとわかっていただけていると思っていました」

「残念ながら、そうではありません。ミセス・ドライデン。もうひとつ、話していただけることがあります。もっとも基本的なことです。事件にちょっとした進展があり、お聞きしていなかった点が事件の核心となって浮上しました。あなたの個人的な生活を掘り下げるようなことで、ほんとうに気が進まないことではありますが、職務上できるかぎりはっきりとうかがっておかなければなりません。もうそろそろ、シドニー・パーソンズがなにをネタに脅迫していたのか、話してくれませんか」

スピアーズはここで言葉を切った。イザベルは口をつぐんだままだ。椅子の上で身を硬くして座り、右手で神経質そうにワイングラスの脚をいじっている。

「ミセス・ドライデン、よろしければもう少し言わせていただきますが、うかがったお話は絶対に秘密にするとお約束します。しかし、このような約束なんて口先だけのものとなるでしょう。裁判になったら、なにもかも法廷に持ちださなければならないことくらい、あなたにもおわかりでしょうから。しかし、それがどれほど辛いと思われても、犯人を有罪にするためには、隠しごとをしてはならないということもおわかりですね。有罪にできるかどうか、その鍵はあなたが握っているのです」

「率直に話していただいたようですね、警部補。わたしを騙したり、困らせようという意図はないと」

「ええ。イギリスの警察は昔からそのようなことはしませんよ。しかし、それは市民の方の協力があればこそです」

ふたたびイザベルは黙りこんだ。スピアーズは落ち着き払って礼儀正しくしているが、少しもどかしくなってきて、はったりをかけることにした。

「ミセス・ドライデン、他意があるのなら別ですが、そうでないのなら、ご主人を釈放するためには、しかるべき人物を有罪にしなければならないと思っていただきたいのです。話してくれなければ、ご主人は危険な状態に置かれたままでしょう。ご主人は理解してくれるし、許してもくれるはずです」

イザベルの頬に色が戻ってきた。

「主人が危険な状態にいるのなら、なんでもお話ししましょう。でも、そうではないとわかっています。昨日、主人が副総監と会ったとき――黙秘をやめて話をしたとき――わたしもその場にいたんです。キャヴェンディッシュ少佐は話を聞き終わると、釈放は時間の問題だと請け合ってくれました」

スピアーズは心のなかでキャヴェンディッシュ少佐の女性に対する心遣いを呪った。

「レオが自由になるのなら、ほかになにか気にかけることはあるでしょうか、警部補。わたしは女であり、あなたの言う市民ではありませんが、シドニー・パーソンズが死んで残念だとは思いません。ひどいことを言っているように聞こえるかもしれませんが、あの男を殺した犯人に、ほとんど――感謝したいくらい。あいつは、もう何年も前、まだ若い頃、どう生きていいのかわかっていないときに起こった出来事をネタにわたしを脅迫していました。あの出来事のことは、ずっと後悔していましたが、シドニー・パーソンズが蒸し返し、目の前に突きつけてくるまで、記憶の底に沈めて忘れていました。警部補、むちゃを言わないでください。そんな思いやりのないことはできないはずです。気持ちを押し殺してなにが起きたのか話したら、法廷でそれをまた蒸し返されることになるのです。友人たちは忍び笑いを漏らし、翌日の新聞にも書き立てられることになるでしょう。わたしがレオポルド・ドライデンの妻だということで！」

「無理強いすることもできるんですよ」スピアーズの心に怒りがこみ上げてきた。

「話をしなければ」イザベルはさえぎるように言った。「罪を立証できないとおっしゃったでしょう。重要な証拠を提出することを拒んだことでわたしを共犯者にすることもできると脅すつもりなんじゃありません？　まあ、おそらくそうするつもりなんでしょうが、犯人を逮捕するまで、ずっとそうやって脅しつづけるつもりですか？　話は振り出しに戻りましたね。結局、パーソンズが殺されたからといって、ほかのもうひとりの人間を吊るして、なにかいいことがあるのでしょうか？　パーソンズのために、ネズミ一匹殺す価値もありません。まして、人間など！」

「それはわたしとは関係のないことです。言っておきますが、ミセス・ドライデン――あなたがそのような態度をとることについては、同情を禁じ得ないのですが――あなたはとても危険な立場をとろうとしている」

「そう」イザベルは挑戦的な態度に出た。「危険は覚悟しています。もうここまでにしましょう。心を決めましたので」

堪忍袋の緒が切れそうになるのを必死で押さえ込みながらスピアーズは椅子から立ち上がった。そのとき、電話が鳴った。

「失礼」イザベルは口早に言う。「電話は寝室にあります。玄関までおひとりで大丈夫ですね？」

スピアーズがぎこちなく頷くとイザベルは足早に部屋を出ていった。ドアのほうへ耳を傾けると、イザベルが電話に出た声が聞こえた。

「もしもし、どなた？　あなたなの、ロドニー？　ええ。夕食は無理？……また放送局へ——もう終わったんじゃなかったの？」ここでスピアーズがいることに気づいたのだろう、寝室のドアが閉まった。

今夜の実験のためにイザベル・ドライデンの夕食会が流れたことに、スピアーズは、一瞬、意地の悪い満足を覚えた。途方に暮れてはいたが、スピアーズは打ちひしがれてはいなかった。イザベルは勝手に質問を打ち切ったが、そうさせるつもりはない。こちらから話すきっかけを与えたのにそれに応えようとしないのなら、スチュワート・エヴァンズとの関係を事実としてつかんでいるわけではないが、推測をたくましくして単刀直入に迫ってみるつもりだ。おそらく、それでイザベルの防御壁は崩れるだろう。

だから帰るわけにはいかないのだと、いわば願望のようなものを胸にスピアーズはダイニングルームを出るとドアをあけて居間に入っていった。アームチェアに座り、腰を落ち着けて悠々とした態度をとった。

白一色だったダイニングルームと同じように、居間もここに住む役者の魅惑的な性格を反映したものだった。壁にはこれまでに好評を博したロンドン公演のポスターが貼られている。マントルピースの上には、ハムレットを演じたときに使った小型の剣（レピアー）が、ロミオ役とマクベス役で使った短剣のあいだに飾られていた。サイドテーブルの上にはガラスのケースが置かれ、なかには丁寧にラベルが貼られて過去の俳優たちの遺物が納められている。ギャリックとマクリーディーの三つの指輪、アーヴィングの首飾り、ルイス・ウォーラーの手袋、フレッド・テリーの嗅ぎ煙草入れ。実際、ピアノがなければ、演劇博物館かと思うほどだ。本棚に並んでいるのは演劇関係のものばかりだ。演劇評論、演劇に関するさまざまな歴史や各種の自伝、背表紙の子牛の革に金色の文字でタイトルが書かれた分厚い六巻本――『レオポルド・ドライデン　個人記録』

「参ったね。妻のほうじゃなく、ドライデンの過去を洗うのならよかったのに」スピアーズはひとりつぶやいた。「なにもかも記録している。最初のページには、出生証明書でも貼り付けているにちがいない。ひと月後にまた開いてみれば、おそらく今回の事件に関する記事の切り抜きがすべて整理されているだろう」

この六巻の大冊を眺め、ひとりの男の虚栄心がここに形となっているのだと思いながら、スピアーズははっとした。椅子から立ち上がり、ダイニングルームへのドアへ向かった。寝室へのドアは閉まっていたが、まだイザベルは電話中でそのかすかな話し声が聞こえた。ダイニングルームと居間とのあいだのドアをそっと閉めて、本棚に歩み寄った。ドライデンの六冊の切り抜き帳の隣に、布張りの地味な一冊が立てかけてあるのに気づいたのだ。背文字も記されていない。あわててそこに差し込まれたのは明らかだ。ほとんど隠れるようにして置かれているし、堂々とした六冊のすぐ脇にあるので重要そうにも見えない。スピアーズは思った。あれを開いたら、イザベル・ドライデンの個人的な記録が見られるのではないか？

もう一度肩越しに背後を振り返り、スピアーズはそれを手に取り、開いた。やった！　推測は正しかった！　イザベルの個人的な記録が保管されていた。家族の写真。ダンスのプログラム。手紙がはさみこまれているのは、地方紙の切り抜きと古いプログラムのあいだ……「古いプログラム！」スピアーズは思わず声に出した。『海の向こう』ではないか？」盗みを働いているという意識もないまま、スピアーズはそれを脇に抱えると本棚に背を向け、帽子を取って急いで階段を下った。電話がそれほど長く続くはずはなく、イザベルの目の前で切り抜き帳を調べるようなことはしたくなかった……

スコットランド・ヤードのオフィスに戻ってようやく、落ち着いて切り抜き帳を見ることができた。一ページずつめくっていくと、時代順に整理されているわけではなかったが、二二ページまできたとき、軍の競技大会のプログラムとサインの入った若い男の写真のあいだに、探していたものを見つけた。ブライトンのシェイクスピア劇場で行なわれた公演プログラムだ。一九二七年八月の一週間。数多くの広告のなかに器用に隠されていたのは、『勝手気ままに（おいおい、トプシー！）』。ハーヴェイ・カンバーランド作三幕もの笑劇』の公演プログラムだった。プログラムの端にはメモが記されていた。『勝手気ままに』地方巡業。一九二七年六月、七月、八月。ウェストン・スーパー・メアからフォークストンへ」

粗末に印刷された色あせた紙にスピアーズは素早く目をとおし、椅子の背に体を預けて悪態をついた。イザベル・パーマーはイーニッド・ファヴァシャムという役で名前が載っていた。アシスタントはミス・トプシー・レヴィン。主役のペットの犬も紹介されていた。特別に訓練された犬で、チッピングソドベリーに住むブラッドワーシー少佐から借り受けたらしい。しかし、スチュワート・エヴァンズの名前は見当たらなかった。別の名を使ってこのキャスト表のなかに紛れているのかもしれないが、ことはいっそう難しくなるだけだ。トプシーのすばらしい記憶力が蘇ってくれない限りは。シドニー・パーソンズがサム・バックリーという騎手役で名前が載っていたことが唯一の慰めだった。スピアーズはパイプに火をつけ、古いプログラムをいかめしい顔をして見つめていた。

「忌々しい！」そう言うとほとんど意識しないままもう一度キャスト表に目を向け、声に出して読みはじめた。

サー・クリストファー・ファヴァシャム	バリー・ロイド
その妻　レイディー・ファヴァシャム	アガサ・ウェルマン
イーニッド・ファヴァシャム	イザベル・パーマー
ジェラルド・ウィットビー	フランク・ハリス
〝キャッピー〟・バローズ　訓練士	テレンス・ブレイ
サム・バックリー　騎手	シドニー・パーソンズ
キャロライン　メイド	ジェラルディン・スタンリー
エヴァンズ　執事	

「エヴァンズ、執事――なんということだ！」スピアーズはそう言って繰り返した。

エヴァンズ　執事　　　　フィリップ・ネルソン

スピアーズはここで読むのをやめ、頭をかいた。

「いったいどういうこと――」

ゆっくりとスピアーズの表情が変わっていき、強ばり、厳しい顔つきになった。キャスト表をさらに詳細に見つめ、『勝手気ままに』のプログラムがはさんであった切り抜き帳の隣のページに男の写真があるのに気づいた。そこにはこう署名されていた。「友へ　エヴァンズ」

31　腕時計を比べる

放送局はよく船に譬えられる。ポートランド通りをオックスフォード・サーカスへ向けて突き進む船に。こうした譬えにのっとり、船の専門家の言い方にならうのであれば、船尾を北のリージェンツ・パークに向け、と言うべきであり……。

ジュリアン・ケアードはＢＢＣが船であることなどどうでもよかった――多くの人が真っ先にそう言うので、あえて意識することはなかったのだろう。しかし、スピアーズが最後の実験を行なう今夜、チャンドス通りからＢＢＣの建物に向かいながら、船に譬えるのも的を射たものであると認めざるをえなかった。今いるこの場所は、おそらく、BBCの建物を見るためには最適であろう。西側に長くのびる曲線部分がすべて見える。一階ずつ着実に積み上がった八階建て。夕暮れどき、明かりの灯った窓は、まるで地上から星へと続くはしごの横桟のひとつひとつが光っているようにも見える。

今夜は晴れ渡り、星がまたたいている。局の入り口近辺と通りの反対側にあるランガム・ホテル脇の舗道には人々が集まっていた。放送局の方の人だかりは、夜一一時から一二時までBBCのダンス・オーケストラを指揮するヘンリー・ホールのファンだ。もうひとつの集団は、イギリスにはよくいる犯罪現場を見たいという無言の野次馬たちである。規模は様々であるが、こうしたやじうまの集団は、シドニー・パーソンズが殺されてから毎晩現われる。制服姿の巡査がふたり派遣され、野次馬たちが噂話をささやきあい建物を眺めるだけで解散するように目を光らせていた。

オール・ソウルズ教会が一一時の鐘を打ち鳴らし、ケアードはゆっくりと通りを渡った。正直、この事件から逃れることができたら、なんだってやるという思いが強い。疲れていたし、気持ちもいらいらとし、なにが起こるのか不安でしかたがなかった。スピアーズを信頼する気持ちはすでになかった。建物の入り口でスチュワート・エヴァンズと出くわしたが、それで沈んだ気持ちが楽になるわけはなかった。ふたりは並んで玄関ホールを奥へ向かった。グリーンパーク駅でのことが起こってから、ふたりは口を利いていない。どちらも、最初に沈黙を破ろうという気にはなれなかった。ケアードが病的な感じなら、エヴァンズは死人のようだった。その頬は灰色で以前にも増してたるんでいた。暑い夜だったが、薄手のコートをはおり、襟を耳元まで立てている。黒い帽子は目深にかぶっていた。半分ほど吸ったタバコが下唇からぶら下がり、全体的にみすぼらしく、不健康な荒涼とした印象を与えた。ほっとしたことに、エヴァンズは荷物を預けにクロークへ行き、ケアードは実験が行なわれる7Cのある七階までひとりだけでエレベーターに乗ることができた。

関係者は徐々に集まってきた——バニスターはパトリシア・マースデンのフラットから直接やって来た。髪の毛を逆立て、意気揚々としている。エヴァンズはコートと帽子を脱ぎ、タバコもくわえていなかった。相変わらず陰鬱で不健康そうに見えたが、死人のような禍々しさはもはやなかった。ロドニー・フレミングは、ダブルのディナー・ジャケットの下襟に赤いカーネーションを一輪飾っていた。黒い髪を丁寧に後ろへなでつけ、いつもよりも物憂げな雰囲気がなく、パーティーを抜けださなければならなかったために、かなりいらだっているようだ。レオポルド・ドライデンは疲れ、憔悴して見えたが、背筋を伸ばして猛々しいほど傲慢な態度であたりを見ている。ミスター・コークランがすぐ脇に立ち、レインコートのポケットのなかに手錠を忍ばせているのだが、そんな事実など取るに足らないと挑んでいるかのようだ。

ケアードはドライデンに歩み寄り、手を差し出した。しかし、レオポルド・ドライデンは一歩退き、両手を背後にまわした。

「だめだ、ジュリアン。まだ握手は早い。一点の曇りもなく無実であると証明されたときには、喜んで握手しよう。それまでは、人との交流を断とうと思う」

そう言うとドライデンはスタジオの奥に置かれたカウチの端に腰を下ろした。コークランも後に従い、部屋の奥へ歩いていったが、途中、ガイ・バニスターの脇を通り過ぎるとき、陽気にウィンクをして小声で言った。

「若いご婦人たちによろしく」

約束の時間の二分前、最後にやってきたのがスピアーズだった。一緒に入ってきたのは腰が曲がって片眼鏡をかけた老人だった。古臭いデザインの光沢のある黒い服を着、旅行かばんのミニチュアサイズのような物を手に持っていた。

警部補はあたりを見まわした。副総監かファーカーソン将軍、いや、はっきり言ってふたりとも同席してもらいたかったのだが、これからやろうとしていることがスコットランド・ヤードの上層部から正式に認められることなのか、確たる自信がなかったので、あえてリスクを冒すような真似はせず、ふたりを招かなかったのだ。

「さて」ケアードが唐突に口を開いた。「全員集まったようだ。はじめようじゃないか」

スピアーズは驚いたような顔をした。

「ええ、そうですね。ひとりひとりに引き合わせるのはやめますが、みなさんにミスター・ヴァイスコップフを紹介します。ミスター・ヴァイスコップフは、時計の権威としてさまざまな機会にスコットランド・ヤードに協力してもらっています。スイス人ですが、何年も前にイギリスの市民権を得ています」ここでミスター・ヴァイスコップフは微笑み、愛想よく頭を下げた。スピアーズは先を続けた。「時計に関する知識では、イギリス、いや、おそらくヨーロッパでも並ぶ者がいないでしょう。さて、これからやろうと思っているのはこういうことです。みなさんご承知のように、『極悪非道の追いはぎ』の本番のさなか、シドニー・パーソンズが殺された場面は録音されていました。ミスター・ヴァイスコップフにもそれを聞いてもらいたいと思います。パーソンズの最後の台詞のすぐあとに時計の音が聞こえたとミスター・バニスターが指摘してくれたからです。これは犯人がはめていた腕時計の音だとわたしは思っています。というのも、パーソンズはあの晩、腕時計をしていませんでしたから。事件があった夜に腕時計をはめていたみなさんは、それを持ってきてくれたと思います。録音を聞いた後、ミスター・ヴァイスコップフにこのマイクロフォーン――事件が起こったとき、パーソンズが使っていたものです――を通したみなさんの時計の音をひとつひとつ聞いてもらいます。ミスター・ヴァイスコップフなら音を聞き分け、録音された音がどの時計から発したのか突き止めることができるでしょう――やるのはそれだけです。そこでみなさんの時計を預からせてください」

スチュワート・エヴァンズはいきなり立ち上がった。

「警部補、断固反対する。個人の自由の侵害だ！　こんなことをする権利が、あんたにあるとは思えない。マイクロフォーンで歪められた音と、それを録音してさらに音質が落ちた代物を証拠として、われわれのひとりを有罪にしようって言うのか？　刑事として仕事の仕方は心得ているんだろうが、おれには犯罪学の知識が豊富にあってね、それによるとその手の奇矯でいい加減、いや、誤ってさえいる証拠など弁護士は受け付けないだろう」

「ミスター・エヴァンズ」スピアーズは落ち着いてこれに応じた。「それはわたしの問題です。

時計をお願いできますか？」

　エヴァンズは味方をしてくれる者はいないかとあたりを見まわしたが、ドライデンはエレガントで女性がするような小さなプラチナの時計をコークランに手渡した。フレミングはあくびをしている。ケアードは盤面が黒い銀の小さな腕時計を差し出した。

「わかったよ」エヴァンズは不機嫌に応じた。「だが、みんな、おれが抗議したことを忘れないでくれ」

　そう言って時計を渡した。かなり重く古臭い腕時計で、珍しいくらい幅の広い革のベルトがついていた。

「ありがとうございます」スピアーズは時計を集めながら礼を言った。「おや、ミスター・エヴァンズ、あなたの時計、動いていません」

「昨夜、ネジを巻くのを忘れていたんだ。動かそうと思えば、すぐに動かせるよ」

　スピアーズは頷き、肩をすくませてその時計をミスター・ヴァイスコップフに渡した。ミスター・ヴァイスコップフは大きな身振りでネジを巻き、耳を傾け、微笑んだ。

「動いたよ。しっかりと時を刻んでいる。いい時計だ」

「当然だよ」エヴァンズは怒りを込めて応じた。

「そのようですね、ミスター・エヴァンズ。さて、ケアード、その録音テープとやらはどこで聞けるのでしょう？」スピアーズは尋ねた。

「ドラマ番組調整室がもっとも手間がかからないので、向こうで聞けるようにしてある」ケアードが言った。「準備ができたら、わたしが録音部に知らせに行こう」

「了解です」スピアーズは答えた。「ミスター・ヴァイスコップフとミスター・バニスターとわたしは調整室へ行きます。ほかのみなさんは、戻ってくるまでここでお待ちください。わたしがいないあいだ、ミスター・コークランがお付き合いします。それで、コークラン――」

「はい」

「録音テープを聞き終わったら、ミスター・バニスターに調整卓のスイッチを押してもらう。そうしたら、向こうの壁に見えるグリーンのライトが点灯する――わかるか？　五分後くらいだと思う」

「はい」

「グリーンのライトがついたらすぐに、ここに集めた時計をマイクロフォーンの前、一五、六センチのところにかざしてくれ。順番は問わない。死の直前にミスター・パーソンズが立っていた位置をミスター・ケアードが教えてくれる」

「了解です、警部補」

「一〇秒の間をとって時計をかざしてくれ――いや、それよりも、ミスター・バニスターにグリーンのライトをつけるようにしてもらうので、ライトが点灯したらマイクロフォンの前にひとつずつ時計を持っていったほうがいいな。ミスター・ヴァイスコップフが充分に検討して満足のいく結論に達したら、わたしはここに下りてくる」

「わかりました」

「おわかりだと思いますが」スピアーズはほかの者たちの方へ振り向いて先を続けた。「この実験のあいだ、みなさんにはここにいてもらいたいと思います。そのほうがあらぬ誤解を避けられますので。わたしが戻ってくるまで、いかなる理由があろうと、ここを出ないでください」

「真夜中までには終わるのかな、警部補？」ロドニー・フレミングが物憂げに言った。「女性を待たせているんでね」

「なるべく早くすませますよ、ミスター・フレミング。さあ、行きましょう、ヴァイスコップフ。ミスター・バニスター、案内してください」

「そうそう、バニスター」ケアードが言った。「廊下のはずれのブラットナーフォーンの部屋の前を通るだろ。ちょっと立ち寄って録音部のアグニューに二分ではじまると言ってくれないか。そうすれば余裕を持って調整室へ行くことができるだろう」

「わかったよ、ジュリアン」

バニスター、スピアーズ、ヴァイスコップフの三人は出ていった。

残された者たちは黙りこくっていた。部屋のなかはあまりに静かで、コークランが持っている時計がそれぞれ発する音が聞こえるほどだった。ケアードは時計が時を刻む音をぞっとする思いで聞いていた。音を聞き分け、劇的に活用するよう耳が鍛えられているので、四つの小さな時計が立てる音は大きく響き、死刑囚監房にいる囚人に最後の瞬間を告げるといわんばかりにケアードの耳を打つのだった。ドライデンは部屋の隅の椅子に深く腰掛けて長い脚を交差させ、腕組みをし、目は天井に向け、唇を歪めて陰気臭い冷笑を浮かべていた。ロドニー・フレミングはシガレットケースを出したが、ここは喫煙を禁じられていることを思い出し、いらいらした様子でふたたび蓋を閉めてポケットに戻した。エヴァンズは反抗的な態度をとって残っていた活力を使い果たしてしまったかのように、金属製の枠にキャンヴァス地を張った背もたれの真っ直ぐな椅子に体を投げ出すように座った。エヴァンズの体からすると椅子は小さすぎるように見える。片腕を斜めに背後へまわし、床を見つめたままじっとしていたが、時折、喉を痙攣させている。コークラン巡査部長だけは彫像のように座り、三つの腕時計を別々のポケットに入れ、ひとつ――レオポルド・ドライデンの時計――を手に持ち、指示されたとおりマイクロフォンから一五、六センチのところにかかげようと、ネズミの巣穴を見張っている猫のようにグリーンのライトを見つめて点灯するのを待っている。この五分間、ケアードは無限に続くかのように思われた。壁に詰め物をしたスタジオの人工的な環境はまだいいとして、ドライデンの不自然なまでの落ち着き、フレミングのいらいら、神経をすり減らしたエヴァンズ、ケアード自身も不安に駆られ、スタジオの雰囲気は息が詰まりそうだったが、息苦しい原因はほかにもあった――真犯人がここにいるということ。壁にかかった時計が秒針を刻んでいき、ケアードは周りにいる人たちを見渡し、目の前で殺人が忠実に再現されるのではないか、両手から血が滴るのが見えるのではないかと半ば本気で恐れた。スピアーズは真犯人を知っているにちがいない。塹壕のなかの射撃用踏み台にうずくまっているようなものだとはじめて気づいた。秒針が時を刻んで攻撃開始時間となり、攻撃は現実のものとなる。殺人、突然の死……。

グリーンのライトが灯った。コークランは自動人形のようにゆっくりとした動作で最初の腕時計をマイクロフォンにかざし、そのまま動かさなかった。壁の時の秒針が一〇秒を刻んだ。グリーンのライトが、ふたたび点灯し――さらに一回――もう一回、そのたびにほかの時計でも同じことを繰り返していった。

終わった。コークランは四つの時計を手に持ったままスタジオのドアまで歩いていき、寄りかかって立った。しかし、誰ひとり外へ出ようとする素振りは見せなかった。

「なあ、頼むよ、みんな、なにか話そう」ロドニー・フレミングが我慢しきれなくなって言った。

「われわれのなかのひとりが殺人犯だとしても、みんな耳が聞こえなくなったわけでも口が利けなくなったわけでもあるまい。これでなにかわかったのなら、あの爺さんはとてつもない才能の持ち主ってことになる。どう思う、ジュリアン。長年、局で働いているんだから、音の権威なんだろ？」

「さあ、わからんよ」ケアードは居心地悪そうに小声で答えた。

スチュワート・エヴァンズがいきなり上向いた。

「そういう方法をアメリカ的って言うんだ――まったくアメリカ的だよ」吐き捨てるように言う。「裁判所で質問されることになるんだ。こんなふうに扱われて、どうして我慢しなければならないんだ――」

しかし、エヴァンズはここで口を閉ざした。スピアーズ、ヴァイスコップフ、バニスターが戻ってきたからだ――バニスターは顔を上気させ、ヴァイスコップフは微笑み、手をこすり合わせている。スピアーズは痩せた顔を石のように強ばらせていた。

「みなさん、ご協力ありがとうございました」スピアーズは礼を述べた。

「誰もここを動きませんでした」コークランは報告した。

スピアーズは顔をしかめ、エヴァンズが嚙みついた。

「この実験はおれたちの神経を試そうとしただけなのか？　そういうことなら、最悪なんてもんじゃない」

「ミスター・エヴァンズ」スピアーズは穏やかに応じた。「これからは、あまり口を開かないほうがいいと思いますよ。実験は大成功でした。ミスター・ヴァイスコップフは時計を特定することができたからです。コークラン、ミスター・ヴァイスコップフに時計を渡してくれ」

「それで」ケアードが絞め殺されたような声で言った。「誰の時計だったんだ？」

「まだ終わっていないんですよ」スピアーズは答えた。「ミスター・ヴァイスコップフに時計の音を立証してもらいましたが、今度はみなさんに実験に参加してもらいたいと思います。どのように犯罪が行なわれたか、はっきりさせることにもなりますので」

「そんなことは必要ない。時間の無駄ではないのか？」ロドニー・フレミングが言った。

「犯人がわかっているのであれば。あとはただ」――ここで効果的に間をとった――「犯人を逮捕して、わたしたちはふつうの生活に戻る」

「長くはかかりませんよ、ミスター・フレミング、お約束します。早くお帰りになりたいのは承知しています。さて、これから行なおうとしているのはこういうことです。ミスター・ケアード、事件が起きた夜と同じ行動をとっていただけませんか？　タイミングがちょうど合うように。わたしが殺人犯の役をやりましょう。これでようやく、すべてが明らかになると思います」

32　どのように犯行がなされたか

「みなさんにはふたたびお願いしますが」スピアーズはここでひと呼吸置いて先を続けた。「ミスター・ケアード以外の方は、今いる場所を動かないでいただきたい。ミスター・ヴァイスコップフにはシドニー・パーソンズの役を演じてもらうことにしましょう。ちなみに、ここにミスター・パーソンズが使っていた台本があります。ミスター・バニスター、わたしとミスター・ケアードと一緒にドラマ番組調整室まで来てくれませんか？　ミスター・パーソンズの独白を読み上げてもらう合図を調整室からミスター・ヴァイスコップフに送ってもらいたいんです。ケアードには調整室を出て６Ａへ向かってもらいます」

バニスターは頷いた。

「ところで、ケアード、ドラマ番組調整室へ行くときに、このスタジオと三角形のリスニングルームを隔てるガラス窓のカーテンを開けてもらえませんか？　ここにいるみなさんに、殺人犯がスタジオを出たあとの行動をたどってもらえるようにしたいんです」

「了解」ケアードは答えた。

「犯人が被害者を殺害してすぐに行った場所で、みなさんはわたしの姿を見つけることになるでしょう。先ほどのように、コークランの指示に従ってください」

スピアーズは、ケアードとバニスターのためにドアを開き、ガラス窓のカーテンが開くのを確認してから廊下へ消えた。

7Cの部屋の空気が先程は張り詰めていたとしたら、今回は電気が走っているのではないかというほどピリピリしていた。

ドライデンは見せかけの落ち着きをかなぐり捨てて部屋を行ったり来たりしはじめた。コークランに肘をつかまれ、ドライデンはなにかに刺されたかのように飛び退り、ふたたび椅子に腰を下ろすと両手を片方の膝に置いて固く握りしめた。フレミングは乾ききった唇をなめて湿り気を与えた。エヴァンズが卒倒寸前であるのは明らかだ。カラーをいじり、独り言をつぶやきはじめた。

しかし、今回は緊迫した空気もそれほど長く続かなかった、ガラス窓の向こうで青白い顔を引きつらせたケアードが、三角形のリスニングルームを出て6Aへと足早に向かうのを眺めた。それとほとんど同時に7Cのグリーンのライトが点灯し、ヴァイスコップフがパーソンズの独白を読みはじめた。それから数秒後、7Cのドアがそっと開いてスピアーズが戸口に姿を現し、つま先だってなかに入った。手袋をはめている。音を立てずにドアを閉め、忍び足でヴァイスコップフの背後に近づいた。ヴァイスコップフは台詞の最後にさしかかり、半ば振り向いてスピアーズを見た。ここでセリフを途切らせた。

「おい（グッド）、エヴァンズ、おまえ――」ヴァイスコップフは喘ぎながら言った。

スタジオに集まっていた数人の男たちの見ている前で、スピアーズは左手でヴァイスコップフの口を押さえ、右腕を喉に巻きつけた。ほんのわずかのあいだ、腕時計をはめたスピアーズの左手首は、マイクロフォーンから一五、六センチのところにあった。それからヴァイスコップフの体から力が抜け、スピアーズは左手も右手に添えて小男の喉を締めつけて絞め殺す真似を続け、押し黙ったままヴァイスコップフをスタジオの床に横たえた。それからスピアーズは、死んだ男の台本の表紙を破り取り、ふたたびつま先立ってドアまで戻ると、入ってきたときと同じように音も立てずに出ていった。

スチュワート・エヴァンズが大声をあげた。

「冗談じゃない！　これはでっち上げだ。おれの名前を言うなんて！　あいつは――」

「うるさい！」コークラン巡査部長はさえぎった。「黙っていろ！」

三角形のリスニングルームにふたたびスピアーズが姿を現わした。ポケットからもうひと組の手袋を取り出し――へりに波形の模様が施され、手首覆いのついた手袋は、明らかにレオポルド・ドライデンの物だ。これをヒギンズのロッカーに放り込んでドアを閉めた。依然として落ち着いた態度でマッチを擦った。台本の破り取ったページはこよりのようにねじられており、その端に火を移し、じょうご型の灰皿のなかへ入れた。それからまた姿が見えなくなった。八〇秒ほどするとジュリアン・ケアードがふたたび三角形のリスニングルームを横切って反対側へ行き、調整室へ戻っていった。

「これで終わりでしょう」コークランは言った。「あとは警部補がどこにいるかです」

「すぐに出してくれ」エヴァンズは叫び、ドアへ駆け寄った。「まったくの茶番だ。証拠をでっち上げやがって――おれは階段なんか上っていない。あの晩、四階より上には行ってないんだ。出してくれ。ちくしょう！」

コークランは無視してドアを背にして立っていた。

「これから申し上げる順番でここを出ます」警官として公務にあたっている者にふさわしい声だと悦に入っている。正直な話、コークランはこの状況を楽しんでいた。「ミスター・フレミング、ミスター・エヴァンズ、ミスター・ドライデン、それからわたし。スピアーズ警部補がいると思われるのは、第一ドラマ番組調整室、スタジオ6Aに続いているリスニングルーム、スタジオ6A、それから四階のスチュワート・エヴァンズのオフィス。申し上げておいたほうがいいでしょうが、行動を共にしたくないというのなら」コークランはスチュワート・エヴァンズの顔にまっすぐ視線を突き立てながら言った。「警部補は私服警官をふたり、玄関ホールに配置しています。夜のこの時間、この建物から出るのはそこを通るしかありません。さて、ミスター・フレミング、先導していただけますかな?」

コークランは脇にどいてドアを開けた。

フレミングは立ち上がり、髪を手ですいた。

「ありがたい。とにかく、廊下ではタバコが吸える」フレミングはシガレットケースを取り出し、ドアを抜けた。エヴァンズはフレミングのかかとを踏みつけるような勢いでその後に続き、レオポルド・ドライデン、それからコークランがしんがりとなって部屋を出た。

いきなりエヴァンズが苦痛の声を上げた。フレミングがつま先を思い切り踏んづけたからだ。フレミングのシガレットケースが床に落ちた。

リスニングルームの6Aに通じるドアは開いていた。スピアーズはそこに腰掛けて受話器を耳にあてていた。ちょうど、事件の晩、ケアードがスタジオ６Ａから調整室に戻る途中でのぞいたときにフレミングがやっていたように。

33 逃走

このとき、ジュリアン・ケアードがバニスターと並ぶようにしてドラマ番組調整室からやってきて、スピアーズの事件再現劇に加わり、三角形のリスニングルームのドアを開けた。

その瞬間、一同はまるで蠟人形のようにその場で微動だにしなかった。いや、第二場の幕が開くのを待つ役者といったほうがいいか。それからふたつのことが同時に起こった。スピアーズが受話器を置き、ロドニー・フレミングが悠々と床に屈みこんでシガレットケースを拾った。

「ミスター・エヴァンズがあのように言ったのも無理はないって気になってきたよ、警部補。こんなやり方は――」

「当然でしょう」スピアーズはさえぎった。「シドニー・パーソンズ殺害容疑で逮捕します。正式に警告しておきますが、これから口にすることはすべて記録され、証拠となります」

「そんな、ロドニーが――！」ケアードは息を荒くしながら言った。「スピアーズ、無理だろ――」

「これはまた巧妙に仕組んだ罠なんだろ」フレミングが言った。すでにゆったりと構えた話し方ではなかった。「警告しておくが、この手の茶番には我慢がならないよ、警部補。わたしには完璧なアリバイがある。それはご存知だろう。任務を完全にまっとうせず、電話の話し相手から事情を聞いていないというのなら別だが」

「その点を議論する気はありませんよ。あのアリバイは、実に巧妙に仕組んだものだ。電話を受けたのはまちがいないし、通話が六分間続いたのも動かしようのない事実です。しかし、電話で話をしていたのは、ひとりだけだったんですよ、ミスター・フレミング。つまり弟さんがひとりで書き直した脚本を読み上げていたんです。どれくらい時間がかかるのか計ったところ、ちょうど五分半でした。弟さんが書き直した箇所を読み上げているあいだに、あなたはシドニー・パーソンズを殺した」

「とても独創的だよ、警部補。法廷でそれを証明することができればいいんだが。どうしてわたしがパーソンズを殺さなければならないのか、教えてくれるかね?」

「殺した理由は、パーソンズが脅迫していたのはミセス・ドライデンだけではなかったからです。あの男はあなたも脅迫していたんですね。あなた方から別々に金をまきあげようとしていたんですが、ネタは同じだった――数年前、『勝手気ままに』という芝居の巡業中にあなたとミセス・ドライデンが関係を持っていたということです」

ロドニー・フレミングは警部補から目をそらすことはなかった。

「すばらしい想像力だね、警部補。殺人事件を再現して見せてくれたが、パーソンズは死の間際で犯人を〝エヴァンズ〟だと言ったようだが、それはどうしてか説明してくれるかな?」

「ミスター・フレミング、先ほどの芝居の巡業中、あなたは別名で舞台に立っていた。フィリップ・ネルソンという名前を使っており、あなたが演じていた召使がエヴァンズだった。キャストはエヴァンズという役の名前であなたを呼ぶようになったのは、まちがいないでしょう。そういうことってよくあると聞きました。それでも否定しますか？」

そう言ってスピアーズはポケットから写真を取り出した。イザベル・ドライデンの切り抜き帳にあった写真だ。ブライトンのシェイクスピア劇場で行なわれた『勝手気ままに』のプログラムがはさみ込まれていた隣のページに貼られていた。

ケアードは身を乗り出してのぞき込み、友人の若い頃の写真であることを見て取ると気分が悪くなった。写真にはまちがいなくロドニー・フレミングの筆跡でサインが記されていた。「友へエヴァンズ」……

スピアーズは一歩前に歩み出た。

「これで義務は果たしましたね。すべて明らかにしました。さて、おとなしく来ると約束してくれますか？　それとも、こいつを使わなければなりませんかね」警部補はこれみよがしにポケットのなかの手錠に触れた。

「人殺しの約束を信じると？　人を信用するんだね、警部補。好きなようにすればいい」ロドニー・フレミングは、ずっと手に持っていたシガレットケースをポケットに滑り込ませた。一瞬、気づくのが遅かった。スピアーズはフレミングの手がジャケットの脇ポケットではなく、ズボンの尻のポケットにのびていくのを見てとった。と同時にフレミングは横へ飛んだ。背後の廊下にはエレベーターまで誰もいない。そこにいた全員が自分たちに向けられたオートマティックの銃口を見つめた。

「誰も傷つけたくない。エヴァンズ、おまえ以外はな。ジュリアン、きみは友だちだった。レオポルド、きみもだ。警部補、あんたは頭が切れるよ。だが、手錠をかけられてここから出て行くつもりはない。残念ながらな！　放送局で第二の殺人が起こるなんて、誰も望んでいないだろう。だが、一歩でも動けば、誰であろうと死ぬことになる——こいつが火を噴く」

ロドニーは後ろへ下がりはじめた。唇を引き結び、邪悪な銃口の上で瑪瑙(めのう)のような目は微動だにもしない。

ケアードは立ったままじっと銃を見つめた。一瞬、なにもかもがどうでもよくなってしまった。エヴァンズとドライデンは、慎重に振る舞うのが勇気の証と思ったのだろう、射線から外れようとあわてて7Cへ戻っていった。しかし、スピアーズもコークランも肉体的な危険に直面しただけでたじろぐような男たちではなかった。コークランは乱暴にスチュワート・エヴァンズを押しのけて廊下を突進し、スピアーズもすぐ後ろに続いた。さらにこのような場面にはまったく相応しくないミスター・ヴァイスコップフもふたりにならい、その外見からすると驚くほど敏捷に反応した。走っているうちに背筋が伸び、小柄ながらも若い男の姿になった。ミスター・ヴァイスコップフのほんとうの名前は、スコットランド・ヤードの正式な名簿によるとウィンターである。「どんな者にでも変装し、機械の専門家を装うことができる特異の才能の持ち主である」という意味のメモがそこに添えられている。

公平な立場から言うなら、フレミングには撃つ気はなかった。先手を打つことができると思っただけであり、後ろを向いて走りだした。廊下のはずれで左に曲がれば、三歩でスタジオタワーを縦に貫く階段がある。ここを下っても玄関ホールで必要な場合に備えて待機している私服警官の腕のなかに飛び込むだけだろう。しかし、あいにく、フレミングは放送局のレイアウトに精通していなかったのでうっかり右へ曲がってしまった。フレミングはすぐに気づいたのだが、この廊下はスタジオタワーとオフィスのあいだを走っている。刑事たちが背後に迫っている。このまちがいがフレミングを動揺させた。時間がない。どうやって逃げるか別の方法を考える余裕もなかった。走るだけだ。薄暗い照明に照らされた廊下を走り、突き当りにあった両開きの扉を押し開けた。八階の技術者用調整室へ上がってその部屋を通り抜け——部屋は八階すべてを占めている——そのままスタジオタワーの階段へ出れば、追っ手を引き離すことができる、あるいは、とにかく追ってくる者たちを混乱させることができると思ったのだろうか。フレミングがなにを考えているかわからなかったが、スピアーズが驚いたことに、両開きの扉を抜けたあと、フレミングは階段を下りずに上っていった。

「馬鹿な真似はやめろ！」スピアーズは大声をあげた。「逃げられない——入り口で捕まる！」

しかし、フレミングは笑っただけだった。七階と八階の途中にある踊り場まで来ると後ろを向き、一発放った。弾丸はスピアーズの頭上三〇センチほどのところにあったドアの窓を打ち砕いた。ガラス片は四方に飛び散り、スピアーズの頬をギザギザに切り裂いた。スピアーズはうめき、よろめいた。コークランは振り返ってスピアーズに弾が当たっていないか確認した。速度を緩めずに走り続けたのはウィンター巡査、つまりヴァイスコップフで、階段を駆け上がっていく。ちょうどその時、フレミングは踊り場の窓を持ち上げ、バルコニーへ出ていった。鉄製の手すりにのぼり、旗を掲げる柱を屋根へとよじ登っていった。ウィンターは飛び上がってその脚をつかもうとしたが、顔面に強烈な蹴りを食らい、眼鏡が砕けてその場に倒れこんだ。それと同時に、窓の外に浮いていたフレミングの脚が上の方へと消えた。探していた手がかりを見つけたのだろう。

「ちくしょう！」スピアーズはハンカチで顔の血を拭った。「屋根へあがっていった。ああ、ケアード——よかった。上に逃げ道は？」

「わからない。技術関係の人間しか屋上へは上がらないんだ」

「ほんとうに？　あいつに逃げるチャンスを与えようとしているんじゃないでしょうね」

「冗談じゃない、スピアーズ。あいつは友だち——友だちだった。人を殺しただなんて、今でも信じられない」

「いいですか」スピアーズはもどかしげに言った。「信じてくれていい。あいつが犯人です。捕まえなければならない。ミスター・バニスター、あなたは？　なにかいい考えは？」

「ガイ、なにか言ってくれ。あいつをなんとかしなければ」ケアードの声には悲痛な思いが表われている。

バニスターは困惑した表情を浮かべた。

「調整室にいる担当エンジニアを呼んでこよう」ようやくそう言った。「彼ならわかるかもしれない」

「お願いします。ウィンター、きみはここにいてくれ。ひょっとしてまた下りてくるかもしれない。その場合は脚から先だろうから、銃を心配する必要はないが、頭を出してやつの姿を見ようだなんて思うな。また痛めつけられるだけだからな」

「了解！」ウィンターは笑顔で答えた。

「それから」スピアーズは続けた。「頼むから、そのかつらはもう取ってくれ。さて、ミスター・バニスター、担当エンジニアはどこです？」


ランガム・ホテルの外に集まっていた野次馬たちは、徐々にいなくなっていった。オール・ソウルズ教会の鐘が真夜中を告げた。ヘンリー・ホールは、ファンにサイン攻めにされてその場を去っていった。制服警官はすでにあくびを隠そうともしなかった。トウィッケナムに住むミス・エミリー・ベイカーは、地下鉄の最終電車を逃してでも殺人犯を見なくちゃと大きな声で馬鹿げたことを口にした。教師のウィリアム・ヒックスは野次馬たちを眺めながら、まったくの時間の浪費をしてしまったとみずからを責めるのだった。ここに集まったさまざまな人たち、愛想のよい一般の人たちも、気持ちのよい夏の夜なのにどうして二時間も三時間もなにも起こらない建物をじっと眺めていたのだろうと軽い後悔の念を口にするようになった。

小さな声で笑い合い、腕をお互いの腰にまわして立っていた若いふたりの女が、甲高い声を上げた。繁盛している肉屋の店主ミスター・サミュエル・タブズは、ウェストロンドンで夕食を食べたあと、家に帰る途中、二、三分前からこの野次馬に加わっていた——ウィスキーとポートワインの酔いのせいで少し陽気な気分になっていたことは認めなければならない——いきなり大声で言った。

「聞こえたかい？　今のは、銃声だ！」

ウィリアム・ヒックス先生はぶっきらぼうに応じた。

「銃声なもんか」

トウィッケナムに住む婚期を過ぎた中年女性は、軽い調子で言った。

「ドアが閉まった音でしょう」

「ドアが閉まる音だって？」ミスター・タブズは喧嘩腰で言った。「だてに四年間戦場にいたわけじゃないんだ。あれはピストルの発射音だ。信じてくれ。銃のことでは一家言持っているんだ」

ふたたび人々が集まりだし、興奮した口調でささやき合っている。笑い合っていた若い女たちが、また甲高い声を上げ、ひとりが屋根の頂きのあたりを指さした。

「あそこに男が！」

「まさしく」ミスター・タブズは専門家らしく応じた。「隠れようとしているようだな」

屈みこんだ小さな影は大きな金属製の換気装置の後ろに消えた。

「追いかけている者がいる！」ヒックス先生は緊迫した声でささやいた。ほかにも二、三のぼんやりとした人影が、星空を背景に現われた。

スピアーズにとって放送局の屋根の上で人を追うことは、警官になってからもっともスリリングな経験と言ってもいいだろう。峨々たる山の頂きで追跡しているようなものだ。両側は断崖絶壁、前方にはただ星空が広がり、格子造りの細長い鉄塔が立ち並んでいるだけである。鉄塔の先に試験的に取り付けられた短波送信機は、まるで奇妙な鋼鉄の指を無限の空間へ向かって伸ばしているように見えた。

もちろん、彼らが屋根の上に姿を現わすのは時間の問題にすぎなかった。屋根に上がる方法はひとつしかない。スピアーズ、コークラン、ガイ・バニスターは、旗を掲げるポールを登って落ちるようなことは避けたかったので、専用の通路を通って屋根の上に出た。しかし、追っ手のうち武装しているのはスピアーズだけだった。ロドニー・フレミングのピストルには、おそらくまだ七発の弾丸が装塡されているはずだ。三人は鉄塔のあいだ、大きな金属製の通気孔の影のなかを進んだ。まるで無人の荒野で追跡劇を演じているようだった。弾丸が金属に跳ね返る音が響いた。遥か下、ポートランド通りの舗道からはかすかに悲鳴が漂い聞こえてきた。

スピアーズもピストルを引き抜いた。スコットランド・ヤードのもっとも誇るべき伝統にのっとり、こんなものを使うのは嫌だったが、フレミングは死に物狂いになっているようであり、やむを得なく銃を抜いたのだ。ここぞというチャンスを狙った。スピアーズは隠れていた場所から立ち上がった。夜空を背景にその痩せた体がくっきりと浮かび上がる。狙いをつけてリボルバーを構えて叫んだ。

「これが最後だ、フレミング。諦めろ。銃を捨てて手を上げるんだ」

聞こえてきたのは、嘲り笑う声だけだった。それからフレミングは、隠れ場所から飛び出した。南側に二本そびえる鉄塔のたもとに屈みこんでいたのだが、屋根の端へ向かって走り出した。追跡してくる者たちを振り返り、弾丸がなくなるまで連射した。コークランは左の膝を撃ち抜かれ、バニスターは、次の日、銃弾で開いたコートのふたつの穴を自慢気に話すのだった。しかし、スピアーズには一発も当たらなかった。フレミングの最後の一弾が放たれると、スピアーズのリボルバーの音がより深く響き渡った。

ピストルを握ったフレミングの手首に弾丸は命中した。その衝撃でフレミングは体を半回転させた。一瞬、その横顔をスピアーズは見た。無頓着で物憂い表情はついに消え、恐怖と絶望に歪んでいた。屋根の上にピストルが音を立てて落ち、それから——手首の傷の痛みからバランスを崩したのか、それともみずからそうしたのか、わからないが——フレミングはラグビーでタックルされた選手のように横ざまに、左肩から倒れこみ、三十数メートル下の舗道へとまっすぐに落ちていった。

34　スピアーズの説明

一週間後。

怒号と喝采は収まっていった。バルカン半島では新たな危機が勃発し、バーチントン・オン・シーでは魅力あふれるタイピストが、恋人に喉をかっ切られる事件が起き、新聞界はＢＢＣ殺人事件のことをすっかり忘れた。スチュワート・エヴァンズは、神経が参ってしまって一カ月の特別休暇を取ってロンドンを後にした。コークラン巡査部長は入院している。ロドニー・フレミングのひどく損傷した死体の検死のことが突発的に新聞の見出しになったものの、大々的なニュースになることもなかった。フレミングはゴールダーズ・グリーンで火葬された。レオポルドとイザベルのドライデン夫妻はアメリカへ行ってしまった。複雑な性格のなかでも風変わりな一面を形作ったレオポルドなりの良識に従い、大いなる名声を手中におさめる機会をつかんだのだ。イギリスの新聞各紙にはしばらく当惑したような記事が載っていたが、レオポルドは大西洋の向こうの国でみずからを主役にしたシェイクスピア劇の巡業を企画し、少なくとも一年をかけてアメリカの主要都市をまわることになった。

ジュリアン・ケアードはロンドンに残った。エヴァンズと同じように、ハーバート・ファーカーソン将軍から特別休暇を与えられたが、ロンドンに留まって仕事を続けることを選んだ。フレミングの悲劇がかなりこたえた。あらかじめ覚悟はしていたものの、精神的な打撃は予想をはるかに上回った。ケアードは誰とでもかんたんに友だちになる男ではなかったし、いったん友人となった者たちを過小評価することはなかった。どこかへ出かけたほうがいいとさまざまな人たちから言われた。南フランスへでも行って、暖かな陽光のもと、オレンジの木々の下で蟬の声でも聞きながらのんびりとくつろぎ、グリーンの鎧戸を備えたピンクや黄色の屋敷が真っ青な海の傍らに建ち並ぶのを眺め、フランス産の安い葉巻をくゆらし、ベルモットカシスでも飲んで『極悪非道の追いはぎ』、あの不幸なラジオドラマのことは忘れるようにと勧めてくれたのだ。しかし、どこかへ出かけてもロドニー・フレミングの顔、よく知っている物憂いが陽気な表情ではなく、それとはまったく別のピストルの向こうに見た顔が、心に浮かんでくるだけではないのかと恐れた。いや、目に浮かんでくるのは、階段の踊り場の窓から屋上へ必死になって上っていくときに揺れていた二本のあがき苦しむような脚だろうか。

だからジュリアン・ケアードはロンドンに残ることを選んだ。ガイ・バニスターは、まさに青天の霹靂、会ったこともない叔母からちょっとした遺産を受け継いで裕福になり、主にジュリアンを励ますためにソーホーのレストランの個室を借りて夕食会を開いた。スピアーズ警部補、トプシー・レヴィン、そして——いささか場違いながら——パトリシア・マースデンを招待した。夕食会を催したのにはいくつかの動機があった。正直に認めるなら、好奇心を満たしたいということ。ミス・レヴィンからは大いに、ミス・マースデンからは多少なりとも勇気をもらったのでそれへの感謝の気持ちもあった。しかし、なによりもスピアーズに話をさせて、ジュリアン・ケアードに聞かせてやりたかった。そうすれば、ジュリアンは事件を最初から最後まで現実に則して眺め渡し、適切な視点から事件を解釈でき、恐怖と後悔の念から歪んだ考えを払拭できるのではないかと思ったのだ。

ガイ・バニスターは夕食が終わるまで、この話題をうまく避けるように話を導いた。しかしブランデーが運ばれてくると、切り出す頃合いだと判断した。

「さて、警部補」ガイ・バニスターは切り出した。「公職守秘法とか、その手のもの——いろいろあると思いますが——そいつにどれくらい縛られているのかわかりませんが、とはいえ——」

スピアーズは笑った。

「そう来ると思っていましたよ。でも、楽しい思いに水を差すのではないかと、そちらから切り出すまで控えていました。特にミスター・バニスター、あなたがせっかく設けてくれたこの場を台無しにしたくなかったんです。あの事件にはうんざりし、聞きたくもないんじゃないですか？ケアードが事件を振り返りたいわけがないと自分を抑えていたんですが」

ケアードは餌に飛びつくように立ち上がった。

「なにもかも、もう一度、最初から聞けるのであれば、忘れることができるかもしれない。はっきり言って、スピアーズ、いろいろと説明されていないことを話してくれたら、ずいぶんと救われると思うんですよ。あなたが正しかったと思っている――いや、正しかったんだ。だが、あいつはかつて同じ部屋で暮らし、ともに笑いあい、ドラマのリハーサルをした男です。そんな男に対する見方をがらりと変え、人殺しだったと思えったって、そんなことは、おいそれとできることではない。価値観を正反対に変えることなんですから」ケアードはここで言葉を切って、ブランデーを飲んだ。

「ねえ、話してちょうだい、警部補さん」トプシーが口をはさんだ。「だって、わたしだって一役買っているんだもの、そうでしょ？」

「まったくそのとおりだよ、ミス・レヴィン。きみの助けがなければ、事件を解決できたかどうか、わからないくらいだ」

「じゃあ、話して」

「わかった。話が退屈になったら、いつでも言ってほしい。

さて、みなさん、この事件の奇妙なところは、極めて単純でありながら、とても複雑だという点です。複雑だというのは、もっぱら驚くべき条件下で犯罪が行なわれたということです――ほかの場所では繰り返すことができない特異な条件下であり、もちろん、前例はありません。放送局のスタジオで人が殺されたことなどないのですし、今後、同じようなことが起こるとはほとんど思えません。しかし、犯罪そのものは単純極まりないことです。これは犯罪者の立場からすると、有利な点です。ミスター・エヴァンズが、いつか、一流の犯罪というのは単純なものだというようなことを言ってましたが、それはたしかに真実です。そこで、実際はどうであったのかまずお話しし、次にどのようにして手がかりを得たのか説明を加えるのが一番わかりやすいと思います。

シドニー・パーソンズは役者としては成功しませんでしたが、常習犯とまではいかなくとも人を脅迫してはそれなりに稼いでいました。芝居の世界で落ち目になると、この第二の手立てにますます頼るようになっていったのです。パーソンズにとって運が悪かったのは――おそらくミセス・ドライデンから金を巻き上げるのはわけなかったからでしょう――ミセス・ドライデンを脅したのと同じネタを使ってロドニー・フレミングまで毒牙にかけようとしたことです。パーソンズはふたりがお互いに脅迫されていることを悟られないようにした。しかし、イザベル・ドライデンのようにビクビクした、かなり平凡で小心な者を脅迫するのとロドニー・フレミングのような男を脅迫するのは、まったく別のことでした。イザベルは夫に知られることを恐れ、自分の評判に傷がつくことを心配し、弱い性格に固執するばかりで前向きに考えることができなかった」

「かわいそうなイザベル」ジュリアン・ケアードはささやくように言った。

「しかし、ロドニー・フレミングはまったく事情がちがいました。もちろん、この手のことには詳しくないのですが、フレミングは脚本家として一流になろうとする気力満々だったのではないでしょうか。そして、最初に構想した犯罪劇こそ、わたしが舌を巻いたパーソンズ殺害だったというわけです。しかし、フレミングはいくつかの点でたいへん運が悪かった。彼のしでかしたことは、次のとおりだと思います。あのドラマ、『極悪非道の追いはぎ』を書いたとき、ふたつのことが頭にあったのではないでしょうか。この作品を書き上げたことが知られたら、すぐにでもパーソンズは自分に役を与えろと脅してくるだろうということ――実際にそうなりました――もうひとつは、ラジオドラマを制作する上での技術的なこと。つまり、それを利用することにより、本番中にまったく不可解な方法でパーソンズを殺害することができるのではないかと考えたのだと思います。あのドラマは、すべてパーソンズ殺害という目的に向かって構成されていた。ケアード、だからフレミングは執筆前にドラマ制作上の技術的なことやスタジオの配置についてできるだけのことを知ろうとしたのです。最初にスコットランド・ヤードで話を聞いたときに、フレミングはその手がかりを与えてくれていたのですが、わたしが愚鈍だったせいで気づかなかったんです。

こうして、フレミングは脚本を書き上げ、それが採用されることに決まった。パーソンズは役をよこせと言ってきて、フレミングはケアードをなんとか説得して役を振ったが、重要な役ではなかった。フレミングは、ためらいがちながらも、端役での出演をパーソンズに申し出たにちがいありません――ただ独白して殺されるだけのシーン。それだけなら、ケアードが拒否する理由もまったくありませんし。ほかの出演者たちをひとつのスタジオに集め、パーソンズひとりだけ別のスタジオにいるように場面設定をし、ドラマのほかの部分はこれをもとに構成していったのでしょう。

さらに当然ながら、ロドニー・フレミングはパーソンズのところへ行かなければなりません。ドラマ番組調整室にいたのでは、これは無理です。パーソンズのいるスタジオまで距離がありすぎ、調整室にいないことがすぐにわかってしまうでしょう。しかし、6Aリスニングルームなら7Cのドアまでわずか二歩、6Aスタジオも見下ろせますし、進行中のドラマをスピーカーから聞くこともでき、もろもろの障害を取り除いてくれるまさにうってつけの場所だったのです。さらにその部屋に電話もあり、放送局の交換手をとおせば、外部と通話ができることを知り、6Aリスニングルームは鉄壁のアリバイ作りに利用できると思ったわけです。

さて、その次は？　地方巡業のリハーサルをロンドンでやっているあいだに、ある役者の演技力が場面にそぐわないのではないかという疑いを弟に抱かせることでした。弟のジョージ・フレミングは、リーズでわたしの質問に答えてくれた様子からすると、とても率直な男で、兄のために尽くし、その人となりに魅了されているようでした。ロドニーは弟の自分に対するこうした思いを冷静にしかも正確に把握し、これを利用できると思いたち、最終幕の最初の三ページをその役者のためにも弟が書き直すべきだと言いくるめたのです。この三ページを演じるにはおよそ五分ほどかかり、この部分を書き直して読み上げるのにも同じくらいの時間を要するだろうとロドニーは正確に読んでいました。弟のジョージに『極悪非道の追いはぎ』を聞くように言い、ドラマがあるところまで来たら放送局に電話をするように指示したのです。できるだけドラマを聞きたいのだが、指定したシーンより後になれば、電話がつながらない可能性もある、それに『極悪非道の追いはぎ』のラストには満足していないので、ジョージが書き直すツアー用台本の三ページを聞くために最後の五分を犠牲にしてもかまわないという理由をつけたのです」

スピアーズはここで間をとった。

「続けて」パトリシア・マースデンが穏やかな声で促した。

「いいですか」スピアーズは続けた。「リーズにいるジョージ・フレミングは、楽屋番オールド・ハリーの小部屋でポータブル・ラジオに耳を傾け、舞踏会のシーンがはじまるとハリーに放送局へ電話をかけるように言ったのです。ロドニー・フレミングは6Aリスニングルームに座ってくつろぎ、6Aを見下ろしながら計画を実行するときを静かに待っていました。いきなり電話が鳴り、BBCの交換手から電話が入ったと知らされる。フレミングはリスニングルームのスピーカーの音量を下げ、受話器を持ち上げて電話をつないでもらった。『よし』とかそのようなことを言ったのでしょう。『じゃあ、頼む、ジョージ。途中でさえぎらないから最後まで読んでくれ。なにかあったら、そのあとで話そう』。ジョージ・フレミングは書き直したシーンを読みはじめます。大事な点がわかりますね?」スピアーズはそう言ってテーブルにいる一同を見まわした。「長い電話のあいだ、交換手は一、二回通話を聞いたにちがいありません――一瞬だったでしょうが――しかし、思っていたような話が聞こえてきただけです。しゃべっていたのはジョージ・フレミングだけで、ロドニー・フレミングはそれに耳を傾けることはなく、7Cにいた」

「なんということだ」バニスターはつぶやいた。

「とてつもなく巧妙でありながら、この上なく単純です。廊下を横切って7Cに入るまで四五秒ほどしかかからなかったでしょう。パーソンズを亡き者にするのにせいぜい二分、それからリスニングルームに戻るまで四五秒、弟が書き直したところを読み終わるのを余裕を持って聞いていたのでしょう。それから少し話をしてから電話を切った。完璧なアリバイです。交換手の確固たる証言から、犯罪が行なわれた時間帯、6Aリスニングルームを出なかったと証明されるわけですから。ロドニー・フレミングが幸運の持ち主なら、この謎は解けなかったかもしれません」

「いや、驚くほど運がよかったんじゃないのかな」ケアードは言った。「廊下で誰とも出くわさなかったんだから」

　スピアーズは首を振った。

「確かに。しかし、ロドニーは運任せにはしなかった。ケアードがヒギンズを配置してその廊下に人が来ないようにさせていたことをロドニーは知っていたんです。ただ、ヒギンズが火遊びのために持ち場を離れたことには気づいていなかった。ロドニーにとってなによりも危うかったのは、オーケストラの指揮者が8Aの合図のライトを点灯させるのを忘れたことです。そこでケアードは6Aのイアン・マクドナルドのところへ飛んでいった。このおかげでロドニーの計画はもう少しで頓挫するところだったんです。ケアードが一〇秒早く来ていれば、あるいは、ロドニー・フレミングが一〇秒遅く廊下を横切っていれば、7Cに入っていくロドニーの姿は目撃されていたのです」

　ケアードは額を拭った。

「なるほど。それで？」

「しかし、まだロドニー・フレミングの悪運は続きます。ロドニーはすでに7Cに入っていたんですが、ケアードが三角形のリスニングルームを通りぬけ、7Cへのドアの前を通り過ぎて6Aへ下りていく階段へ向かったとき、そのドアは閉じられたばかりだったんです。予想していなかった出来事がさらに絡んできます。まずは、レオポルド・ドライデン。気分が悪かったのはまちがいなく、夕食の席で妻と口喧嘩をしていたことも事実であり、出番のない五分を利用してマクドナルドの許可を得てスタジオの外へ出ました。七階へ上がっていった理由は、はじめのうちは怪しいと思っていましたが、今ではレオポルドの言うとおりだと確信しています。新鮮な空気を求めてできるだけ上へ行こうとしたのであり、これは、結局、疑いの目を持って見なければ、それほど突飛なことではありません。ロドニー・フレミングは誰かに罪をなすりつけようとしたわけではなかったのですが、ふたりの容疑者が現われてしまったのです。ケアードとドライデン。ふたりはそれぞれドラマ番組調整室と6Aにいるはずだったとロドニーは思い込んでいました。犯罪が行なわれたそのときにドラマ制作の現場におらず、外をうろついていたために、ふたりに容疑がかかりました。まだあります。おそらくロドニー・フレミングは極度に緊張していたにちがいありません――使える時間は短く、下手をすると命取りになることを実行しようとしていたのですから――7Cのドアを閉めるときに音を立ててしまったのでしょう。ま、とにかく、なんらかの音を発してしまった。パーソンズは半ば振り返り、喉に両手が巻き付く直前にその姿を見た。

〝エヴァンズ〟という叫び声は、録音されていなければ、おそらく軽く聞き流されたか、パーソンズのセリフのまちがいとされていたでしょう。事件当日、ハンコックもほとんど気づいていませんでしたよね？　しかし、聞き返してみると、なんだか、場違いでちょっと異様な感じがしてきます。あの晩、ＢＢＳエンパイアサーヴィスが番組を録音していたのは、フレミングにとっては運が悪かったとしか言えません。おそらくこうした社内の日課ともいう仕事にまでは、思いがいたらなかったのでしょう。この点を見落としていたために、結局は命を落とすことになってしまったようです。パーソンズは、脅迫のネタにしていた出来事が起きたときのニックネームでロドニー・フレミングを呼んでいたのにちがいありません。肩越しに殺人者の顔を見たとき、無意識のうちにその名前を口にしたのでしょう。ロドニー・フレミングは、計画通り、素早く――時計の音は計算外でしたが――音もなくパーソンズを殺害した。ここで言っておいたほうがいいと思うんですが、ケアード、先日の夜、ロドニー・フレミングがミセス・ドライデンのために舞踊曲はピアノを弾いていたという話を聞いたとき、ピンとくるものがあったんです。ショパンの舞踊曲は力強く充分にコントロールされた指運びをしないと弾けない。舞踊曲を弾いたという事実は、レオポルド・ドライデンの手袋より、もっと重要な手がかりでした。手袋のおかげで、結局、方向性を見失うところだったんですからね。しかも、手袋に関しては、奇しくも、ちょっとした興味をそそる話がおまけとしてついてくるんです」

「それはなんだろう？　スチュワート・エヴァンズに関すること？」

「いや」スピアーズは笑いながら答えた。「ドライデンはリハーサル中に手袋をなくしたと言いましたね？　そのとおりだった。しかし、なくしたのではなく、手癖も悪かったパーソンズがくすねたんです。殺されたときもポケットには手袋が入っていたにちがいない。ロドニー・フレミングは、殺したあと急いでポケットを探り、手袋を見つけた。ロドニーが一番容疑をかけたくないと思っていたのは、レオポルド・ドライデンでした。というのも、秋に新作の芝居をドライデンは上演してくれることになっていたので、金づるとして重要だったからです。当然、手袋を持ってスタジオを出て、まず最初に目についた隠し場所に放り込んだ。それがヒギンズのスタジオ・スタッフ用のロッカーで、いつものことながら、ヒギンズは鍵もかけずに平気でいたわけです。ロドニー・フレミングは知る由もなかったのですが、スチュワート・エヴァンズがミセス・ドライデンに叶わぬ恋心を抱いてしつこく迫り、レオポルド・ドライデンが吊るされるようにあらゆる手をつくし、死刑台への一歩となるべく手袋を探し出したのです」

「しかし、ロドニーが手袋を持ちだしたのはわかるが、どうしてイザベル・ドライデンの手紙を放っておいたんだろう？　それと破り取られた台本の裏表紙はどうなっているのかな？」ケアードは尋ねた。

「そう焦らずに。なにもかも説明ができます。とはいえ、このふたつの点に関しては、はっきりと答えるのは難しい。パーソンズは殺され、ロドニー・フレミングはなにも言わずに死んでしまったんですから。しかし、わたしの推理によれば、次のとおりです。ロドニー・フレミングは脅迫されていたという事実を思い出してください。彼はパーソンズの札入れを開き、手紙を見つけた。

ひと目見るなり、パーソンズの脅迫に関するものだと悟ったのでしょう。急いでいたけれど、読みたい誘惑に駆られたはずです。ざっと目をとおし、ほっとしたことに自分に関することではなく、イザベルからパーソンズに宛てた手紙ばかりだった。イザベルは6Aにいるから容疑者となる危険はない、それにドライデンもスタジオにいるとばかり思っていたので、彼に疑いをかけることもない。捜査の目を欺くためにこの手がかりをそのままにしておいても、誰かに罪をかぶせることにもならない。そこで手紙を札入れにはさんだままにしていたのではないでしょうか。しかし、パーソンズの台本の裏表紙に気づいた。さて、ここからはまったくの想像にすぎませんが――ほかにどうしようもないですから――パーソンズは待ち時間に台本の裏表紙の下半分になにか書いていたんだと思っています。ドラマが終わったときにロドニー・フレミングに渡すつもりだったメモを、です。おそらくこんな内容ではなかったのかと思います。『フレミング　金を払った方がいい。さもないと愛しのイザベルとの関係をすっぱ抜くことになる――』。スタジオ内には紙がなかったので、おそらくパーソンズは裏表紙にこうした脅しを書き連ねて破りとり、マクドナルドには誤って裏表紙を破いてしまったとでも言うつもりだったんでしょう。パーソンズがこのページをどうして破り取らなかったのか、それはわかりません。とにかくパーソンズの死体の脇に台本が裏表紙を上に落ちていた。ロドニー・フレミングはそれを読み、イザベルとの関係が明らかとなって、自分が犯人とされることをみてとったのでしょう。時間が迫っていた。電話を切る前にジョージと話をする必要があり、リスニングルームに戻らなければならない。そこで鉛筆で書かれたその部分をあわてて破り取り、スタジオを出たのです。またもやロドニー・フレミングに幸運の女神が微笑みました。ケアードは6Aから戻る途中、ドライデンは新鮮な空気を求めてタワーの外へ出てやはり戻ってきたのですが、文字通り数秒のちがいでふたりともロドニーとは出くわさなかった。繰り返しますが、ふたりが廊下にいないことに賭けて犯罪を実行したのではなく、その点はロドニー・フレミングにとっては当然とも言える判断でした。脅しを綴った紙片ですが、ロドニー・フレミングは、どこかに隠しておくようなことはしたくなかった。三角形のリスニングルームでドライデンの手袋をヒギンズのロッカーのなかに隠し、後ろを振り返ると、じょうご型の灰皿が置かれているのが目に入ったのです。考えを巡らせる間もなく、マッチ箱を取り出して紙片をこよりのようにねじり、その先端に火をつけて灰皿に突っ込みました。火のついた先端を下にすれば、炎が燃え上がってすべて灰になると思ったのでしょう。残念ながら思惑どおりにはならず、紙片を灰皿に入れるとすぐに火は消えてしまいました。しかし、ロドニー・フレミングはそれに気づかず、6Aリスニングルームに戻り、受話器を手に取った。予定通り、弟が書きなおしたところを読み終わるとこう言ったのです。『よし、ジョージ。問題ないと思う。それでいってくれ』。それからジョージ・フレミングが申請して延長した三分間の通話時間がくるまで話をした」

スピアーズの説明が終わり、しばらく全員が黙りこんだ。バニスターが一同に二杯目のブランデーを勧め、テーブルをまわりグラスにブランデーを注いでいった。トプシー・レヴィンは好奇心を抑えることができず、勢い込んで核心に切り込んだ。

「でも、どうやってロドニーが犯人だとわかったの、警部補さん。そこが知りたくって！」

スピアーズはトプシーを見やった。

「続けようか？」

「ええ、お願い」

「それでは話そう。残念ながら、最終的に真実にたどり着きましたが、そこにいたる主な方法というのは、犯罪捜査のなかでももっとも退屈なものでして。昔ながらの消去法というやつです。ご存知のように、まずすべての証拠はレオポルド・ドライデンが犯人であることを示していました。アリバイがない。説明が曖昧模糊としている。妻が脅迫されているのだから動機も充分でした。さらにドライデン自身の馬鹿げた片意地な態度。手袋に関する奇妙なエピソード。実際に逮捕するような状況だったのですが、わたしは絶対に彼が犯人ではないと思っていました。ドライデンは、まったく殺人を犯す者の性格ではなく、手袋も、どちらかと言えば、わたしにはドライデンの無実を確信させただけでした。人を罠にはめるにはとても安易な方法ですし、実際に犯行で使われたものだとしても――いえ、今となってはロドニー・フレミングが犯行後に隠したものでで、ドライデンに容疑をかけようと思っていなかったことはわかっていますが――ドライデンが犯人だとは思えませんでした。イザベル・ドライデンは一晩中、見えるところにいたというスタジオ責任者のイアン・マクドナルドの確固たる証言の根拠を覆すことができたら、イザベルが犯人だと飛びついたでしょう。動機がありますから。イザベルは熱に浮かされたように怒りを爆発させることがあります。こうした感情の嵐にとらわれると女性というのは、驚くほど暴力的な行為に及ぶことがある――たいへんな力が必要なこともやってのけます。イザベルがもっとも強い動機を持っていました。殺人へと駆り立てる説得力のある動機を、です。しかしイザベルのアリバイは完璧でした。ドライデンが容疑者としての可能性が薄くなってくると、あと考えられるとしたら、ケアード、スチュワート・エヴァンズ、ロドニー・フレミングです。まったくの部外者が犯人である可能性も無視できませんが、この点は、ラッキーでしたね。放送局内ではほとんどの人たちは、あのドラマに関係していなかったわけですが、ドラマ制作現場の状況を考えると、こうした人たちは除外することができました。現実問題として殺人を犯す機会はありません。また、これは事件後すぐに確信したのですが、まったくの部外者が放送局内に侵入してたまたまあの通路を見つけ、ドラマでパーソンズが殺される瞬間を狙って襲いかかり、すべてが終わるまで見つからずに隠れていたなどということはありえないでしょう。そこで、容疑者は三人に絞られたのです。三人とも不利な点がありました。正直に言うと、まずロドニー・フレミングが怪しいと思いましたよ。彼がいたリスニングルームは、ほかの人たちがいた場所よりも殺人を犯すにはあまりにも条件がいいですから。それにどう見てもそれほど重要な理由もなくあの部屋を確保している。しかし、電話のトリックに引っかかってしまいました。局の交換台の女性、それから長距離電話をつなぐ交換手の証言を聞き、それから、わたしみずからリーズに赴いて電話について調べました。リーズから電話がかかってきて、ロドニー・フレミングがそれに答え、通話が六分続き、最後にロドニー・フレミングがしゃべって電話が切れたことはまちがいないことでした。もちろん、わたしは欺かれていたわけです。今となっては、わたしもみなさんもわかってることです。しかし、あのとき見破れなかったのは致し方ないことだと思っています。そこで、しばらくのあいだは、ロドニー・フレミングを容疑者からはずしました。とすると、残るはケアードとスチュワート・エヴァンズということになる。ケアードを真剣に疑うことはありませんでしたが、捜査が進展していくにつれ、ケアードの行動が意味を増していって、かんたんに容疑者から外せないでのはないかと思うようになりました。しかし、動機がまったく見つからなかった――それがケアードにとっては幸いしたわけです――それに、ドラマ番組調整室から抜け出す口実を作るために8Aからの合図のライトをつかないようにどのような細工をしたのかもわからなかった。オーケストラの指揮者かエンジニアが共犯でない限り無理だろうと。このふたりに関しては動機がまったくなかったのですが、それなりに調べてみましたよ」

「これはこれは」ガイ・バニスターは浮ついた調子で言った。「その捜査をはじめたときのビリー・サンダーソンの顔が見たかったよ！」

ビリー・サンダーソンというのはその問題のオーケストラの指揮者で、自信過剰で短気な男だった。

「最後に残ったのは、ミスター・スチュワート・エヴァンズです。エヴァンズは、ご承知のとおり、この事件における〝謎の男〟です――エドガー・ウォーレスのスリラー小説の登場人物みたいに。エヴァンズの問題点は、みなさん誰もが彼を有罪にしたいと思っていたこと、さらに自分でも犯人であるという印象を強くするようなことをなんでもかんでも、すすんでやったということです。事件のあった夜、局に遅くまで残っていた理由は充分頷けるものだったにもかかわらず、BBC内の仕事がどうなっているのかさっぱりわからないまったくの素人であるわたしのような警官にも、驚くほどいい加減だとわかるような説明をしたのです。それから素人探偵の真似をはじめましたが、これは誰の目にも怪しいと思う行為でした――おっと、失礼、ミスター・バニスター！」

ガイ・バニスターはニヤニヤ笑い、パット・マースデンはテーブルの下でその手をぎゅっと握った。

「エヴァンズがドライデンの手袋をロッカーに〝置いた〟のなら話は別ですが、手袋を見つけ出してわたしのところに持ってきてくれたことはよかった。それから、もちろん、忌々しいことに名前が同じだったという偶然もあります。パーソンズの叫び声は〝エヴァンズ〟であり、〝エヴァンズ〟ではないとひらめいたときは、アントニイ・バークリーの小説に出てくる探偵ロジャー・シェリンガム並みの推理をしたと思いましたよ。自画自賛かもしれませんが、理にかなったことでした。しかし、このせいでまたもや、誤認逮捕というとんでもない過ちを犯すところだったんです！　犯行が行なわれた夜、スチュワート・エヴァンズが四階よりも上の階で目撃されたというわずかな証拠でもあれば、まちがいなく逮捕していたでしょう。エヴァンズはミセス・ドライデンに首ったけであるにもかかわらず、彼女の方はそれに応じる気はまったくないことがすぐに明らかになりました。騎士気取りでパーソンズを始末したという動機が考えられます。それに、レオポルド・ドライデンに容疑をかけようと必死でしたし、捜査の後半ではわたしを妨害するような態度に出ました。しかし、エヴァンズを犯人にすることには、無理がありました。エヴァンズのオフィスのある四階から殺人が行なわれた七階へ行ったことを立証する手立てがなく、まさに袋小路です。それに、パーソンズのような男を素手で殺害できるほどの力強さがあるのかということにも引っかかりました」

「でも、地下鉄の駅で馬鹿なことをしでかしたでしょ？」ケアードがさえぎった。

「いいですか、ケアード。偉そうなことを言って申し訳ありませんが、そのことは忘れるように言いましたね。あれが真相だと思います。たんなる事故をお互いに大げさに言い立てているだけ。あれはまさに起こったとおりのことでした。あなたもエヴァンズも――特にエヴァンズですが――すぐにお互いを疑った。あの夜、クラブであなたはエヴァンズと親しく交わろうとしましたが、そのことが逆にエヴァンズの疑いに油を注ぐことになったのです。実際に起こったのは、こういうことだと思います。エヴァンズはつまずいただけ。ケアード、あなたはエヴァンズが転ばないように無意識のうちにその体をつかんだ。ところがエヴァンズは、プラットフォームから突き落とそうとしていると思い込み、乱暴にあなたの腕を振り払おうとした。それであなたはプラットフォームで転び、エヴァンズが突き落として轢死させようとしたと思った」

「つまり、実際のところは」バニスターが割って入った。「ふたりとも、お互いに相手を突き落として電車の下敷にさせる気はなかったってことだ！」

「まさしく」

「捜査の目をくらませるようなことを言って申し訳なかった」ケアードは詫びた。

「謝る必要なんてありません。実は、助かったんですよ。お互いに罪をなすり合っているのを見て、はっと気づいた――あなたかエヴァンズが犯人なら、そんなことをしでかすのは頭がおかしくなったとしか思えない。そこでもう一度、考えるようになりました。フレミングを除外した過程を、です。ひとこと言っておくと、エヴァンズをまったく容疑者から外したわけではありませんでした。わずかながらもまだ犯人である可能性はあり、殺人事件を再現したあの夜まで結論を保留していました。そこで副総監からの許可を取り付けてあの実験を行なったんです。

ロドニー・フレミングの問題をすべて検討し直す価値があると思いました。徹底的に。ところで、ミスター・バニスター、スタジオ・スタッフのヒギンズのことを問題にするのはやはり苦痛なので避けたいですね？」

ガイ・バニスターは顔を赤くした。トプシーは憤慨して言った。

「あの事件の顛末（てんまつ）はよく知ってるのよ、警部補さん。わたしたち、現場にいたんだから」

「それはそうだけれど」スピアーズは続けた。「容疑者を消去していった過程を話すという方針に従い、もっと早くヒギンズのことを言っておくべきだったと思います。しかし、ロドニー・フレミングの件に戻りましょう。ご承知のとおり、わたしはリーズへ行き、アリバイとなった電話の通話相手を調べました。ジョージ・フレミングと会い、すぐにひとつの確信を得たのです。ジョージ・フレミングが共犯者だとしても、本人はまったく気づいていない、と。しかし、話をしているうちに、初めて重要な情報を得ました——台本の書き直しがわずかに三ページだったということです。その重要性にはすぐに気がつかなかったのですが、ちょっと妙だとひらめいたんです。さらに、ジョージ・フレミングは電話をするために兄のラジオドラマが途中で聞けなくなるわけですが、これも不自然ではないか。電話をかける時間をロドニー・フレミングの方から指定してきたことが明らかになるとますます怪しく思いました。帰りの列車のなかでこの二点について考えていました。そのときふと、脈絡もなくひらめいたんです。〝エヴンズ〟と聞こえたが、〝エヴァンズ〟と言ったのではないかと。となると、どう考えても、スチュワート・エヴァンズが犯人であることが濃厚となった。しかし、一応、ジョージ・フレミングが書き直した三ページを読むのにどれくらい時間がかかるか試してみたところ、五分半でした。となると明らかに容疑者は、スチュワート・エヴァンズとロドニー・フレミングに絞られます。パーソンズが死ぬ間際にエヴァンズの名前を呼んだとわたしは確信していましたし、ロドニー・フレミングは、事件の夜、特定の時間に電話をかけるように指示していた――しかもその通話内容はリーズにいる弟が一方的に台本の書き直したところを読み上げていただけですからね。犯人はこのふたりだ――しかし、どちらか？　それがわかれば首をやってもいいとさえ思いましたよ。考えれば考えるほどわからなくなりました。どちらにも、決定的な証拠がなかったですし、はっきり言って、どうやってその証拠を手にいれたらいいのかわからなかった」

「で、そのとき」トプシーはグラスを掲げた。「このトプシーちゃんが現われて、秘密を教えたってわけね」

「まったく」スピアーズは重々しい調子で答え、トプシーに向かってグラスを持ち上げた。「ミス・レヴィンは、たまにはトプシーと呼んでもらったほうが嬉しく思いでしょう。そんなにご立派ではないので。でも、ありがとう」

「わかったよ、トプシー」スピアーズは言った。「でも、真面目な話、袋小路から救ってくれたのはトプシーでした。もちろん、行き詰まってしまったのは、わたしのせいでもありますが。イザベル・ドライデンの過去をもっと掘り下げようとするべきだったんです。まあ、ちょっと見には、そんなこともしないで平然としていたのかと思われるかもしれませんが、仕方ないですね。ですが、数年前、無名だった頃の女優の痕跡を追うのは困難を極めます。しかし、それを補って余りあるものが得られるのではないかと思い、実際に調べてみましたが、やはり失敗に終わりました。ミス・レヴィンから、当時の地方公演のメンバーに、ミス・レヴィン、パーソンズ、イザベル・ドライデンがいたという情報を得、方向性が定まりました。フィリップ・ネルソンがロドニー・フレミングのことだとミス・レヴィンが知っていれば、すぐに問題は解決したんでしょう。残念ながらそうはいきませんでした——知っているはずがありませんよね。ロドニー・フレミングは、別の名前で役者をしていたことや過去の出来事をわたしに知られないように注意を払っていたんですから。もっとも、旅回りの役者であったことは認めていましたが」

「そりゃあ、そうだ」ケアードが口をはさんだ。「わたしと一緒に出ていたんだから」

「そう。そこで、スチュワート・エヴァンズを犯人とするのはどんなものだろうとちょっと疑問に思ったんです。トプシーは——劇団のほかのメンバー全員もおそらく——ネルソン——つまり、フレミング——のことを役名のエヴァンズと呼んでいたからです」

「ほんと。馬鹿みたいでしょ？」トプシーが答えた。「でも、もうひとつ、わからないことがある。イザベル・パーマーがエヴァンズ——ネルソン——もう、なんて呼んでいいのかわからない！——とほんとうにいい仲だったのなら、どうして、今、友だちとして付きあっていられるのかしらね。今も関係が続いているわけじゃないでしょ？」

「おそらく」スピアーズは笑った。「新しい人種とやらなんだろうね。かつて愛しあった恋人たちが別れたあと、あるいは旦那と離婚したあと、友だち付き合いをするって連中がいるでしょ。ちょっと理解できないけれど。わたしは古い人間なもんで」

「いや」ケアードが言った。「イザベルにちょっと偏見を持っているようだ。ロドニー・フレミングはイザベルではなく、ドライデンの友だちだった。イザベルがドライデンにこう言ったと思います？『将来有望なこの若い劇作家のみごとな芝居を上演する約束なんかしないで。あの人、昔の恋人だったんですもの』。イザベルは良識があるので昔の関係を覚られないように最善を尽くした。八方丸く収まるように口をつぐみ、ごくふつうに愛想よく振る舞った。ロドニー・フレミングは、昔のことを持ちだされて将来が台無しになることを恐れ、これ以上ないというほど抜け目なく立ちまわったんだ」

「なによりも最大の皮肉は」スピアーズは続けた。「ロドニー・フレミングが友情を持ってミセス・ドライデンに接してくれたことですよ。たとえば、フラットでミセス・ドライデンを厳しく問い詰めているときにロドニーから電話が入ったからこそ、切り抜き帳を見つけてなかを調べることができたわけです。あのとき電話がかかってこなければ、『勝手気ままに』のプログラムも〝エヴァンズ〟というサインの入ったロドニー・フレミングの写真も見つけることができなかったでしょう。このサイン入りの写真こそ捜査の方針を変えさせたものであり、とてつもない幸運だったと言えます。神は正しき者の味方だと言いますが、これなどもおそらくそういうことなのでしょう。まさにあのタイミングでフレミングが電話をかけてきたんですから。さて、もちろん、そのあとはもう犯人を確信していました。しかし、まだ、スチュワート・エヴァンズが気にかかります。はっきりさせて決着をつけたかった。そこで時計の実験と事件を再現してみることにしたのです。時計の音を聞き分けるのは、もちろん、まったくの嘘っぱちで、若手のウィンターにヴァイスコップフを演じてもらったわけです。フレミングが犯人であっても持ちこたえるでしょうが、スチュワート・エヴァンズが犯人なら、精神的に堪えられずに白状すると思ったからです。しかし、エヴァンズは粉々になりかけはしましたが、踏みとどまっていました。そこで、ロドニー・フレミングにそうとうのショックを与え、怯えて罪を認めるのではないかと望みを託し、事件を再現したわけです。ロドニー・フレミングの守りは鉄壁でしたので、罪を証明することは――わたしたちが心情的あるいは倫理的にどう思っていようと――かなり難しいと予測していました。優秀な法廷弁護士というのがどういう人間かご存知でしょう。ロドニー・フレミングは賢く、裁判を起こしても尻尾をつかむことが難しかったにちがいありません。なんといっても六年前の地方巡業の劇団の動向やら、放送の録音、ＢＢＣ内のスタジオの個々の配置など厄介な問題を解決していかなければならないんですからね」

スピアーズは椅子を引いた。

「ご存知のように」スピアーズはそう言いながら立ち上がった。「わたしはまちがっていました。ロドニー・フレミングのような才能ある男とは、互角に戦えないと知っておくべきだったと思います。シガレットケースを落とした後でさえ、どこまでも白を切りとおそうとしたあのやり方は、驚くほどの自制心の持ち主であることの証でしょう。あれほどの強い気持ちというのにはちょっとお目にかかれない。それから起こった出来事は、みなさんすでにご承知のとおりです。ある意味」スピアーズは締めくくった。「向こうが先に銃を抜いてくれたのはありがたいことでした」

「まったくくだ」ジュリアン・ケアードがいきなり大きな声で言った。「いずれにしろパーソンズは軽蔑すべき男だった。しかし、ロドニーは――きみたちがなんと言おうと――ロドニーはすごくいいやつだった」

「とても理性的な男でした」スピアーズは認める。

「かわいそうな人」パット・マースデンが恥ずかしげに言った。

ケアードとスピアーズが背を向けてドアへ向かうと、ガイ・バニスターはパット・マースデンの肩に腕をまわした。

35 終わりに

結論として、さまざまな資料からの引用を下記にあげておく。興味を引かれることだろう。

《現代ラジオ通信》
　ＢＢＣドラマ制作局新番組研究課でもっとも名を知られているミスター・スチュワート・エヴァンズは、アメリカのＮＢＣ放送に引きぬかれた。このことはアメリカの放送業界が、これまであまり顧みられなかったラジオドラマに対する興味を募らせていることを裏付けるものだろう。

《タイムズ》
シュロップシャー州バンステッドホール在住だった故ミセス・ジェラルド・バニスターの息子ミスター・ガイ・バニスターは、サイレンセスター在住フィリップ・マースデン閣下とミセス・マースデンの娘パトリシア・マースデンと婚約し、まもなく式を挙げる予定。

医学士であり殊勲章に輝く副総監キャヴェンディッシュ少佐からサイモン・スピアーズに宛てた手紙

……事件を解決した貴官に対して賛辞を贈ったと警視総監から聞いた。しかし、この機会にぜひとも貴官に言っておきたいことがある。あくまでもわたしの個人的な意見ではあるが、今回の難事件にさいして、たえず勇気を持って立ち向かい、粘り強く捜査を進めた貴官の力量は賞賛すべきものだと思う。事件解決に向けて貴官の用いた型破りな方法について、わたしは〝とがめる〟ようなことを言わざるをえなかったが、その埋め合わせになってもらえればと……

ＢＢＣ社内管理部部長から局長宛へのメモ（支局長、本部の部局長に配布された）

……その結果、以下の三つの規則が取り決められ、ただちに準用されることとなった。

一　トーク番組においては特別な例外をのぞいて、いかなる番組に出演する芸能人も、今後、ひとりだけでスタジオにいることがないようにする。

二　最近の悲しむべき事件で犯罪者が屋根に上るのに利用した鉄製のバルコニーは撤去する。ほかのバルコニーにおいても、同じような用途で使用される危険がないか確認しなければならない。

三　夜の勤務においては、すべての廊下、オフィス、スタジオの管理をさらに徹底させなければならない。早急に報告してもらいたいことがある。これを実行するにあたり、スタッフの増員が必要であるか……

解説

森英俊

学生の頃はたまに聞いていたラジオ放送も社会人になってからはずっと遠ざかっていたが、某アイドルグループにはまったことがきっかけで、いまや月水木と週に三日もリアルタイムで聴くようになってしまった。そうなると、ラジオ放送ならではの楽しさ（出演者との距離感だとか、生放送中のハプニングやサプライズだとか）が、あらためてわかってくる。本書はそうしたラジオ放送を中心に据えた他にほとんど類を見ないパズラーであり、ハプニングやサプライズにも事欠かない。なによりユニークなのは、当該業界に身を置いていた大物プロデューサー自身が手がけている点で、そのため、放送現場のようすがこれ以上ないくらいリアルに描かれている。

本書の合作者であるギールグッドとマシュウィッツとの出会い、ギールグッドが放送業界ではたした役割――まずはそのあたりから本稿を進めていくことにしよう。

ギールグッドとマシュウィッツ

ヴァル・ギールグッド（Val Henry Gielgud／一九〇〇～八一）は、英国の黄金時代から一九七〇年代半ばにかけて二十数冊の良質なミステリを世に送り出すと同時に、さまざまな分野でマルチな活躍を見せた。大叔母は女優エレン・テリー、実弟は名優サー・ジョン・ギールグッドであり、自身も俳優として舞台に立ったことがある。小説のほか、戯曲や映画脚本も手がけているが（ディクスン・カーと合作した舞台劇については後述する）、もっとも特筆すべき業績は、放送業界に対しての長年にわたる貢献だろう。

本書を皮切りにした四つの長編で探偵役をつとめるスコットランド・ヤードのスピアーズと同じく、名門オックスフォード大学を卒業したあと議員秘書になったが、ほどなくして雑誌編集者に転職。一九二八年の春からは、ＢＢＣ（英国国営放送）の機関誌《レディオ・タイムズ》の編集に携わるようになった。同誌で編集長をつとめていたのが本書の合作者であるホルト・マーヴェル（Holt Marvell）ことエリック・マシュウィッツ（Albert Eric Maschwitz／一九〇一～六九）であった。

ユダヤの移民の家系に生まれたマシュウィッツもギールグッドに負けず劣らずマルチな活躍を見せた才人で、なかでもアカデミー賞にノミネートされた「チップス先生さようなら」の共同脚本家として名をはせている。舞台役者を経てＢＢＣに入局したのは一九二六年のことで、《レディオ・タイムズ》の編集長を辞めたあとは、ラジオ番組も手がけている。第二次大戦中に情報部の仕事に関わるなどしたあと、一九五八年にはテレビの娯楽番組の責任者としてＢＢＣに返り咲いたが、その五年後には当時ＢＢＣと熾烈な視聴率競争を繰り広げていたＩＴＶに引き抜かれ、そこを離れることになった。

話をギールグッドのほうに戻すと、それまでにその類のものをただの一本も手がけたことがなかったにもかかわらず、一九二九年の初めにＢＢＣのラジオドラマを取りしきる部門の長に大抜擢され、プロデューサーとしての類稀なる才能がいっきに花開いた。ラジオドラマ制作にさまざまなアイディアを取り入れた結果、二十年間にわたってラジオドラマ業界に君臨することになったのだ。テレビ放送においてもパイオニアであり、一九三〇年の夏には早くも三十分ドラマの試験放送に立ち会い、一九三九年にはロンドン一帯に放送網を広げるまでになっていたＢＢＣのテレビ局に出向。第二次大戦中はラジオ局のほうに戻ったが、終戦後の一九四六年にはＢＢＣのテレビドラマ部門の最高責任者としてふたたびテレビの仕事に携わるようになり、一九五二年までその職をつとめあげた。

このギールグッドとマシュウィッツがミステリを合作するうえでどのような役割分担をしていたのかは定かでないが、あえて個人的な推測をいわせてもらうなら、マシュウィッツはあくまでもアドバイザー的な存在で、実際の執筆にあたっていたのはギールグッドのほうではないかと思われる。ギールグッドは多忙をきわめるラジオの仕事の合間を縫ってすでにミステリ作家としてデビューしており（註1）、それらの初期作にしても、戦後にかけて単独で発表したスリラーやパズラー群にしても、文体やストーリーテリングなどの点で、本書とのさほど大きな違いが感じられないからだ。ともあれ、マシュウィッツと合作したスピアーズ物の四作のうち本書を含めた三作までもが業界を題材にしたユニークきわまりないパズラーであり、以下ではそれらのひとつひとつを見ていくことにしよう。

（註1）スリラー色の強い第二ミステリ長編 ***The Broken Men***（一九三二）が『廃人団』の邦題で一九三六年に黒白書房より刊行されている（ただし作者名はギールグッドではなく、ジールガッドと表記）。

ユニークな業界ミステリ・シリーズ

ギールグッドとマシュウィッツにとって、その当時もっとも身近な存在だったＢＢＣのラジオ放送局に舞台を設定したのが、スコットランド・ヤードのスピアーズが探偵役をつとめるシリーズの第一作にあたる本書である。

六月末のいよいよ夏も本番になろうという頃、『極悪非道の追いはぎ』と題されたラジオドラマの生放送のさなか、殺人の場面で実際に役者のひとりが絞殺されるという、とんでもないことが起きる。たいへんな数の聴取者がリアルすぎる殺人の場面を耳にしており、その結果、放送を聴いただれもが探偵をきどってどうやって殺人が行なわれたかを綴った手紙をスコットランド・ヤードに送りつけてくるという、やっかいな事態が出来する。そう、「この事件の奇妙なところは、極めて単純でありながら、とても複雑だという点です。複雑だというのは、もっぱら驚くべき条件下で犯罪が行なわれたということです――ほかの場所では繰り返すことができない特異な条件下であり、もちろん、前例はありません。放送局のスタジオで人が殺されたことなどないのですし、今後、同じようなことが起こるとはほとんど思えません」とスピアーズがいうように、まさに前代未聞の事件であった。

犯行推定時刻に怪しい行動をとった主演俳優を筆頭に、容疑者には事欠かず、なおかつ、有罪を証明できそうな者はひとりもいない。おまけに、そのうちの何人かはしろうと探偵の役を勝手に演じて的はずれの推理を展開するときているから、ただでさえ困難な捜査がますます混乱してしまう。

その容疑者のなかにはBBCドラマ創作部のディレクター、ジュリアン・ケアードも含まれているが、入局時期がほぼギールグッド自身と一致しており、昔気質であること、想像力が豊かであること、探偵小説のたいへんな愛好家――ラッフルズ、アルセーヌ・ルパン、シャーロック・ホームズなどのシリーズもの、『トレント最後の事件』などを読んで育ち、今では名作と呼ばれているものをむさぼり読み、フレンチ警部、ゴア大佐、ポアロ、ピーター・ウィムジイ卿などのそれぞれの真価についてとことん話をすることができる――であることなどからして、この人物がギールグッドの分身的存在であることは明らかだろう。実際、後年の読者との手紙のやりとりのなかで、そのことをはっきり認めているという。「BBCでもミスが起こるんですか!」というスピアーズの驚きに対し、「時々」「結局は人間のやることですから」と明るい調子で応じるケアードの言葉は作者自身の声であり、ケアードの口を介して披露されるラジオ放送のテクニカルな面のわかりやすい説明も、実際に現場に携わっている作者の分身だからこそなしうるものである。とりわけ、第十四章「スピアーズ対ケアード」で披露される、生放送に複数のスタジオを用いる理由や、エコールーム、ドラマ番組調整室の説明のくだりは、圧巻というしかない。

事件の捜査にやってくるスコットランド・ヤード犯罪捜査部（ＣＩＤ）のサイモン・スピアーズ警部補は、ナイオ・マーシュやマイケル・イネスのシリーズ探偵に代表されるようなインテリ警察官のひとりで、名門オックスフォード大学の出身。犯罪捜査部の将来をもっとも嘱望される若手で、本事件の解決のあと警部へと昇進、シリーズ最終作の *The First Television Murder* では首席警部にまで昇りつめている。

「わたしはシャーロック・ホームズでもピーター・ウィムジイ卿でもないので、必要なデータが揃わないかぎり、なにも解決することができない」（*Death as an Extra*）と本人みずからが語っているように、ジグゾーパズルのピース（手がかり）をすべて集め終えてから、それらをはめこんで事件の全体像を作り上げるのが常。

なかなかの男前で、*The First Television Murder* に登場する放送関係者の女性から、スクリーンでホームズを演じた俳優のベイジル・ラスボーンのようだと評された。ノーウッドにある小さな家に良識のある献身的な妻のマッジと住んでいて、本書の時点では結婚してまだ三年しか経っていない。その後、だんだんとかかあ天下になってきたのか、家で香りのきついパイプでの喫煙を禁止され、もっぱらスコットランド・ヤードの執務室で吸うようになった。

上官は、規律第一主義のうえにすぐに成果を求めたがる、将校あがりの副総監キャヴェンディッシュ少佐で、本書でもそのふるまいにさんざん悩まされることになる。一方、捜査にあたってコンビを組むことの多いのが、やせた抜け目のない顔つきをした背の低いリング巡査部長。手がほっそりとしていて、警官というよりピアニストを思わせる。

いかにも黄金時代のパズラーらしく、キャスティング・シート、スタジオ使用申込書、スタジオタワー六階と七階と八階の見取り図など、さまざまな図表が挿入されているのも楽しいが、放送局の特殊な構造が犯行と密接に結びついている点も評価に値するだろう。犯人の犯行計画の中心をなすトリックも単純ながら巧妙なもので、シリーズのほかの作品にも登場する放送に精通したケアードの手助けなくしては、さすがのスピアーズにも解きえなかったに違いない。

本書の翌年に出版されたシリーズ第二作 *Death as an Extra* は映画業界を背景にしており、映画のセットで警察隊とギャングとの銃撃シーンを撮影中にハリウッドから招聘された専横的な監督が射殺されるという凶悪事件が起きる。被害者はハリウッドで起きた誘拐事件への関与が疑われており、そのあとを追って、かつての仲間たちも米国からやってきていた。そんなこともあって、物語の後半は先述の映画さながらの警察によるギャング団の追跡という安っぽいアクション編に堕してしまっており、前作をはるかに下回る出来になっている。

作者は続く *Death in Budapest*（一九三七）で国際警察会議に出席中のスピアーズに殺人事件を解決させたあと、シリーズ最終作となった *The First Television Murder*（一九四〇）で、今度は本放送が始まったばかりのテレビ業界がらみの事件を描いている。イタリアの伯爵と結婚した米国石油王の娘が持ち主に不幸をもたらすというルビーを身につけてテレビの生放送に出演しているさなか、その夫である伯爵が放送局から遠く離れた自宅で射殺されるというもので、死体のかたわらで発見された凶器とおぼしき拳銃からは、鉄壁のアリバイを有する夫人の指紋のみが検出される。くだんの生放送をケアードの自宅で観ていたスピアーズが現場に呼ばれ、捜査がさんざん難航したあと、ある決定的な証言を得て、事件の解決へとたどりつく。まさしく本書の姉妹編ともいうべき長編で、*Death as an Extra* に比べて格段とパズラー色が増している。なにより、テレビ放送創成期の放送局のようすやスタジオ風景がリアルに描かれているのがすばらしく、本書と並んで他に類を見ないユニークなパズラー（註2）といえるだろう。

（註2）三好彪吉のパズラー長編『テレビ殺人事件』（一九五八／宝石出版社）も、テレビ放送創成期を背景にしている。

ギールグッドとディクスン・カー

本稿を締めくくるにあたって、ギールグッドとジョン・ディクスン・カーとのことについてふれておかないわけにはいかないだろう。このふたりの関係はラジオドラマのプロデューサーと脚本家というだけにとどまらず、ミステリ劇の共同執筆者でもあり、なおかつそれがギールグッドの業界ミステリ・シリーズの番外編ともいうべきものになっているからだ。

カーがギールグッドに初めて会ったのは一九三九年五月十日のことで、ディテクション・クラブの会合（註3）にみずからのゲストとして招いたことがきっかけだった。友人らの回想によれば、自分自身も俳優であったギールグッドは、公的生活においてもこの上なく芝居がかった人物

【著者】
ヴァル・ギールグッド Val Gielgud

1900 〜 1981 年、イギリス。オックスフォード大学を卒業後、議員秘書を経て雑誌編集者となり、ＢＢＣのラジオ雑誌の編集にあたった。1929 年からはＢＢＣのラジオドラマ部門を手がけ、ディクスン・カーの「恐怖の契約」シリーズなどを放送した。カーとの合作ドラマもある。

ホルト・マーヴェル Holt Marvell

1901 〜 1969 年、イギリス。エリック・マシュウィッツの筆名。ＢＢＣに入社後、さまざまな娯楽番組を手がけた名プロデューサー兼作家。『チップス先生さようなら』（英語版）の脚本家としても著名。

【訳者】**横山啓明** （よこやまひろあき）

1956 年生まれ。早稲田大学文学部卒。英米翻訳家。主な訳書にペレケーノス『魂よ眠れ』、キング『海のオベリスト』、ロスコー『死の相続』、アントニイ『ベヴァリー・クラブ』カミング『甦ったスパイ』、キング『1922』（共訳）など多数。

ヴィンテージ・ミステリ・シリーズ

放送中の死

●

2015年2月5日　第1刷

著者…………ヴァル・ギールグッド&ホルト・マーヴェル
訳者…………横山啓明

装幀…………藤田美咲

発行者…………成瀬雅人
発行所…………株式会社原書房
〒160-0022 東京都新宿区新宿 1-25-13
電話・代表 03 (3354) 0685
http://www.harashobo.co.jp
振替・00150-6-151594

印刷…………新灯印刷株式会社
製本…………東京美術紙工協業組合

ISBN978-4-562-05128-1, Printed in Japan